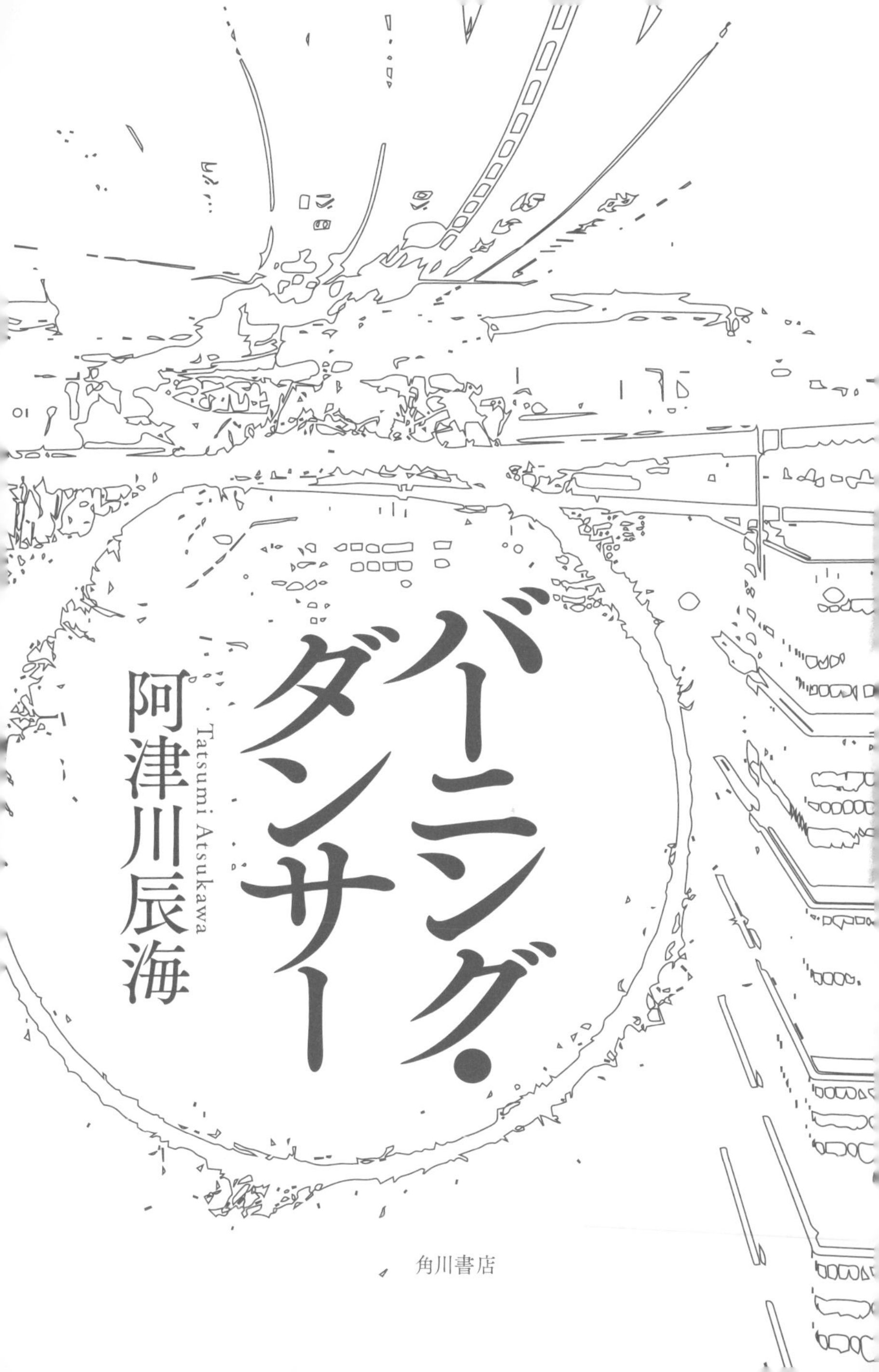

バーニング・ダンサー

阿津川辰海
Tatsumi Atsukawa

角川書店

バーニング・ダンサー

目次

装丁 ： bookwall
photo ： Adobe Stock
photo retouch ： TENT

1　セッション　――始まり

言葉には力が宿る。

古代日本では、強くそう信じられていた。良い言葉には良いものが宿り、悪い言葉には悪いものが宿った。だからこそ、祝詞《のりと》では一切のミスが許されなかった。

言葉には力が宿る。

そうなってから、かれこれ二年が経つ。


厳冬の二月だが、幸い、室内は暖房が効いている。俺は待合室では身に着けていたマフラーと手袋を外す。待合室は広すぎ、温風が行き届いていなかった。

セッション。

欺瞞《ぎまん》だ、と俺は思った。これは精神科の診察なのだ。セッションなどという言い方をしたって、この現実は誤魔化せない。

俺はメンタルクリニックの診察室で、メガネをかけた不愛想な男性医師と向かい合っている。病院だというのに、室内は書斎のようになっていて、医師が座っている椅子や机は、海外製の高級家具のようだった。羽根ペンまで置いてあって、つい鼻白んでしまう。医学書の類《たぐい》が棚に並んでいるが、木目調の空間が効いているのか、不思議と威圧的な感じはしない。

これが診察を「セッション」と呼ぶ男の部屋だ、と俺は思う。

「本日担当する、高倉《たかくら》です。お名前は？」

医師はメガネを光らせながら言う。病院というところは、やたらと名前を確認したがる。

「永嶺《ながみね》スバル」

「生年月日は？」

「一九九二年五月五日」

「こどもの日だね」

「だから、誕生日をクラスメートに祝われたことがない」

高倉はにこりともしなかった。

「ご職業は？」

問診票にも書いたことを、何度も、何度も。ここに来るまでにも、精神保健福祉士とやらの面談を受け、ペーパーテストも受けさせられている。死にたくなることがあるか、とか、会社に行きたくないと感じる時があるか、という質問がびっしりと書かれたテストだ。

無力感を感じる時はあるか。今ならこう答えるだろう。「とても当てはまる」

「公務員です」

「部署は？」

「……捜査一課です」

「ほう」高倉の目がぎらっと光る。「じゃあ、刑事さんだ」

「はい」

「死体を見ることなんかもあるのかい？」

「そりゃ、仕事ですから」

「怖いね。私は血を見るのが嫌で、精神科医を選んだ」

ジョークなら笑ってやってもいいのに、医師は淡々と言う。俺はこいつが苦手だ。

「で、なんで来たの？」

俺はショックを受ける。

「ペーパーテストも非常に優秀だ。うちにかかる必要があるとは思えないくらいにね」

「問診票に書きました」

「君自身の口から聞くことに意味がある」

高倉は言い、組み合わせた両手の上に顎《あご》を載せた。

俺は唾《つば》を呑《の》み込む。

「コトダマについては、知っていますか」

高倉は視線だけで続きを促す。

「全世界に突如、百人の能力者が現れるようになった。二年前、某国に謎の隕石《いんせき》が落下してからのことです。能力者たちは、百の言葉……つまり、コトダマの力を持ち、言葉に応じた能力を発揮することが出来る。そういう能力者たちを、『コトダマ遣い』と呼ぶ」

ごく簡単な説明だったが、それでもなお、高倉の怪訝《けげん》な表情が気になった。

高倉は机の上に置いてあったボールペンを弄《もてあそ》び始めた。

「誇大妄想だと言いたいところだね。うちにも、自分はコトダマを遣えるという妄想を抱いてやってくる人間がいる」

「ですが……」

「知っている。妄想ではない。現に世界中で、能力者による悲惨な犯罪が起きている」

「俺は一年半前、殺人事件の捜査中にコトダマを遣えるようになりました。『入れ替える』という言葉の力です」

高倉はボールペンを手の中で転がしていた。

「コトダマがこの世に存在する。それは私も信じよう。だが、君が能力者だということは信じられない」

彼の手から、ボールペンがぽろっと落ちる。

俺は親指と中指をすり合わせ、パチン、と指を鳴らした。

すると、俺は高倉の椅子に座り、高倉は俺の椅子に座っている。患者と医師の入れ替え。これだけで充分滑稽《こっけい》だが、もう一発鼻を明かしてやりたい。

同時に、高倉の持っていたボールペンが机に落ち、コトン、という音を立てる。俺は高級な椅子の座り心地を一瞬堪能《たんのう》してから、ボールペンを高倉の背後に投げ、羽根ペンを握った。

もう一度指を鳴らす。一瞬の後、俺は高倉の背後に立っている。高倉の首に羽根ペンを突き付け、頸《けい》動脈のあるあたりに添える。

「納得してくれます？」

高倉はフン、と鼻を鳴らし、蚊を払うような仕草で羽根ペンを弾《はじ》いた。

「すごい速度だ」

彼は立ち上がり、自分の席からボールペンを拾い上げた。

「まず、君と私の座っていた位置を『入れ替え』た。ボールペンは私の手を離れていたから、そのまま落下して机に落ちる。君は私の椅子に座ると、ボールペンを拾い、私の背後に投げる。そしてそのまま、今度はボールペンと自分の位置を『入れ替える』。私の首に突き付けるため、羽根ペンを摑《つか》むのを忘れずに、だ」

「さすがお医者さん。頭がよろしいことで」

知らずに皮肉が漏れる。

人間は通常、目の前で起きている異常事態を正しく把握出来ない。物理法則に、常識に反したことを即座に理解出来ないのだ。だから、今俺がやったようなパフォーマンスを見せると、大抵はまごついているうちに制圧される。高倉のように、最初から冷静に受け止め、分析し、論理立てて再構成するような人間は珍しい。おまけに、コトダマの存在自体は疑っていない。普通は、そこでも常識が邪魔をする。

俺は羽根ペンを机の上にきちんと戻してから、自分の椅子に戻った。

「初めは、誰にも知られないようにしようと思っていました」

「今はオープンにしているんだね」

「ええ。職場の同僚も知っています。犯人確保の際に遣ってしまったのが原因でした。家《ヤサ》が包囲されていることに気付き、窓から逃げようとした犯人を、このコトダマで追いかけ、捕らえた」

「便利な能力だ。しかし、普通に捕まえることも出来そうなケースだね」

「ねこだましのようなものです。相手が動揺している間に勝負をかける」

「ふむ」

「田渕《たぶち》が認めてくれたのも大きかった」

「田渕というのは？」

俺は次の言葉につっかえた。

「……刑事は二人一組で行動します。その、ペアです」

「なるほど。相棒のようなものだね」

さらっと放たれた言葉に、チクリと胸が痛む。

「コトダマ遣いは、化け物であると恐れられています。強大な力に溺《おぼ》れ、犯罪に走るものが多いことも、その偏見を助長している」

そのせいで、コトダマ遣いであることを打ち明けられない人も、この世にはかなりいるだろう。各国に充実した設備の研究機関が出来ているが、そうしたところに助けを求めることも出来ず、悩んでいる人が。

「しかし、君は警察官だ」

「田渕が言ったことも同じです」

照れ隠しでそう言うが、俺は一言一句正確に覚えている。

――すごいことじゃないか。遣い方次第で人を救うことも出来る、そんな素晴らしい力を、お前は持っている。そして、その力を生かせる時と場所に恵まれている。素晴らしいことだ。

素晴らしい、は彼の口癖だった。一日に十回以上聞いたこともある。小さなことにも幸せを見《み》出《いだ》し、毎日を元気に生き抜いていくような力に満ちた男だった。

時と場所。

それが俺の心に深く残った。そう、俺は警察官だ。だから、コトダマを犯罪に遣う奴らとは違う。むしろ、そういう存在を憎み、打倒していくべきだ。そう、気持ちを整理することが出来た。

「それで？　君はなぜ、今ここにいる？」

高倉は最前の質問を繰り返す。

俺は唾を呑み込んだ。話そうとすると、かあっと全身が熱くなる。

「――去年のクリスマスのことです」俺は言った。「殺人事件の被疑者が、とある半グレ集団と繋《つな》がっていた。麻薬を売りさばいている組織で、組対とせめぎ合いになった」

「組対というのは？」

「組織犯罪対策部組織犯罪対策課」

すらすらとそんな文字列が口から吐けることに、嫌気がさす。

「で、どうなったの」

「被疑者が組織と取引をする現場を押さえ、殺人事件については別件逮捕で解決する。同時に組織も根絶やしにする。そういうことになりました。取引場所は埠頭《ふとう》の倉庫です」

「古臭い刑事ものでも見ている気分だよ」

「しかし、問題があった。被疑者はコトダマ遣いだったんです」

「コトダマ遣い対コトダマ遣いだ」

「その通り」俺は頷《うなず》いた。「それも、両方の主将がコトダマ遣いという状況での、集団戦です」

「相手の能力は？」

「『腐る』。触れたものを腐らせる、という厄介なものでした」

簡単に答えたが、そもそも、相手の能力も最初は分からない。目の前で起きる現象から推理し、解答を導かなければならない。相手の能力に翻弄《ほんろう》されるうちに、殺されてもおかしくはないのだ。

それぞれの能力には、「限定条件」が存在する。こういう行動をしないと発動しない、こういう条件下では発動しない、というようなものだ。

俺の場合で言えば、『指を鳴らす』ことが発動条件になっており、ついでに、『半径五メートル以内』が効力範囲になっている。効力範囲がないものもあるので、振り幅は大きい。

今回の一件では、『腐る』のコトダマ遣いが、手で触れればなんでも腐らせられるのかを見抜くことに苦労させられた。触れただけで腐るなら、相手の体を壊死《えし》させることも簡単、ということになる。迂闊《うかつ》には近付けない。

だが、今回のケースでは、被疑者が手にかけた被害者の傷から、「両手で囲むように把持したもの」を、「触れた場所」のみ腐らせるのではないか、という見立てをすることが出来ていた。ここまで分かってくれれば、相手に接近する限界が見えてくる。相手の片腕を切断して落とす、という手段も検討対象に上がってくる。実際には、切断するには至らなかったが。

「こちらは一課と組対の刑事、および機動隊。相手は被疑者を含む半グレ集団。互いに集団戦ですから、それも頭の痛い要因でした。警察側は、俺のことを信じて、命を預けてくれる人間だけで組織されていましたが――俺の役割は、倉庫の上階、キャットウォークから下の様子を見、危険な場所にいる刑事の位置を『入れ替え』、その命を守ることだった」

「責任重大だね」

「おまけに、上から見るというのが嫌だった。まるで将棋盤でも眺めているみたいなもんでしょう」

「全能感。万能感。神の視座に立つという優越感。君が感じたのはどれだろうね」

どれでもない。

強いて言えば、罪悪感だ。

「『入れ替える』を遣って、味方と敵の位置を替えれば、敵の攻撃は不意を衝《つ》かれて空を切るし、味方は『入れ替え』られることを予見しているから、敵より一拍早く反応し、相手を制圧することが出来る。事実、『入れ替える』と拳銃《けんじゅう》や警棒との掛け算は素晴らしかった」

田渕の口癖が口を突いて出てきたことに気付く。

「だったら、問題はないだろう」

「ですが――」

そこから先の言葉が続かなかった。突然、肺の中身が空っぽになったような気がして、呼吸が荒くなった。

高倉のボールペンが、コツン、コツンと机にあたって音を立てる。

「話して気が楽になることもあるが、話したくないなら、無理に話さなくていい」

高倉は言い、ここで初めて黒いファイルを開いた。

「問診票には、『会社に行こうとすると息が詰まって行けない』とあるね。具体的にはどういう症状？　時期はいつ頃？」

「……一週間前くらいから。クリスマス以降、例の組織の後処理に忙しかったのが、パッと終わったタイミングです」

「後処理というのは？」

「……『腐る』のコトダマ遣いに逃げられ、それを追いかけていました」

「作戦失敗がストレスになったということかな」

俺は答えない。

「行けないというけど、家からも出られないの？」

「家は普通に出ました。駅まで行って……電車に乗ろうとすると、息が詰まる」

実際には、息が詰まるなんてものではない。不快感で胸がいっぱいになり、頭がじんわりと痛み、胃の中身をそのあたりにぶちまける。だが、オフィススーツを着た女性の、ボロ雑巾《ぞうきん》を見るようなあの目つきを思い出すと、たとえ医師相手にでも言う気にはなれない。

「ひげは剃れる？」

「はい」

「今日も問題ないようだしね。お風呂《ふろ》は？」

「風呂？　入りますが」

そういえば、以前はシャワーを浴びる時間もなく、デオドラントを塗るだけで済ませていたこともあるな、と思い直す。今は休みを取っているが、休んでいる時の方が、人間らしい生活を送っている気がする。いつも獣のような体臭をさせながら、獲物を追っている。まるで、動物のような生活。

「適応障害」

「は？」

「鬱《うつ》は気分が沈んでいる原因がハッキリしないことが多い。君のは明白だ。クリスマスに起きた埠頭での大捕り物。その失敗が身に応《こた》えている」

俺は黙り込んだ。

「それなら書けるよ。二カ月でどう？」

どう、とはなんだ。

よほど困惑した顔をしていたのだろう。高倉が眉根《まゆね》を寄せながら言う。

「あのね、うちは内科や外科とは違うんだから、レントゲンやMRIを撮ってどうというわけにいかないの。高齢の方で、脳の萎縮《いしゆく》からくる認知症が疑われる時は、MRI、撮るけどね」

「はあ」

「でも、君だって、診断書取れないと困るんでしょ。産業医からは、そう聞いているよ。会社を休職したいからって」

高倉は、早口に話をまとめようとしている。話せない人間に、用はないとばかりに。煙《けむ》に巻かれているような気分だった。

「適応障害なら書けるよ。そっちのほうが体裁が良いから、薬も出しておこう。夜は眠れているかな？」

「まあ、最近は少し浅いです」

本当はもっとひどい。よく悪夢を見るようになった。いつも同じ悪夢。

死の悪夢。

「なら、不眠症の気もあるね。睡眠薬を一週間分出そう。弱めのやつ。飲めとは言わない。飲みたくなったら飲めばいいが。もし飲み切ってしまって、追加の薬が欲しいようなら、またここに来なさい」

「薬が要らないなら、来なくていいんですか？」

診断書を書き始めようとしていた高倉の手が止まる。メガネの向こうの高倉の目が細められて、少し優しい表情になる。

「君に必要なのは医者じゃない」高倉は首を横に振る。「休息だ。そして、大抵はそれでなんとかなる」

待合室で待つように言われ、俺は診察室を出る。

不意に、もうこれで、高倉と会うことはないのかもしれないと思った。俺が薬を飲まなければ。欲しくもない薬なのだから。

だったら、あの話の続きをすることもないだろう。

俺が毎晩見る悪夢。

死の悪夢。

田渕を死なせてしまった、その瞬間の悪夢。

＊

冷気が肌を刺すようだった。風に時折潮風の匂いが混じる。

キャットウォークから見る階下の景色が、煙《けぶ》っていく。

敵は俺の位置に気が付いていない。俺のコトダマに対応さえ出来ていない。俺を見つけ、俺を叩《たた》けば、一気に形勢を逆転出来るというのに。

この十分ほど、俺は凄《すさ》まじい勢いで『入れ替える』を遣っている――これまで体験したことのないペースで。

銃声。怒号。破壊音。

あらゆるものが飛び交う現場を、俺は見下ろし、その生殺与奪の権を握っている。

『腐る』のコトダマ遣いが味方の刑事に近付いた時、味方と段ボール箱を『入れ替え』て防衛する。銃弾から守ってやったこともある。銃弾が放たれた後、発砲者と味方の位置を替えてしまえば、味方は撃たれない。それどころか、発砲者自身が、自分の放った銃弾に貫かれるという面白い事態さえ発生する。

面白い？

今、自分の思考によぎった発想に怖気《おぞけ》を震う。命がかかった現場だ。面白いとは、何事か——。

しかし、動悸《どうき》がし、全身が熱くなっているせいか、そんな発想さえ俺はあっさり受け入れてしまう。この高揚感のせいだ。俺がおかしくなってしまったのは——。

「永嶺！」

田渕の声だ。見ると、いつの間にか、キャットウォークに登ってきていた。

「気付かれた！　伏せるんだ！」

俺は階下を見る。

『腐る』のコトダマ遣いが、足元にいた。キャットウォークの足場となっている柱に取りついていた。

額から出血している。男は俺の視線に気付くと、ニヤリと笑って、柱を両手で摑んだ。

まずい！

俺は指を鳴らそうとして、親指と中指をすり合わせた。

だが——。

突然、心臓がギュッと締め付けられるように痛み、脂汗が止まらなくなった。直感で分かった。俺は今、この指を鳴らしてはいけない。鳴らせば、俺がこの世から消える。

自分の感情の正体が分からなかった。今から思えば、あれは、能力を遣い過ぎたことによる代償だったのだと思う。ただ、強烈な忌避感が体を貫き、俺を硬直させた。一日のうちに数十回——数え切れないほど、能力を遣ったことはなかった。

俺の脳裏にあったのは、自分の体が引き裂かれ、この世ではないどこかに連れ去られるようなイメージだった。天国も地獄も信じちゃいないが、そういうものじゃない。暗く、何もなく、ただ無に塗り潰《つぶ》されたようなどこか。そこに迷い込んで、一生帰ってこられないような気がする。

鳴らせ！

鳴らすんだ！

今すぐ敵を止めないと、俺も田渕も殺される。田渕ももう、キャットウォークに上がってきてしまったのだ。俺がやらなければ——。

だが、出来ない。

指を鳴らす。それだけのことが、出来ない。

脂汗が目の中に入り、瞬間、視界が失われる。

「田渕！」

柱が『腐』り、ぐしゃっと骨の折れるような音を立てた。

俺は宙に放り出される。

……気が付いた時には、俺は倉庫の床に寝転がっていた。

全身が痛む。肋骨《ろっこつ》の一本や二本は折れているだろう。幸い、生きている。

体をゆっくり起こす。

そうして俺は目の当たりにする。

キャットウォークの足場であった鉄骨と柱の下敷きになり、無惨に潰れた田渕の姿。

何分気絶していたのか。そう思わせるほど、冷たくなったその体。

折れた鉄骨が体に刺さり、もうすっかり青ざめている田渕の顔。

俺は叫ぶ。

そうしていつも、自分の叫び声で、目が覚める。

*

三月最後の金曜日も、そうやって目が覚めた。

俺は痛む頭を押さえながら、電気ケトルに残った水で頭痛薬を飲み下す。

今日は面談のため、「出社」する必要があった。それだけで気が重いというのに、またあの悪夢を見た。

……俺と田渕がキャットウォークから墜落した後、隙を見て『腐る』のコトダマ遣いは逃げ出した。他の刑事も追うことは出来なかった。崩落したキャットウォークが、ちょうど、被疑者と刑事たちの間を分断し、向こう側に回るのに時間がかかったのだ。

全て、巡り合わせが悪かっただけ、ともいえる。

それでも、俺は自分を責め続けた。田渕の仇《かたき》は必ず俺が討つと宣言し、日夜、あの男を追いかけ続けた。何日も眠らず張込みをすることもあった。新たな相棒からは愛想を尽かされ、今では名前も覚えていない。

しかし、仇は討った。

これで帳尻《ちょうじり》が合うはずだった、のに。

俺はまだ、このどん底の気分から帰ってきていない。

人が一人死んだ、その帳尻は、人を裁いたくらいでは取り返せないのだ。

休職期間の二カ月は、あまりにも無為に過ぎた。無為に、と感じるのが悪いのだろうか。実際には、体はしっかり休めることが出来たし、診断書を取っての休暇だから給与も出ており、金にも困っていない。普段は出来ない自炊に精を出したので、食事の状況は改善されたくらいだ。

余暇を潰す方法を知らず、図書館で適当な本を借りて読んでみたり、動画サービスに加入して映画を見たり、パチンコを打ったり、競馬場に行ってみたりしてみたが、どれにも熱中出来なかった。これも大きいかもしれない。いつ仕事用のスマートフォンが鳴り、現場に呼び戻されるか分からない世界で生きてきたので、たった二カ月でその習慣が抜けるわけもない。かけてくるやつがいるはずもないのに、スマートフォンを眺めていることに気付いて、自分で呆《あき》れたこともあった。

自分が仕事人間であることを意識させられるのが、これほどつらいとは思わなかった。パートナーもいなければ、家族もいない。両親は日頃の不摂生がたたり、早くに他界したし、兄弟姉妹もいなかった。

自分から仕事を取り上げたら、何が残るのか。

その問いに対する答えを、自分は持たない。

それに、その仕事さえ続けられるのか分からないのだ。最後の一線である「仕事」すら、奪われるのかもしれない。

休職中、何度か警視庁の近くまで足を運んだことがある。自宅の最寄《もよ》り駅までしか行けない時、職場の最寄り駅で気持ちがくじける時、警視庁の建物を見た瞬間に踵《きびす》を返したくなる時など、色々な時があったが、少しずつ距離を伸ばした。

あとは、今日の面談を無事乗り越えるだけだった。


扉をノックする。

「失礼します」

会議室の扉を開くと、見慣れた上司の姿とは別に、女性が一人立っていた。

黒のパンツスーツが似合う、すらっとした女性だった。だが、どこか不思議な雰囲気がある。目だ。呑み込まれるような引力がある。その濡《ぬ》れたような輝きのせいか、あるいは、ブラックホールのような暗い光のせいか。目は大きいが、それが顔のバランスを崩すほどではなく、むしろ魅力になっている――。

「永嶺スバル君、だね」

凜《りん》と澄んだ声で呼ばれ、思わずハッとする。

ふと、自分の視線が不躾《ぶしつけ》でなかったかどうか、心配になった。

「突然なんだが、永嶺」上司は硬い声で言った。「お前には、部署を移ってもらおうと思っている」

頭が真っ白になる。

予期していたことではあった。今回のことで、相棒を死なせ、メンタルも崩し、大きくつまずいた俺は、もう一課には戻れないのではないか――。出世街道から外れるくらいのことは、構わない。名誉にも地位にも興味はない。しかし、現場に生きたかった。血と殺意の臭いがする場所にいたかった。

「それは――」

「勘違いしないでほしい」上司は遮るように言った。「どこかに飛ばしたりはしない。今まで通り、捜査も出来る。いや、むしろ権限は広がるかもしれない。なぜなら……」

上司はチラリと、件《くだん》の女性を見遣《みや》った。

「……三笠《みかさ》さん、直々のご指名だからだ」

三笠。その名前が記憶を刺激した。聞いたことがある。典型的な男社会である警察組織において、実績を上げ、めきめきとその頭角を現し、出世街道を凄まじい勢いで駆け上っている女性。どんな男でも、彼女に一言声をかけられれば、黙って頭《こうべ》を垂れ、言うことを聞いてしまう。そんな噂さえある。ふと、上司が口にした「直々のご指名」という言葉に、どこか羨望《せんぼう》のニュアンスがあったことに気付いた。揶揄《やゆ》でも、皮肉でもない。**どうしてお前が、お前だけが女王様に選ばれるんだ、なぜ俺ではないのだ、**という羨望――。

噂は、もう一つある。

彼女も「コトダマ遣い」だという。

「ただいまご紹介に与《あずか》った三笠葵《あおい》だ」

三笠が前に進み出る。その大きな瞳《ひとみ》が俺を射抜いた。

息が詰まった。しかし、嫌な感覚ではない。中学生で初めて人を好きになった時のことを思い出す、甘い胸のうずきだ。

俺は自分で自分の正気を疑った。俺までこの人の魅力に呑まれそうになっているのか？　まさか。

「以降の説明は私が引き取ろう」

三笠はぴしゃりと言った。上司はややたじろぐようなそぶりを見せる。部屋を出ていくその背中に向かって、「お世話になりました」と声をかける。返事はなかった。

「さて」三笠は俺を見た。「突然の話ですまないね。この度、私は新しいチームを作ることになった。そこに君を誘いたいと思ってね」

「俺を？　どうして……」

三笠はすぐには答えず、「かけたまえ」と言って、部屋の真ん中に置かれた椅子を引く。自分は奥の椅子にかけ、机の上で両手を組んだ。

俺が困惑して、そのまま立ち尽くしていると、三笠は出し抜けに言った。

「恩を売るつもりはないけどね」

「え？」

「君の休職、随分あっさりと通ったと思わないかい？」

「それは、まあ」

日頃は規則正しく出勤し、仕事に励んでいる人間が、無断で休むようになった。普通の企業なら首を切られてもおかしくないような状況だが、上司からすぐに連絡があり、事情を話すと、面談から産業医への連携、地元の医師の紹介まで、丁寧にフォローがあった。

「全て、私がバックアップしたんだ」

「そうだったんですか」

どう思っていいのか分からない。すかさず三笠が言った。

「君は優秀な捜査官だ。だから、ここで潰れてもらうわけにはいかなかった。二カ月は、休暇としては短すぎたかな？」

まさか。

警察学校を出てから『腐る』のコトダマ遣いを捕まえた瞬間までの日々は、めまぐるしく、息をつく暇もなかったように思える。そんな中、凪《なぎ》のように過ぎていく二カ月は、穏やかであり、同時に、不気味なようでもあった。

「その様子だと、違うようだ。しかし、去年の年末に君を見かけた時とは、明らかに表情が違うね。血色が良くなっている」

「そうでしょうか。自分ではあまり……」

俺は息をついてから、ようやく椅子に座った。とにかく、交渉のテーブルについてみないと始まらない。少なくとも、目の前の相手は感じの良さそうな人だ。

三笠はにこりと笑った。子供のような、無邪気な笑みだった。

「まるで面接みたいだけど、緊張しないでね。君の採用はもう決まっているから」

ようやく、自分の口から苦笑がこぼれる。

「俺の意思は関係なしですか」

「もちろん、断られたら仕方がない。それでもラブコールは続けるかもしれないけどね。だがまあ、君にとっても、満更悪い話でもないはずだよ」

俺はため息を吐いた。

「それで、どうして俺なんですか？」

「理由は簡単だ。君が、コトダマ遣いだからだよ」

知らず、唾を呑み込んでいた。

「『警視庁公安部公安第五課　コトダマ犯罪調査課』というのが正式名称だ。英語でSpirits of WOrds Research Division、頭文字を取って、通称は『SWORD《ソード》』にしようと思う。コトダマを遣う犯罪者と戦う剣。かっこいいだろう？」

戦隊ヒーローに憧れる少年のような声音で、三笠は言う。

「コトダマ遣いの犯罪者だけを相手にする……ということですか？」

「もちろん、コトダマ遣いの犯行とみられる事件があれば、最優先で捜査をする権限を有する。しかし、全世界に百名という総数を考えれば、その数は必ずしも多くはない。事件を独占するその代わりに、一般の捜査についても、必要に応じて能力を貸し出すという理屈だ」

なるほど。そう言い含めて、お偉方を納得させたのだろう。

「コトダマ遣いによって組織された捜査機関。コトダマが世に溢《あふ》れるようになって二年、まだ、どの国も着手していないアイディアだ。それに、我が国が真っ先に挑む」

「それは……可能なんでしょうか。コトダマ遣いは全世界に百人です。アジア圏に偏っているというデータもありますが、素性をひた隠しにしている者もいる。そもそも、人が集まらない」

「私を含めて六人、集めた」

俺は絶句する。

「ちょっと裏技も使ったけどね。お偉方を納得させるのは大変だったけれど、その価値はあった。コトダマにも色々ある。強力で、兵器としての利用価値もあるような能力から、クソの役にも立たないものまで。でも、そういう能力も遣いようだ。調査においては絶大な力を発揮することもある。私の能力もそうでね」

三笠は微笑んだ。

「私のコトダマは『読む』というものだ。一日に一度、未来の映像を夢で見る。予知能力の一種で、形としては夢占いに近い。予知の内容は必ず実現するが、見る映像には解釈の余地が残されていることも多いから、その余白は推理で埋める必要がある。ちなみに、見る夢は自分で選べない――向こうから来るだけだ。超人的な能力を得るようなコトダマに比べると、随分ささやかな能力だろう？」

「いや……」

口では反射的に否定するが、ささやかであることは確かだ。予知の内容を自分で制御出来ないことが、その印象に拍車をかけている。

しかし、能力も遣いようだ、とは彼女の言だ。予知をいかに生かし、推理を進めていくか。その思考のありようによっては、無限の可能性が拓《ひら》ける能力に思える。彼女はその能力を捜査に役立て、自分の勝ち星を増やしていったのだろう。

「このように、戦闘には役に立たなくても、調査には役立つというものがある。これは、私が集めた人員のリストだ。見るかい？」

三笠はＡ４サイズの用紙を差し出した。

思わず手を伸ばす。顔写真はない。名前と、各人が所持しているとみられる「コトダマ」の名称が書かれていた。

課長　三笠葵　読む
班長　永嶺スバル　入れ替える
調査員　桐山《きりやま》アキラ　硬くなる
　坂東宏夢《ばんどうひろむ》　放つ
　小鳥遊《たかなし》沙雪《さゆき》　伝える
　小鳥遊御幸《みゆき》　吹く
　望月《もちづき》知花《ちか》　聞く
外部嘱託員　森嶋航大《もりしまこうだい》

「俺が、班長ですか」

困惑しながら呟《つぶや》く。

「ああ。私の申し出を受けてくれるなら、ぜひ、君にはリーダーになってもらいたいと思っている」

その提案が魅力的でなかったと言えば、嘘になる。

しかし、このリストは異常だった。警察組織に七人もコトダマ遣いがいること——ではない。それ以上に、俺には、このリストの名前に全く見覚えがなかったのだ。いくら警視庁が巨大な組織といっても、名前を全く見たことがないようなメンバーになることがあるだろうか？

これは、どうにも臭うぞ。

俺の刑事としての本能が囁《ささや》く。

「今は能力の詳細は置いておくが、君、桐山、坂東、御幸の四名が戦闘要員。私、望月、沙雪の三名が調査のためのコトダマ遣いという按配《あんばい》だ。バランスは良《い》いかと思うが」

「小鳥遊、という珍しい苗字《みようじ》が二人いますね」

「双子だ。それぞれが別個にコトダマを得た。総数を考えれば、世界でも稀有《けう》な例だろうな」

「外部嘱託員というのは？」

「警視庁が、一年前にコトダマ研究所を擁したことは知っているね？」

俺は頷いた。

思い返してみれば、三笠の名前を強く意識するようになったのは、コトダマ研究所関連の立案を通し、実現させたその手腕のためだった。一年前に施設を完成させ、稼働させたことから逆算すれば、二年前、コトダマが発現したその直後には、議論を始めていたことになる。それでもかなり急ピッチだが、組織における三笠の発言力はそれほどに強いのだろう。

「各国政府が、自国のコトダマ遣いを囲い込み、研究に役立てるための施策に打って出ているが、わが国では犯罪対策も兼ねて、警視庁が施設を擁している。コトダマの能力の詳細や、限定条件の特定、能力の限界の測定などを一手に引き受け、希望するコトダマ遣いの生活の場にもなっている」

三笠には、自分の手柄を偉ぶるような様子がない。好感を持てる話しぶりだ。

「森嶋航大は、そこの研究員だ。優秀で、次期所長とも言われている」

「所長、ですか」

「ああ。基本的にはコトダマ研究所の研究員を続け、そこに籍を置くが、知識の面で捜査のサポートに入ってもらうんだ」

バランスよく人材をかき集め、バックアップの面も抜かりない。新組織に属する不安こそあるが、かなり考えられているように思える。

それに、これはチャンスだ。

コトダマの存在と力さえ疑う同僚を相手に、能力の概要や可能性を説明し、協力を仰ぐことには、俺自身かなり飽いていた。同志たちと一緒に捜査にあたれるのだとすれば、これほど心強いことはない。

——素晴らしい力を、お前は持っている。そして、その力を生かせる時と場所に恵まれている。

素晴らしいことだ。

田渕の言葉が脳裏に蘇《よみがえ》る。

時と場所、だ。

その両方が、今、自分の目の前で扉を開けている。

だが——それをくぐるには、やはり、リストの名前を見たことがない、その事実が気にかかる。

「あの——」

口を開きかけた時、それを遮るように、三笠が言った。

「君は犯人を挙げるためなら、違法捜査も厭《いと》わないそうだね」

俺は言葉を切った。

今回の件を言っているのだろう。田渕を殺したあのコトダマ遣いを捕まえるために、かなり無茶をした。被疑者のアジトに盗聴器も仕掛けたし、かなり汚い手を使って証拠を集めた。

「その件については、さっきまでこの部屋にいたあの上司から、もうお叱りは受けています。同じ話の繰り返しですか？」

「反省の色が見られないね」

三笠は苦笑する。しかし、その歪《ゆが》んだ笑みさえどこか蠱惑《こわく》的に見えた。

「君が欲しいのは、コトダマのせいだけではない。君には犯罪者に対する強い憎しみがある。だからこそ違法捜査であれなんであれ、これと狙いを定めた相手は絶対に逃さない。一度喰《く》らいついたら引き剝《は》がせない、顎の強い猟犬に似ているね。悪を憎み、根絶しようとする、猟犬のような執念。それは実に素晴らしい」

悪を憎み。そう、なのだろうか。

自分の感情が分からない。俺はあの男に手錠をかけようとしていた時、何を考えていたのだろう。

「だから君を班長に任命した。このチームは君に率いてもらいたい」

俺は三笠の芝居がかった口調に、体がむず痒《がゆ》くなるのを感じた。しかし、それは嫌な感覚ではない。

三笠は狙い澄ましたように言う。

「君が欲しい」

その言葉を聞きたかったのだと思う。

俺は瞬間、自分がかしずく相手を決めた。命令されれば、靴でさえ舐《な》めただろうと本気で思う。

――捜査が出来る。それも、自分の可能性を生かして。

もう一度、自分の全身に熱い血液が流れるのを感じた。あの日以来、久しぶりの感覚だった。

2　ホムラ

四月某日。

「あいつら、どれくらい苦しんで死んだんだろうな」

スズキは口中に酸っぱいものが込み上げてくるのを感じながら、そう言った。

彼は助手席の相棒――「ホムラ」と名乗る男に向けて話しかけたのだが、ホムラから返答はない。サングラスをかけているが、顔を窓の向こうに向けているので、外を眺めているのだと思う。

彼も、彼なりに動揺しているのだろうか。

いや、彼に限って、それはないだろう……。

沈黙が重い。

車内には彼ら二人きりだった。ホムラが嫌がるので、音楽をかけたりラジオを聴いたりすることは出来ない。スズキは、内心の不安を押し殺しながら、沈黙に耐えるほかなかった。

ハンドル操作だけは誤らないように、意識は前方に集中している。心臓が早鐘を打っていた。脂汗が額に滲《にじ》む。それを拭《ぬぐ》うことさえ、スズキはしなかった。

彼は初めて、人を殺したのだ。

それも、二人も。

スズキ自身が手にかけたのは一人だが、もう一人についてもホムラの犯行を手伝ったのだから、罪の意識を逃れることは出来ない。

スズキはまた、ホムラをチラッと見る。ホムラの態度は落ち着き払っていて、動揺など微塵《みじん》も見えない。スズキとホムラはダークウェブのSNSを通じて、「同じ理想」を持つ同志として知り合った。スズキはホムラの素性も、過去も知らない。

——ホムラは過去に、人を殺したことがあるのだろうか……。

彼の落ち着いた様子を見ていると、スズキにはそうとしか思えなかった。

「心細いんだな」

ホムラがやっと口を開いた。

「え？」

彼はゆっくりとスズキに視線を向け、まるで諭すように言った。

「お前は初めて人を殺して、動揺している。お前のこれまでの人生は典型的な優等生のそれだった。ところが今は、人としての倫《みち》を決定的に踏み外し、警察に追われる身だ。心細くてたまらない。だから、共通の体験を持つ者に意見を求め、その心細さを埋めようとしている。違うか？」

スズキはホムラのこういうところが嫌いだった。人のことを見透かして、いつも偉そうにする。

「ああ、クソ、忌々しいほどその通りだよ」

ホムラはわずかに身を起こした。サングラス越しに、ホムラが見つめてくる。視線の動きが読めないので、スズキは落ち着かない気分になった。

「俺たちは理想をこの世に示すために、最終的には共感と賛同を得なければならない。共感能力が高いことは決して悪いことではない。だから、心を殺せとまでは言わない。だが」

ホムラの口元が歪《ゆが》んだ。残忍な笑みに見えた。

「それでミスを犯すようなら、俺はお前を切り捨てる」

スズキの喉仏《のどぼとけ》が上下した。

「……分かっているよ」

「それでいい」ホムラは助手席に深くもたれかかった。「事故だけは起こさないように気をつけてくれ」

スズキは何も言い返せないまま、下唇を噛《か》んだ。

「どれくらい苦しんで死んだのか」

ホムラが先刻のスズキの言葉を繰り返した。

「無意味な問いだな。感傷的にすぎる」

スズキは顔が熱くなった。

「……悪かったよ」

「だが、答えようはある」

ホムラは微笑んでいた。まるで、楽しいことでも話すように。

スズキは薄ら寒いものを感じて、遮るように言った。

「おい、やめろ。知りたくない」

一人目の被害者のことを思い出す。

燃えて死んだ男……。

蛋白質《たんぱくしつ》の焼ける臭い……。

しばらく、焼肉屋には行けないだろう。ことに羊肉は無理だ。あの臭いには独特のクセがあり、きっと今日のことを思い出す。

「お前が聞いたことだろう。人が燃焼して死ぬまでには、いくつかの段階がある。

まずは重度の熱傷、深刻な火傷だ。皮膚や気道粘膜が高熱に曝され、第I度から第II度への熱傷を全身に負う。煤が気道に入るのもこの時だ。これらの所見は焼死の生活反応——つまり、火災発生時に生きていたことを示す。これだけでも、想像を絶する痛みだ。

この段階のうちに、充満する煙によって意識を失えれば幸福だが、あの男みたいに、周囲に何もない場所で、自分の体だけを焼かれていたなら、それも叶《かな》わない。激痛で歯を強く食いしばり……歯が歯茎にめり込んだ痕跡《こんせき》が残ることもある。あるいは、自分の舌を噛みちぎろうとした痕跡……とかね」

ホムラはくっくっとしゃくりあげるような笑い声を立てた。スズキには、何が可笑《おか》しいのか分からない。

彼はドリンクホルダーに差してあったミネラルウォーターを手に取り、一口飲んだ。ラベルレスのもので、手に持ちやすいよう真ん中がゆるくカーブを描いている。彼の持っているコトダマを思えば、不釣り合いにも見えるアイテムだが、彼はこの水を手放さない。よっぽど、味が気に入っているのだろう。そういえば、ホムラがミネラルウォーター以外を飲んでいるのを、スズキは見たことがない。

「魔女狩りに火炙《ひあぶ》りが使われていたのはそのためだよ。死ぬほどの苦痛を与え続けて、殺すため——」

スズキの顔は蒼白《そうはく》になっていた。彼は叫ぶように言った。

「おい、そこまでにしてくれ」

しかし、ホムラは続けた。

「だが、それは全て彼の主観に立てば、というだけのこと。お前も見ただろう。夜の闇に、煌々《こうこう》と燃え盛る彼の体を。人生を一瞬で輝かせて果てる影絵芝居を。お前はあの光景を見て、少しも魅了されなかったかい？　少しも美しいと感じなかったかい？」

ホムラはポケットの中を探り、体の陰で何かを取り出しているようだった。

スズキは言葉を失っていた。夜の首都高を走り抜けながら、生唾《なまつば》を呑《の》み込んだ。

――どうかしている。

残酷なことを語る時、美しさを語る時、ホムラの声は弾み、歌うように楽しげだった。

「だが、もう一人の方は別だろう」

ホムラの手の中でパッと赤い炎が燃えた。

――彼の持つ、『燃やす』のコトダマがなせる業だ。

スズキはそう思い、体を震わせる。

ホムラの手の中の炎が、やけに冷たく感じられたのだ。

「あの男は」ホムラは言った。「恐怖し、苦痛を感じる暇すら無かっただろうな」

3　顔合わせ

四月最初の月曜日。

その日は顔合わせの日だった。

俺は紺色のスーツに身を包んで、鏡の前に立った。

スーツを着ること自体、かなり久々である。休職明けであることもあって、久しぶりにクリーニングに出せたので、折り目がビシッと揃っていた。気分が良《い》い。

壁掛けフックから自宅のカギを摘《つ》まみ上げた瞬間、机の上のビニール袋に気が付く。

あの日もらった睡眠薬だ。結局、一錠も飲まずに、薬局でもらった時のまま置いてある。三円で買ったビニール袋。診断書の理由づけのために、惰性で出された薬。

俺は少しためらってから、薬のシートを取り出す。七日分、七錠だけの薬だ。シート一枚が偶数であるからだろう、一番下の段が真ん中で切り分けられ、不恰好《ぶかっこう》な形になっている。

ジャケットの内ポケットに、薬のシートを入れた。

使いたいわけではない。ただ、クリスマス以降の自分を忘れないようにするためだ。


警視庁の地下に置かれたその部屋の前に立つ。

扉の横に、部署の名前が表示してある。

『警視庁公安部公安第五課　コトダマ犯罪調査課』

こうして目の当たりにしても、いまだに現実感がない。襟を正してから、扉を開く。

瞬間、くしゃみが出る。

「……埃《ほこり》っぽいな……」

しばらく、使われていない部屋なのかもしれない。地下だから、窓を開けられないのが痛い。空調の換気モードを起動して、我慢する。

一番乗りだ。俺は座席表を見て、自分の席に荷物を置く。

机が真ん中に六つ、奥に大きめのが一つ。扉の脇の壁に沿って、もう一つ机が配置されていた。パソコンとディスプレイは人数分。部屋の右奥には大きなラックや、書類などをまとめるフォルダや証拠品を置いておくためのプラスチックケースがあるが、まだ空のままだ。

ここが、これから捜査する事件で埋まっていく――。

そう思うと、なぜかワクワクするようだった。

「あ、早いですね」

「い、一番乗りだと思ったのに……」

戸口に、そっくりな顔をした二人の女性が立っていた。長髪と短髪、泣きぼくろの位置も違う。双子……。

三笠に見せられたリストを思い出す。確か、小鳥遊といったか。

「まずは掃除からですかねえ、これは」

「そ、そうだね、鼻がムズムズするかも……」

二人ともリクルートスーツを着ていて、かなり若く見えた。大学を卒業して間もないように思える。長髪の方は口調も子供っぽい。どこか、短髪の方に甘えているように見える。

「永嶺スバルだ。捜査一課からこちらに来た」

休職の件や、田渕の件は伏せておく。伏せておきたい。もちろん、相手が知っていた場合は、やむを得ないが。

「どうも、よろしくお願いします」髪の短い方が、軽い口調で言った。「私は小鳥遊沙雪です。姉の御幸とは双子なんです」

「あの」髪の長い方が、静かな声で言った。「姉の小鳥遊御幸です……あの、私も妹も、交通部交通総務課から来ました」

俺は軽いショックを受けた。

「交通？　その前は？」

「え？　いや、初めての配属が、そこです」

「二人揃って同じところに配属決まった時は、ラッキーって思ったよね……」

「うん、今回もお姉ちゃんと一緒になれて嬉《うれ》しいよー」

沙雪はじゃれつくように御幸をハグする。

俺は頭の痛みを感じた。

──交通捜査課でもない、ということだ。つまり、二人とも捜査経験はない？

その質問が喉《のど》まで出かかったが、なんとか堪《こら》えた。聞くまでもないことであり、聞くこと自体、威圧と取られても仕方がない。

「ねえあなた、そんなところで何やっているの？」

沙雪が俺の向かい側の机に近付いていた。机の下を覗《のぞ》き込んで、声をかけている。

「誰と話しているんだ？」

ここには俺が一番乗りのはずだ。しかし、沙雪は俺を無視して、机の下に声をかけ続ける。

「そこじゃあ窮屈でしょ？　女の子同士仲良くしようよ」

「あ、いや、私はそのう……」

突然、知らない声が聞こえてきた。

沙雪に手を引かれて、背の低い女性が机の下から出て来る。さながら小動物のような印象の女性だった。濡《ぬ》れた瞳《ひとみ》は、どこか怯《おび》えているようにも見えた。

俺は内心の驚きをなんとか隠した。自分よりも先に、ここに来ていたとは。しかも、隠れていた。もしかして、自分は怖がられていたのか？

「私たちの自己紹介は聞いていたでしょ？　見たところ、同い年くらいだと思うけど」

「あ、はい……多分そうです。えっと、望月知花です……」

望月はいきなりぼやくように言った。

「机の下に隠れていたのは？」

「えっと……目つきの鋭い人が入って来たので、咄嗟に……」

意外と、思っていることはハッキリ言うタイプらしい。

それにしても、望月とは一度も目が合わない。視線を検知するレーダーでも内蔵されているのではないか。

「あ！　望月さんここにいた！」

細身の男が入ってきた。年齢は四十代くらいだろうか。顔の皺《しわ》が苦労を感じさせ、髪の毛にも少し白いものが交じっている。

「もう、捜したんだよー。コトダマ研究所からここまで一緒に来ようって言ったのに、急にいなくなっちゃうもんだから……」

「す、すみません。警察の中、雰囲気が怖い人がたくさんいて……」

「あの、あなたは」

俺は聞いた。男は人の良さそうな笑みを浮かべる。

「申し遅れました。私はコトダマ研究所の研究員をやっている、森嶋航大です。ここでは外部嘱託員の扱いで、あくまでも籍はあちらに置いてるけど、マメに顔を出したいと思っています。と、まあ」

森嶋はニヤリと笑った。

「堅苦しいのはこれくらいにして、お土産でーす」

じゃーん、とおどけた口調で、森嶋は手にしていた紙袋を掲げる。

「東京名物『アヒル』の、東京駅限定抹茶味。お茶請けにぴったりだよ」

うわー、と小鳥遊姉妹が嬉しそうに受け取る。望月の表情も、あからさまにやわらかくなった。

「でも……いいんですか、こんなの」と御幸。

「私はお菓子が大好きなんだ。でも、家ではあまり食べられないからね。だから一緒に食べてくれると助かるというわけ」

「えー、家族にでも止められてるんですか」

沙雪が、森嶋の左手の薬指を見ながら言う。結婚指輪が光っていた。

「まあね」

森嶋は、やけに悲しそうな笑みを浮かべる。

「おー、若いのがお揃いだねえ」

次に扉を開けて入って来たのは、好々爺《こうこうや》めいた男性だった。くたびれたトレンチコートを着て、白髪を撫《な》でつけている。もう片方の手には風呂敷《ふろしき》包みを持っていた。

「若干一名、若くないのもおりますよ」

森嶋がおどけて言うと、男性は肩を揺らして笑った。

「坂東宏夢といいます。どうぞよろしく。この年で新しいことするなんて、正直不安でいっぱいですが。まあ、仲良くしてやってください」

「よろしくお願いしまーす」

沙雪の間延びした声につられて、御幸と望月も挨拶《あいさつ》する。望月は早速、沙雪のスーツの肘《ひじ》のあたりを摘まんでいて、すっかり依存モードだった。

俺たちは坂東のために、もう一度、一通り名乗った。

「ほう、捜査一課出身ですか。エリートさんだ」

坂東は目を細めて言う。

「私は先月まで、田舎の駐在所で勤務していました。犯罪捜査なんてしたのは、もう随分前のことですよ。若い君らには、後れをとってしまうかもねえ。まあ、迷惑をかけないようにしますので」

彼はぺこぺこと頭を下げる。どこか卑屈めいた態度は、彼なりの処世術だろうか。

田舎の駐在所に勤務、年齢も離れている……俺がその名前を知らないのも頷《うなず》けた。

「望月さんは？」

望月に話を振る。ここでも目を合わせてくれない。

「え？　ええっと、東都《とうと》大学から……です……」

頭が真っ白になる。

「いや……出身大学は聞いていない。警察での職務経験を聞いている。大学近くの交番勤務だったということか？」

「そうじゃなくて……」

望月が、うーん、と泣きそうな声を出した。

「永嶺さんこわーい」

「こわ……」

沙雪の言葉にショックを受けていると、森嶋が「私が説明しよう」と会話を引き取った。

「望月さんは二カ月前、『聞く』のコトダマの能力を発現した。無生物の声を聞く能力で、その限定条件は……まあ、その辺の細かいことはおいおい話そう」

無生物の声を聞く。その言葉だけではイメージがつかないが、聞き込みなどで絶大な能力を発揮するかもしれない。

「彼女は一カ月間、自分の能力の扱いについて悩んでいたが、決意をして、コトダマ研究所に自分がコトダマ遣いであることを申し出てくれたんだ。それで、私の指導のもと、様々な実験をして、その能力の限界などがわかったのも、ごく最近のことだ」

望月は頷いた。一カ月の経験値があるためか、森嶋には信頼を置いているらしい。

「捜査における『聞く』の有用性に着目して、三笠課長から直々に声がかかったのが、一週間前のことだ。そして、三笠課長の肝煎《きもい》りで、このチームに加わることになったんだ」

——裏技も使った。

あの言葉が脳裏に蘇《よみがえ》る。

裏技どころの騒ぎではない。警察学校も出ていないズブの素人を、コトダマ遣いであるというだけで、捜査機関に引き込んだのだから。

三笠という女性が握っている実権の大きさに、改めて眩暈《めまい》がする。

望月が最も異質な例であることは間違いないが、小鳥遊姉妹も交通総務課勤務であり、捜査経験はない。坂東は昔やっていたそうだが、どれくらい前のことなのか見当もつかない。経験があったとしても、化石のようなものだろう。

——君が欲しい。

あんなにも甘い言葉で口説かれた記憶が、もはや懐かしい。

もしかして俺は、厄介なお守《もり》を押し付けられてしまったのでは？

ああ、悔やんでも悔やみきれない！

あの時、リストの名前にほとんど見覚えがないことに気付いていたのだから、指摘するべきだったのだ。

部屋の扉が開く。

「揃っているね。上々だ」

三笠葵が立っていた。

俺はすかさず言った。

「三笠課長、どういうことなんですか。捜査経験のある人間は、俺と三笠課長だけですか」

「あの、私も一応……」

坂東が手を挙げかけるが、無視する。

三笠はあの大きな目を瞬《しばたた》いた。

「あれ、言っていなかったかな？」彼女は舌先をぺろりと出した。「ごめんね」

俺は、心の中で振り上げかけた拳《こぶし》を下ろす。

三笠本人を目の前にすると、不満が消し飛んでしまうのが不思議だった。

部屋の中を見回すと、小鳥遊姉妹も、望月も、羨望《せんぼう》の眼差《まなざ》しで三笠を見ているのが分かる。森嶋も襟を正して三笠を見ていた。坂東だけが自然体で、やや猫背気味に椅子に座っているが、その目は真っ直ぐに三笠を見据えていた。

思わず引き込まれるカリスマ性。

三笠には、それがあった。

思い返してみれば、「君が欲しい」という、あの言葉がもう罠《わな》だったわけだ。計算尽《づ》くの人たらし。しかし、手の平の上で転がされるのも悪くはないと思えてしまう。危険な人だ。危険だとわかっていて、離れられない。花の見た目と蜜《みつ》の匂いに誘われて、食虫植物に飛び込んでいく虫に似ているかもしれない。しかし、花と蜜に抗《あらが》えるだろうか？

俺はため息を吐いてから、自分の席におとなしく座った。

「あのう」坂東が言った。「ところで、あと一人、来ていないようですが……」

俺は隣の席を見る。確かに、そこはまだ空席だった。

その時。

どぉん！　という激しい音を立てて、部屋の扉が吹っ飛んだ。

「ぎゃあっ！」

望月が飛び上がって悲鳴を上げる。

「なんだ⁉」

俺は立ち上がり、臨戦態勢を取る。

今日はＳＷＯＲＤの起《た》ち上げの日だ。チームの設立をよく思わない人間のカチコミかもしれない。

「三笠課長！　俺捕まえてやりましたよ！　絶対コトダマ遣いです、こいつ！」

チンピラのような声が聞こえた。

煙の中から現れたのは、金髪の小柄な男だった。身長は百六十センチぐらいだろうか。長い髪を後ろで結っているので、女のようにも見えるが、がなるような声や骨格は確かに男だった。

次第に辺りの様子が分かってくると、吹き飛ばされて、床に転がった扉の上に、がっしりした体格の男が倒れていた。

「桐山君」

三笠が金髪の男にそう呼びかけて、ようやくこの暴力男が、同僚であることを確認する。桐山アキラ。名簿にあった名前だ。

確か、コトダマは『硬くなる』。

「一応聞くけど、この人がコトダマ遣いである根拠は？」

「こいつ、俺が殴ってもなかなか伸びなかったんす。俺と同じで、『硬くなる』のコトダマを持っているに決まってんじゃないすか！」

桐山は気絶している男の胸倉を摑《つか》みながら言う。めくれ上がった服から、鍛え上げた筋肉が露出していた。

「俺は今日から、悪いコトダマ遣いを倒す正義の味方なんでしょ！　だから出勤途中にもパトロールってわけっす」

三笠は、うーん、と首を捻《ひね》った。

「同じコトダマを持つ人間は、同時に二人存在しないというルールがある。君が『硬くなる』を持っているなら、彼は絶対に『硬くなる』のコトダマ遣いではないよ」

「あ、そっか」

桐山はあっさりと、男から手を離した。

「じゃあ、こいつはただ腹筋が硬いだけってことか。へー、ここまで鍛えるなんて、よくやるよなあ」

桐山が倒れている男の腹筋をぺちぺちと叩《たた》いて、ゲラゲラ笑った。

俺は啞然《あぜん》としていた。その言動に幻滅して——のことだが、理由はそれだけではなかった。

雰囲気が似ていたのだ。

田渕に。

もちろん、田渕はちゃらちゃらした髪の色はしていなかったし、こんなガサツで乱暴な男ではなかった。言葉遣いだって全然違う。

顔の造作や雰囲気、だろうか。

いや、横顔だ。横顔が、よく似ている。

言葉が出てこない。まごついている、という言葉がぴったりだ。この感情にどう接していいのか分からない。そもそも、この桐山という男のことは一発で嫌いになったというのに、彼を見て、この世で一番信頼していた男のことを思い出すなんて——どうかしている。

三笠以外の他の面々も、まごついているという点では同じだったと思う。望月と御幸にいたっては、二人とも沙雪の背後に隠れて、ビクビク怯えていた。

三笠だけが冷静に、柳眉《りゅうび》を歪《ゆが》めて、倒れた男の体を探っていた。

「お、めっけものだ」

そう言って、三笠は男の服のポケットから、小さな袋を取り出した。中には白い錠剤が入っていた。若者の間で流行している合成麻薬だ。

「犬も歩けば棒に当たる、ってやつだね。手柄ってことにして引き渡しておくけど、今後は勝手にコトダマ遣いと判断して、民間人と戦闘するのはやめるように。いいね？」

その時の桐山の様子はみものだった。まさしく、犬そのもの。尻尾《しっぽ》があったら、ぶんぶん振り回して、そのまま三笠の足に抱きつきそうな顔だった。

「はい、分かりました三笠課長！」

彼はビシッと敬礼のポーズを取る。それは訓練の結果得たものというよりは、テレビや映画のそれに憧《あこが》れて真似したというような、適当なものだった。

俺はまた眩暈を覚える。

――まさか、こいつも捜査経験ゼロか？

「ちょうどいいからみんなに紹介しておくよ。この子は桐山アキラ。大学を中退して、今日から私たちの仲間になる」

茫然《ぼうぜん》とした。

「今聞いての通り、彼のコトダマは『硬くなる』だ。このチームにおいては、貴重な戦闘要員になる」

「よろしくっすー」

桐山はへらへらと笑っている。

「君たちには今後、二人一組で動いてもらう。まず、小鳥遊沙雪さん、小鳥遊御幸さん」

「はい」

「はい……」

「君たちはそのままペアを組んでもらう。沙雪の『伝える』を捜査で役立て、御幸の『吹く』は戦闘での使用を前提にこれから可能性を探っていく」

「うう……私に出来るでしょうか……」

御幸は浮かない表情だった。

「次に、坂東宏夢さん、望月知花さん」

「ええ」

「ううう、はい」

「坂東さんの『放つ』は戦闘においてかなり重宝する能力だ。望月さんをしっかり守ってもらいたい。望月さんの『聞く』は、森嶋さんがコトダマ研究所での実験を通じて、能力の適用範囲がかなり分かってきたと聞いている。これからぜひ役立ててほしい」

「望月さん、よろしくね」

「あっ、はい……よろしくお願いします……」

望月はぺこりと頭を下げる。どこかホッとしたような顔をしているのは、坂東が優しそうだからだろう。

『吹く』と『放つ』については、能力のイメージがつきにくい。他の動詞は、ある程度イメージこそ出来るが。しかし、コトダマには、目的語を省くタイプのものがある。炎を放つとか、ホラを吹くとか、何かしらの目的語が隠れているはずだ。

そうすると、消去法で、俺のペアは……。

俺はジャケットの胸のあたりを手で押さえた。睡眠薬のシートがある場所だ。このまま眠って、ひどい現実を忘れられるなら、それもいいかもしれない……。

「永嶺スバル君、桐山アキラ君」

俺たちだけ、「君」付けかよ。まるで小学生にでも戻った気分だった。

「はい！」

俺の返事は一拍どころか五拍ほど遅れた。

「はい……」

「永嶺君の『入れ替える』と、桐山君の『硬くなる』は、コトダマ遣いとの戦闘において、連携すればかなりの可能性が拓《ひら》ける組み合わせだ。よく訓練し、備えてもらいたい。と同時に、永嶺君は捜査一課で数年間、最前線で犯罪捜査にあたってきた。その経験を生かして、ペアの桐山君をはじめ、このチーム全体をより良い方向に導いてほしい」

俺への訓示の方が長かったためか、桐山はあからさまにムッとした顔で俺を睨《にら》む。

——ああ、いきなり嫌われた。

しかし、望むところだった。俺も、こいつが嫌いだ。

と同時に、自分の双肩にかかった期待に改めて気付き、気が重くなった。

「森嶋さんは、知識面でのサポートを主にお願いすることになると思います。スーパーバイザーとして、捜査の際には積極的に意見をいただきたい」

「はいはい、お任せを」

森嶋は気軽そうな口調で答えた。

しかし、不意に気付いたことがある。

この組織の中では、三笠以外、俺の過去を誰も知らないのだ。

それはそうだ。交通部の出身者。田舎の駐在からの出戻り。研究所から直接来た人々。大学中退。どれも、捜査一課での俺を知るはずがない。

ふと、心が軽くなった。新しい場所で何かを始めるというのは、こういうことなのだ。

三笠は自分の机の傍に立ち、両手を後ろで組んだ。ＳＷＯＲＤのメンバー七名を、ゆっくりと見渡してから、言う。

「さて諸君。私は今から、桐山君が捕まえてきたこの男を、引き渡してこないといけない。目覚めたら事情の説明が面倒だからね。

だが、戻ってきたら、君たちに早速話すことがある」

三笠は一拍置いて、言った。

「コトダマ遣いの犯行とみられる殺人事件が、昨夜、起こった」

室内に、しん、と沈黙が降りた。

「被害者は二名。いずれも」三笠は柳眉を下げた。「筆舌に尽くしがたい方法で殺されている」

4　目撃

世にも残忍な殺人事件が起こったその日。ＳＷＯＲＤ顔合わせの前日のことだ。

日曜日。男子高校生の二人組、二宮《にのみや》と相田《あいだ》は、夜道を歩いていた。同じ学校、同じ塾に通う親友である彼らは、塾の自習室が閉まる二十二時ギリギリまで居座っていたのだ。進学校に通う彼らは、約一年後の受験を見据えて勉強に励んでいた。

「受験っていつになったら終わるんだろうな」

「せいぜい、あと一年の辛抱さ」

夜になって、春とはいえ少し冷えてきた。

二人は工場近くの、寂しい街並みを歩いていた。工場は電力会社の洋生《ようせい》電力のもので、壁面にも、太陽をモチーフにした会社のロゴマークが描かれている。

二宮は自分の体格の良さに自信があるが、それでもこの道を一人で歩くのは不安だった。普段は大通りの賑《にぎ》やかな道を歩いている。

「その一年っていうのがしんどいんだろ。いつまで経っても終わらないように思える」

「俺だってそろそろ、英単語とか歴史の年号から解放された生活を送りてえよ」

「しかも、一年とは限らないぜ。浪人したら」

「あー、やめろ！　聞きたくない……」

はあ、と二人のため息が漏れる。

「あーあ、俺もコトダマに選ばれていたらなあ」と二宮はぼやいた。

「ありえない妄想はやめろよ」

「いいだろ。こんな時くらい。なあ、お前だったら、どんなコトダマが欲しい？」

うーん、と相田は唸《うな》った。

「そうだなあ……やっぱり、『爆《は》ぜる』かな。カッコ良《い》いし」

「俺は『透ける』だな。体が透明になったら、あんなことやこんなことを……」

「結局エロい妄想がしたいだけだろ」

「そうかもな」

「なんだそりゃ」と相田は笑い声を立てる。

二宮と相田は、特段夢見がちな性格というわけではない。今彼らがしている妄想自体は、二年前のあの日以来、誰もが一度は抱いたことがあるものだ。

あの日。隕石《いんせき》がユーラシア大陸の某所に落下した日。何があったかは、ニュースでもたくさん報じられたし、二宮が愛読しているオカルト雑誌でも様々な憶測が書き立てられた。しかし、二宮のような一般市民には、正確な事実は知らされていない。二宮が隕石の落下地点を「某所」としか言えないのも、その情報が厳重に秘匿されているからだ。中国とも言われているし、ロシアとも言われている。

確実に分かっているのは、この世に百人の能力者――「コトダマ遣い」と呼ばれる人々が誕生したことだけだ。宇宙からの飛来物による磁場の影響に違いないと、無責任なウェブマガジンには書いてあった。

言葉には力が宿る。百人のコトダマ遣いたちは、アトランダムに選ばれ、それぞれ一つのコトダマを授かっている。『燃やす』なら発火能力、『透ける』なら透明人間になる能力、『爆ぜる』なら爆破能力が得られる。

コトダマ。その全容は未《いま》だに明らかになっていないが、骨格が分かったのは、二年前のセンセーショナルな事件がキッカケだった。その事件の結果として、コトダマ文書（S文書）と呼ばれるルールブックが全世界に共有された。一時期、週刊誌やオカルト雑誌、ネットメディアなどにも掲載され、様々な憶測を呼んだものだ。

二宮にとって、コトダマは夢の存在だった。S文書も、食い入るように読んだものだ。今でも、内容をそらで思い出すことが出来た。

『総則

一、〈能力〉は言葉から導かれ、言葉に制約される。コトダマの力が人の可能性を拓《ひら》く。
二、誰がコトダマに選ばれるかは、誰にも予測することが出来ない。
三、一つのコトダマを持つ人間は、地球上に、必ず一人である。

四、コトダマに選ばれた人間は、死ぬまでそのコトダマを保持する。
五、コトダマを持つものが死ぬと、コトダマは別の誰かに引き継がれる。誰に引き継がれるかは、誰にも予測することが出来ない。
六、降り立った言葉は百。ここにそのすべてを掲げる。

燃やす　凍らせる　知る　動かす　押す
引く　探る　吹く　信じる　爆ぜる
壊す　換える　盗む　消える　見る
握る　嗅ぐ　描く　育てる　潰す
読む　練る　挟む　腐る　硬くなる
弾く　撃つ　割る　変える　眠らせる
戻る　跳ぶ　巻く　曲げる　見せる
招く　聞く　消す　封じる　治す
伸びる　蘇らせる　操る　直す　放つ
落とす　砕く　奪う　無くす　重くする
捜す　軽くする　騙す　高まる　透ける
教える　祈る　隠す　欠く　同化する
駆る　降る　着る　切る　入れ替える
乾かす　潜る　結ぶ　見破る　護る
偏る　運ぶ　話す　発する　叩く
抜ける　真似る　祟る　化ける　撫でる

借りる　嚙む　　進む　責める　開く
詠む　返す　　剝く　食べる　反転する
植える　飲む　　吸う　出す　見抜く
射る　伝える　　寝る　雇う　観測する』

　S文書においては、以下、それぞれの能力の概要を示した一、二行程度の記述がある。それによって能力の効果が分かるようになっているが、能力がどの範囲まで適用されるかとか、どういう制限があるかといった細かいルールについては、記述されていない。それはコトダマ遣いたちが自分で解き明かしていかなくてはならない。各国政府は自国のコトダマ遣いの囲い込みを行い、自国で知り得た条件や制限等の情報は秘匿している。S文書が総論であるなら、各国が保有する情報は各論である。全容が明らかになっていない、というのはそのためだ。恐らく、未だどの国も、全貌《ぜんぼう》を解き明かしてはいないのではないか。

　――このどうかしているルールを地球に持ち込んだ、「何者か」以外は……。

　オカルト好きの二宮は、すぐにそういう発想に飛んでしまう。彼にとっては、百の能力を示す動詞のリストは、夢のカタログのように思えた。

　S文書がこの世に生まれた経緯は、以下の通りだ。

　始まりはタイに住む五歳の少女だった。彼女はある日四十一度の高熱を出したかと思うと、突然跳ね起きて、ノートに文章を書き始めた。少女はまだ読み書きを習っておらず、論理的な文章を組み立てられるはずもなかったが、一心不乱に書き殴ったという。まるで、何かにとり憑《つ》かれているかのように。書かれた文章は理路整然とし、スペルミスも一切なかった。彼女はその後も文章を書き続け、高熱に浮かされているうち、二日後に死亡した。

次は日本の山間部に住む七十六歳の男性だった。彼もまた、同じように高熱を出した。彼は定年退職後、趣味で彫刻を始めていた。彼は高熱を出した日から、木の板数十枚に一心不乱に何かを刻み始めた。妻がいくら止めても聞かず、目もうつろだったという。

後から、タイの少女と日本の高齢男性は、前述の能力リストにある『知る』の能力を得た人間ではないかと推測された。

知る：森羅万象この世の理《ことわり》、全てを知ることが出来る。ただし、その知に脳が耐えられるかどうかは保証されない。

S文書における情報はこれだけだが、後の研究で、『知る』の能力者は、能力を得てから四十八時間後に、脳がオーバーヒートし、死に至るということが分かった。それからは『知る』は、世界の誰かが二日間に一回かかる熱病のようなものとして扱われている。

こうした総論の文章記録の出現は、タイ、日本の二件を皮切りに東アジア・東南アジア各国で七回、続発した。注目すべきは、文章を残した各々は、他の人物の文章を見る機会がなく、お互いに接触もなく、したがって示し合わせる機会もなかったことだ。それによって、「S文書」は本物だと確認された。

日本語で総則の全てが書かれたこの木の板が、日本で「S文書」と呼ばれているものの原本である。日本のコトダマ研究所に保管され、現在の研究の基礎となっている。各国政府では、自国で『知る』のコトダマ遣いが発現し、自国の言語で「S文書」が書かれれば、それを保有しているが、やむを得ず、翻訳で対応している国もある。

「だけどよ」相田は言った。「コトダマって、物騒な能力ばっかじゃないか。いざ選ばれたら、命を狙われるんじゃないの」

コトダマに選ばれ、それを悪用する人間たちの所業は、能力者や宇宙からの飛来物など戯言《たわごと》だと一蹴《いっしゅう》していた人々の頬を思いっきり張り倒した。犯罪は世界各国で起こり、卑小な個人間の争いから、殺人事件、果てはテロリズムと結びついて多数の死傷者を出すこともあった。

「『爆ぜる』のテロは有名だけど、『燃やす』のコトダマ遣いも、日本で一家殺害事件を起こしているんだよな」

日本におけるコトダマ遣いへの偏見を強めた、嫌な事件だ。二年前、まさに能力者がこの世に現れ始めた頃の事件である。相田はさらに続ける。

「強い力を遣ってみたいって、やっぱり思うもんなのかな」

「どうなんだろ。そうなってみないと、分からないけど」

「人を助けるとか、救うとか、そういう方向にいかないのかな。そういう人は、ニュースにならないだけか?」

二宮は何も言えなかった。彼はただ、コトダマという存在に無邪気に憧《あこが》れているだけだった。

「コトダマ遣いは百人だけ。その遣い手が死んだら、席が空いて、新しい誰かがコトダマに選ばれるらしいけど……要は、誰かを押しのけないとチャンスがないってわけだ」

「実際には、押しのける力なんて、俺らにはないけどな。能力者の誰かの寿命が来て、俺たちに幸運が降り注ぐのを祈るしかない。宝くじに当たるのと同じようなもんだ」

総則の二〜五を総合すると、そういう結論になる。

アメリカで『爆ぜる』の能力者が爆破テロを起こした際、地元警察が犯人の頭を撃ち抜く映像が中継カメラに映ってしまった。しかし、そのわずか三十分後、エジプトで爆破事件が起こった。事件の態様から、爆弾などを使用したものではなく、『爆ぜる』の能力で起こされたとしか思えなかった。飛行機でも短時間では行き来出来ない距離であるし、アメリカの能力者は死亡が確認されていた。この異常な事件を受けて、コトダマ遣いが死ぬと、そのコトダマは別の人間に移るという「五」のルールが確かめられた。新しいコトダマ遣いも、最初と同じく、アトランダムに決まると考えるしかない。

これは考えようによっては、恐ろしいことだった。罪を犯したコトダマ遣いを殺すことは出来ず、生け捕りにする他ない。たとえ善良な心の持ち主がコトダマ遣いになったとしても、その人物が死んでしまえば次の人物が罪を犯すかもしれない。そこで、コトダマ遣いの犯罪者を死刑に処すべきかどうか、という観点から、死刑反対論がますます活発に議論された。反対論者たちは無期懲役によってコトダマ遣いを拘束し、その寿命が続く限り新たな遣い手を生まないようにすることを主張するが、百人の能力者を安全に収容しておける刑務所を作ることは、現実的ではなかった。

誰もがこの事態に順応出来ていなかった。警察や捜査機関の対応は後手後手に回り、二年経って、それがようやく追いつくか、というのが今の状況だ。しかし、その対応の遅さも、新型コロナウイルスの大流行に対する各国政府の対応を見せられていると、不思議と納得してしまうのだった。

「だけどさ」二宮は言った。「命を狙われる、ってさっき言ってたけど、あれ違うらしいぜ」

「どういう意味？」

「コトダマ研究所って、そこらの刑務所より待遇がいいんだってさ。せいぜい、自由を拘束されるくらい。快適な寮生活みたいなもんらしい」

二宮がそれを知っているのは、日本のコトダマ研究所で暮らす男性のインタビュー記事をネットで読んだからだ。真偽のほどは定かではないが。

「だから犯罪に向かないようなささやかな能力を得たやつは、喜んで研究所に協力するんだと」

ふうん、と相田は鼻を鳴らした。

彼らがこれほどまでに、無邪気な妄想を話し合えていたのは、「コトダマ」というのが、彼らの人生には一切関係のない事柄だったからだ。親類にも友人関係にも、コトダマの関係者は一人もいないし、遣い手もいない。たとえて言うなら、俳優やアイドルと付き合うなら誰か、と無意味な妄想を話し合っているのに等しかった。

彼らの人生と「コトダマ」は無関係だった。

この時までは。

彼らは工場の傍を抜けて、閑静な住宅街に差し掛かろうとしていた。

カラン。

何かが音を立てた。工場の方だ。

「おい、何か聞こえなかったか？」

相田が言う。

不意に、二宮の胃がキュウッと縮んだ。暗い夜道で不審な音を聞き、彼の心に不安が萌《きざ》していたが、情けないところを友人の前で見せたくはなかった。

「誰か残業でもしているんじゃないのか」

二宮は強がって言い、錆《さ》びた門扉の近くに立って、中の様子を窺《うかが》ってみる。

建屋は学校の体育館くらいの大きさがあって、その一角の部屋の明かりが隙間から漏れている。シャッターは降りているので、中の様子は見えない。

工場は向かい合うように二つ、建てられている。今物音がしたのは、西側の工場だった。

「残業って、こんな時間にか」

相田は腕時計を二宮に見せる。

二十二時十八分。

「会社員って大変だな」

「俺らもいずれそうなるんだぜ。嫌だ嫌だ」

「こんな時間まで自習室に籠《こも》っていたんだから、今と一緒かもしれないぞ」

二宮が言うと、相田の顔はますます歪《ゆが》んだ。

「さっさと行こうぜ」

興味をなくしたように、相田がそう促す。

この時もまだ、二宮は工場の方に顔を向けていた。

キラッと小さな光がよぎったかと思うと、だだっ広い空間の中心に、突如として火柱が上がった。

「――あぁぁぁ！」

絶叫が夜の空気を震わせる。

二宮の体はビクッと跳ねた。

「なんだ⁉」

相田が叫ぶ。

突然、人が燃えた。

それ以外に表現しようのない状況だった。

「あぁぁぁ！」

その人物が、男か女かも、二宮には分からなかった。

なぜなら、全身を炎に焼かれていたからだ。

「お、おい、あれ……」

相田が震える手を持ち上げる。

二宮の鼻先に、強烈な異臭が漂って来た。焼肉屋で嗅いだことのある臭い。彼は北海道出身の両親に連れられ、ジンギスカンを食べに行ったことがあった。やけにクセのある羊の肉の臭いが、彼には気に入らなかった。

なぜか、そのことを思い出す。

蛋白質《たんぱくしつ》の焼ける臭い……。

炎に巻かれているその人物は、悶《もだ》え、苦しむように体をよじらせながら、開けた空間をまるで踊るように闊歩《かっぽ》した。燃えている人物のシルエットが、影絵のように夜の世界に映し出され、その苦悶《くもん》を表現する。

「ヒッ……」

あまりの恐怖に、二宮は悲鳴さえ出せなかった。ただ、喉《のど》だけが小さく鳴った。

その人物は、観客に気付きでもしたかのように、二宮たちの方をぐるんと振り向いた。

「お、おい……」

茫然《ぼうぜん》とする二宮の肩を、相田が叩く。

その人物の両腕が、こちらに向けて伸びた。まるで観客である彼らにファンサービスでもするかのように、猛スピードでこちらに近付いてくる。

「助けを求めているんじゃないのか？」

二宮が怯《おび》えながら言うと、「そうだとして、俺たちに何が出来る！」と相田が叫んだ。

確かにそうだ。この近くに消火器はない。工場の中にあるかもしれないが。水道も近くにない。カバンの中の水筒の水も飲み干してしまった。自分たちに出来ることはない。二宮の頭の中に、幾つもの思考が駆け巡る。

相田は埒《らち》が明かないとでもいうように首を振ると、二宮を置いて、一目散にその場を離れてしまう。

その人物が目前まで迫ってくると、二宮もようやく動いて、その場から逃げた。

ただ、彼は相田と同じように、住宅街の方には逃げなかった。東側の工場の方に、逃げ込んでしまったのだった。

こちらの建屋は、西側のものより一回り小さい。

「お、おい相田、どこにいるんだ？」

彼の声が工場内に反響するが、当然、答える者もいない。

工場の中は薄暗かった。搬入口にあたる広い空間で、床はコンクリートの打ちっ放しだ。開け放たれたシャッターから、わずかに月の光が射しこんでいる程度である。

「あっ」

彼は突然、何かに足を取られた。生暖かい何かだ。どさりと床に倒れ込む。ぬるりとした液体が二宮の体にまとわりついて、全身が生臭くなる。

彼がなんとか体勢を立て直し、見たものは——もう一つの死体だった。

死体の様相はあまりに異様だった。

苦悶の表情を浮かべながら、大きく目を開いている。今にも、眼球が零《こぼ》れ落ちそうに見えた。全身から出血している。青あざのような傷が体中にいくつもあり、眼球には点状の出血が見られた。異常な状況だった……。

二宮は悲鳴を上げた。

5　二つの殺人

——早速、コトダマ遣いの仕業とみられる殺人事件。それも、二件も。

ＳＷＯＲＤ始まりの前夜に、降って湧いたこの事件に、妙な運命のめぐりあわせを感じながらも、俺は内心、全身の血が滾《たぎ》るのを抑えきれなかった。

また、事件の捜査が出来る。それも、こんなにも早く。

三笠は部屋に戻ってくると、プロジェクターを展開し、事件概要の説明を始めた。

「それでは、捜査本部から吸い上げてきた情報を話そうか。

事件は昨晩、日曜日の二十二時十八分頃、洋生電力の渋谷《しぶや》区内の工場で発生した。被害者は二名。一人目は工場の従業員である山田浩二《やまだこうじ》、二十八歳。二人目は洋生電力の本社に勤務していた白金将司《しろがねまさし》、五十五歳」

山田浩二は、いかにも純朴そうな顔をした青年だった。眉毛《まゆげ》が太く、それがどこか顔全体の愛《あい》嬌《きよう》にもなっている。

白金将司は、厳《いか》めしい顔をした中年の男である。顎《あご》のあたりにまとまった肉がついていて、貫《かん》禄《ろく》は充分だ。

淡々とメモを取る者もいれば（沙雪や御幸）、スクリーンに次々表示される写真を、じっと見据えている者もいる（坂東や桐山）。俺は前者のタイプだが、坂東がどっしり構えて画面を見ているのは、どこか余裕を感じさせる。桐山は、ただボーッと見つめているという感じだ。

——本当に、こいつに俺のバディが務まるのだろうか。

三笠の話は続く。

「目撃者は二名。二宮淳史《あつし》、十七歳と、相田章介《しょうすけ》、十七歳、いずれも男子高校生だ」

「ひい、そりゃショックですね……」

望月が体を震わせている。彼女はメモを取る様子がない。

「山田浩二の遺体は、二つある工場のうち、西側のシャッター前に横ざまに倒れていた。死体は全身を燃やされており、すっかり炭化していた」

スクリーンに死体の写真が大写しになる。桐山は、ウッ、という呻《うめ》きが沙雪から漏れた。望月は、ひいっという悲鳴を上げ、目を覆っていた。桐山は、おえ、と舌を突き出して目を逸《そ》らした。御幸は茫然《ぼうぜん》としている。坂東は黙ってじっと画面を見据えている。

「死体の傍にはベルトのバックルや衣類の燃えカスなど、被害者が全身着衣の状態で体を燃やされたことを示す証拠が残っていた。しかし、ガソリンなど揮発性の液体がかけられた痕跡《こんせき》は、一切ない」

その言葉が放たれた途端、室内に緊張感がみなぎるのが分かった。

「……『燃やす』のコトダマ、だね」

俺がようやく言うと、三笠が小さく首を横に振る。

「まだ断定することは出来ない。ただ、目撃者の証言によれば、被害者の全身は一瞬で燃え上がったという。『燃やす』のコトダマ遣いが関与している可能性は高いだろう」

森嶋の座っている方から、ギッ、と椅子が鳴る音がした。絞り出すような息の音も、漏れ聞こえてくる。

森嶋が緊張していた。コトダマ研究所の職員なら、日夜多くのコトダマ遣いと接する機会もあるだろうに。これくらいで、動揺しているのだろうか。

「『燃やす』、ってどんな能力なんすか？」

桐山が俺を振り向いて聞いた。突っぱねるのも面倒くさく、全員に配付されたマニュアルの中から「S文書」を取り出し、該当のページを示した。

燃やす：念力によって対象を発火させる。念じた時間・集中力の度合いによって、火の勢い・大きさを調整することが出来る。

いわゆる念動発火能力——オカルトの世界では、パイロキネシスと呼ばれているものだ。

「おー、あんがと。でもこれ、誰が作った物なんだ？」

「……あとで説明する」

S文書成立の経緯を、桐山にかみ砕いて説明するのは難しそうだ。

「二人とも、もういいかな？　続けるよ」三笠が咳払《せきばら》いして、続けた。「二人目の被害者、白金将司の遺体は、反対側、東側の工場から発見されている。目撃者である二宮が、燃え盛る山田浩二から逃げて、こちらの工場に辿《たど》り着いた際、白金の死体に躓《つまず》いてしまった。鑑識からすると、意図せず現場が汚された形にはなるが——」

「やむを得ないでしょうなあ。彼の感じた恐怖は想像に余りある」

坂東が首を振りながら言った。

「そして、これが」三笠はにこりと笑った。「かなりショッキングな写真になります。みんな覚悟してね」

スクリーンに写真が映し出される。自分の喉《のど》から、思わず、ウッという声が漏れた。

毛穴という毛穴から血が噴き出していた。まるで体内で血液が爆発したようなありさまだった。

そんな状況でもなお、人間の形を保っているので、ホラー映画のセットのような、出来の悪い作り物に見えた。

しかし、あくまでも現実だった。

「注目して欲しいのは、ここだ」

スクリーン上の写真がズームされる。

死体の眼球が、大写しになった。なんとか画面を見つめていた御幸も、遂に目を逸らした。

「この眼球だが、点々と出血の痕《あと》があるのが分かるだろうか」

三笠に言われ、眼球に注目する。

確かに、眼球は充血したように真っ赤に見えるが、ところどころに針で刺したような出血痕が見られた。

「この点状出血は、検視官いわく、被害者の全身の血液が、沸騰したことを意味しているらしい。毛細血管が沸騰した血液の圧力と熱に耐えられず、一つずつ破裂したことによってこうなった。全身の毛穴から血が噴き出したようになって、青あざが出来ているのも同じ理由だ。青あざは、その部分の毛細血管が破裂したことにより出来たものだからね」

唖然《あぜん》とした。

「永嶺パイセン、なんでそんな顔してるんです？」

桐山が俺の顔を見つめていた。顔に出ていたかと思うと、自分で自分が腹立たしい。

いつの間にか、全員の視線が自分に集まっている。森嶋の方が詳しいだろうと思って、視線をやるが、手を開いて、こちらに話を促される。

「……S文書にもある通り、『燃やす』のコトダマは、念じる時間と集中力によって、細かい出力のコントロールが出来るらしい。しかし、能力をコントロールすることは一朝一夕では出来ない。力の限界について知悉《ちしつ》していなければ、そんなことは不可能だ」

「そうなんすか？」

「おま……桐山だってそうだろう？　『硬くなる』の限定条件については、どう理解しているんだ？」

「限定、条件？」

俺はまた、開いた口が塞《ふさ》がらなくなる。

三笠が再び咳払いをした。

「桐山君を仲間に引き入れたのは、ごく最近のことでね。コトダマ研究所での実験も済んでいないんだ。悪いが、力の扱いについては、永嶺君もよく見てやってくれ」

「だってー、実験って、体に電極つけられたり、怖いことさせられるんでしょ？」

「あ、あの……そんなことないですよ……話を聞きながら……優しく、色々試させてくれます……」

望月が意を決したような面持ちで話に割り込んだ。「ふうん」と桐山は鼻を鳴らした。

「ともかく」俺は大急ぎで話を戻した。「力をコントロールして、全身の血液を沸騰させるようなことは、力をよほど遣いこなせないと、出来ないということだ。だとすると……」

「永嶺君の推測通りだ」

三笠が真剣な表情で、説明を引き取る。

「私たちの敵が『燃やす』のコトダマ遣いである場合、そいつは、今回の件以外にも人を殺している可能性が高い。つまり――」

携帯の着信音が鳴り響いた。

「私だ」森嶋がそそくさと立ち上がる。「研究所の方の業務みたいだ――悪いけど、一旦《いったん》失礼するよ」

森嶋はサッと部屋を出て行った。三笠は軽く目礼して、それを見送る。

「……つまり、犯人は過去に関与した事件を通じて、殺しの経験を積んでいる可能性が高いのさ」

三笠の声は重く、沈んでいた。

「どんな事件ですか」

「江東区《こうとう》一家殺害事件」

ひっ、と望月が悲鳴を上げる。

よりにもよって、あの事件か。俺は暗澹《あんたん》たる気持ちになった。

「永嶺君は、少し予備知識があるようだね。他のみんなは？」

五人が一斉に首を振る。

「事件が発生したのは二年前。コトダマ遣いがこの世に現れはじめた頃だ。この事件は、日本における、コトダマ遣いによる凶悪犯罪の最初の事例となった。

犯人は深夜、本田《ほんだ》一家が暮らす一軒家に侵入し、金品等を物色している最中に家人に発見された。慌てた犯人は自らの能力を遣って家人を襲い、三人を殺害した。本田友恵《ともえ》、四十四歳。その息子・明彦《あきひこ》、十二歳。母・ユリ江《え》、七十二歳。以上三人だ。もう一人、友恵の夫も同居していたが、彼はこの時、出張で福岡に出かけており、難を逃れた」

「生き残りってことすか」桐山が言った。「偶然にしちゃ出来過ぎてるような」

「遺族に対してなんて口の利き方だ」

俺は呆《あき》れて言った。

「まあ、夫には完璧《かんぺき》なアリバイがあるから。会社の人たちの証言があって、どうやっても、東京に舞い戻って家族を殺し、福岡に戻る時間的余裕はなかった」

ふうん、と桐山が鼻を鳴らした。

「犯人は三人を次々焼殺した後、その家に放火した。家は全焼し、跡形もなかったそうだ」

三笠が無念そうに息を吐いた。

「あ、あの……」御幸がおずおずと言った。「『燃やす』の能力を遣った、っていうのは、どうして分かったんですか……？　普通の放火である可能性も、あるような」

「根拠は色々ある。近隣住民が悲鳴を聞いてから、家が燃えるまでの時間の早さ。それに、その家の窓ガラスに、一瞬で燃え上がる人影を目撃したという通行人の証言もあった」

「今回の事件と、同じ……」

沙雪の顔が青ざめていた。

「その目撃者が酔っ払いだったせいで、証言の信憑《しんぴょう》性は薄れたけどね。でも、それだけじゃない
――」

「事件当日」俺は口を挟んだ。「現場周辺で不審な人物を現認した警邏《けいら》中の警官が、犯人と思《おぼ》しき人物に声をかけている。警官の名前は、楢原保《ならはらたもつ》。足早に立ち去ろうとしたところを、『待て！』と呼び止めたら、相手は立ち止まった」

「待てって言われて待つ奴、いるんだな」

桐山のツッコミに、坂東がくすっと笑った。

「楢原警官は恐る恐る近づいて行った。その距離がおよそ五メートルまで迫った瞬間――」

俺はパッと手を広げて見せた。

「楢原の体が燃えた」

げえーっ、と桐山が舌を突き出した。

「そんなのを相手にしようとしてんのか、俺たち」

「確かに」坂東が言った。「その状況では、犯人がコトダマ遣いだったと考えるほかありません

ね」

「なお、楢原保も全身に熱傷を負い、病院に搬送された後、死亡している。実に痛ましい事件だ」

殉職。田渕のことが頭をよぎり、俺はそっと黙禱《もくとう》する。二年前の事件であると、分かってはいるけれど。

望月が首を横に振る。

「で、でも二年も前なら、もう別人かもしれませんよね。その犯人が死んでいたら、別の人にコトダマは移るわけですし……」

「事件以降」三笠が言った。「『燃やす』を持つ犯人は捕まっていない。他に『燃やす』を持つ人間が現れたとも聞かない。ということは、まだこの世のどこかに生きているという可能性が高い。相手は二年間、どこかに潜伏していた……」

望月は聞きたくないというように耳を塞ぐ。

「どうでもいいすけど」

桐山が言った。

「『燃える』、じゃなくて、『燃やす』、なんすね」

俺はきょとんとした。

三笠がくすっと笑う。

「確かにそうだね。コトダマには自動詞と他動詞の区別がある。対象を燃やす能力だから、やはり『燃やす』の方がいいんだろうね」

「じどうし？」

桐山は無意識だったようだ。

だが、俺はそんなことを考えたこともなかった。面白くない気分になる。

三笠は俺たち全員の顔を見回してから、ゆっくりと言った。

「君たちSWORDは、悪質なコトダマ遣いの犯罪に対抗するために集められた。まさに、犯罪者を征す剣として」

その言葉が、ゆっくりと脳と体に沁《し》み渡ってくる。

三笠にならってみんなの顔を見ると、みんなも多かれ少なかれ、同じ気持ちのようだった。御幸も望月も、明らかに背筋を伸ばし、どこか誇らしげな顔で話を聞いている。

「二名の被害者が出たことは痛ましいが、SWORDの名を日本に、世界に、轟《とどろ》かせるための最大の好機と言っていいだろう。この犯人を放置すれば、さらに被害者が出る。無辜《むこ》の市民が殺される。そのような事態は、必ず阻止しなければならない」

三笠はまた全員の顔を見渡す。そうしてから、結論を告げた。

「君たちには期待している。頼んだよ」

胸に熱いものが込み上げるのを感じた。今日から、俺はもう一度生き直すのだ。犯罪者を追いかける猟犬として。三笠に期待された役割を演じるために。

みんな、気持ちは同じのようだった。それぞれ、三笠から贈られた言葉があるのだろう。それを思い返しているのか、その目は輝き、希望に満ち溢《あふ》れているようだった。

「はい!」

一同が声を揃える。

その時、不意に気付いた。

坂東である。微笑みこそ浮かべているが、目が笑っていないように思えた。どこか、三笠というカリスマを、醒《さ》めた目で観察している、というような。

しかし、気のせいかもしれない。他のメンバーは坂東の素振りに気付いた様子もなかった。

突然、肩に手を置かれる。

ハッとして顔を上げると、三笠が俺のすぐ傍に来ていた。

「私はこれから、記者会見の準備をする。現場は君の舞台だ」

彼女は俺の耳元に口を寄せた。

「任せたよ」

ゾクゾクと背中に震えが走った。

6　ロカールの原則

三笠が部屋を出て行くと、しん、と一瞬だけ沈黙が降りた。

途端に、望月や小鳥遊姉妹の表情が翳《かげ》る。さっき死体の写真を見たショックが、蘇《よみがえ》ってきたのかもしれない。特に、小鳥遊姉妹の青ざめ方は、貧血を心配するほどだった。

——休ませた方がいいか。

俺は班長として、この場を任されているのだ。当初はお守《もり》を押し付けられている気分で、嫌で仕方がなかったのに、不思議とその気持ちを払拭《ふっしょく》出来ていた。分からないものだ。三笠の言葉が効いたのだろうか？

「さて、どこから手をつける？」

坂東が俺を見た。さっき三笠に対して向けていた醒《さ》めた目は、すっかりなりを潜めている。どこからどう見ても好々爺《こうこうや》だった。死体を見た動揺も感じさせないのは、やはり勤続年数が長いゆえだろうか。

──頼るなら、やはりこの人だろうか。

しかし、内心はどうなのだろう。恐らくは、自分より一回り、あるいは二回り年下の男が班長という状況を面白く思っていないのかもしれない。三笠に対しての目線も、そういうニュアンスだろうか。だとすれば、腹に何を抱えているか分からないこの人の前で、あまり胸襟を開くわけにはいかなかった。

──ああ、クソ。

二カ月休職したせいで、人間関係にすっかり臆病《おくびょう》になっている。

今は、犯人逮捕に集中したいというのに。

息を吸い、それよりも長い時間をかけて吐いた。頭をクリアにする。

「現場に行く前に、もう少し情報を整理しておいた方がいいだろうな」

俺は机の上から捜査資料を取り上げる。三笠が資料だけ置いて、記者会見の準備をしに行ったので、待っている間に沙雪が人数分のコピーを取ってくれた。

資料をめくり始める。それに倣って、めいめいが自分の分を取り、読み始めた。

事件は昨夜発生しており、初動捜査は捜査一課の手で行われていた。コトダマ遣いが関与している可能性が高いと判断されたため、三笠が捜査の全権をコトダマ犯罪調査課に引き揚げたのだった。当然、現場からは相当な反発を喰《く》らっていることだろう。

俺は手元の書類に視線を落とす。山田浩二。体は全焼しているが、損傷の少ない臓器からDNA鑑定を試みている。現在の身元は、残っていた衣類や、所持していたスマートフォン端末、端末のカバー裏に挟まっていた定期券の名前などで確認したもの……。

顔を上げると、十五分ほど時間が経っていた。要点を摑《つか》んだだけだが、それでも検討材料はある。

「え、もう読み終わったんですか」

沙雪は目を丸くしていた。

「ポイントを絞って読んでいるだけだ。じきに慣れる。細かいところには、後で目を通すよ」俺は言いながら、資料を人差し指で弾いた。「いくつか、気になる点がある」

「例えばなんですか？」

坂東が促す。

「おーおー、待ってたぜ、永嶺パイセン」

桐山の前に置かれた資料は、手をつけられた形跡すらない。先が思いやられる。

俺は坂東に向き直り、答えた。

「山田さんと白金さんの遺体周辺から採取した、微細証拠物件の内容です」

「微細証拠っていうのは……」

望月が聞く。

「鑑識で事件現場を碁盤目状に捜索し、あらゆる微細な証拠を収集している。それを科捜研で質量分析などにかけ、その物質が何かを特定している――といったイメージだ。砂塵《さじん》や動物の毛、花粉、化学物質とか、そういう細かい証拠から、犯人の行動パターンや行動範囲が分かることがある。目立つものだけ先に調べてもらって、まだ解析中のものもあるようだが」

「へえ……」

「犯人と被害者が接触した際、それぞれの体に付着した証拠が交換される。これを『ロカールの原則』という。だから、犯人が気にも留めない、こういう証拠を調べることが、犯人に繋《つな》がる早道になる」

望月が感心したように頷《うなず》いた。

「そんなゴミ漁《あさ》りみたいなチマチマしたこと、俺は性に合わねえけどな」

桐山がぼやくのを、俺は無視する。

「気になったのは、二人の遺体に共通して残された化学物質だ。ポリプロピレンと赤リン、そしてセルロース――パルプ繊維の成分だな。パルプは紙の原料、木の繊維だ。これだけならありふれているが、他の物質が面白い」

「ポリプロ……？」

沙雪が首を傾げた。

「ポリプロピレンはプラスチックの一種で、耐熱性が高い。この物質は、山田さんの両手首の骨の近く、仰向《あおむ》けに倒れた白金さんのそれぞれの手首の付近から発見されている。白金さんの遺体は全身の血液を沸騰させられていて、皮が剝《む》けてズルズルの状態だったが、手首の表面に赤い圧痕《あっこん》があったという所見もある」

ほう、と坂東が息を吐いた。

「そうすると、バンドですかね。ポリプロピレンの出どころは」

捜査経験があるというのは、満更嘘でもないらしい。俺は頷いた。

「そうだと思います。山田さんも白金さんも、殺される前に拉致《らち》・監禁されていたのではないでしょうか。その際、犯人はプラスチック製の結束バンドで手首を縛っていた」

「筋が通りますね……」御幸が言った。「そのう……そうすると、赤リンは？」

「高校の化学の授業で聞いたことがあるんじゃないか」俺は言った。「マッチに使われる物質だ。燃やす棒の方ではなく、箱の側面、つまり擦《こす》り付ける方にこの赤リンの成分がある。側薬、と言われる部分だ。マッチの棒の先端、頭薬を側薬の赤リンに擦ると、強い摩擦熱が発生し、頭薬に火が点《つ》くという仕組みだ」

「マッチ？」坂東が怪訝《けげん》そうな顔をした。「しかし、相手は『燃やす』のコトダマ遣いなんでしょう。マッチなんて、最も縁遠いものでは」

「だったら、二人ともタバコ吸ってたんじゃねえの」

桐山が言った。俺は首を横に振った。

「被害者は二人とも喫煙の習慣はなかったそうだ」

「あっそ」

「だからこそ謎めいた証拠だと言える」俺は頷いた。「ここでさらなるヒントになるのが、現場周辺、工場傍の物陰に落ちていたという、ホッチキスの針だ」

「ホッチキス？」

「もちろん、工場の事務作業でも使うものでしょう。しかし、マッチと組み合わせると、ちょっと面白い可能性が浮上してくる」

望月や御幸が、興味津々といった顔で頷きながら聞いてくれる。まるで教師にでもなったような気分だ。昔の職場なら、こんな話をするだけで生意気だと思われていただろう。

「通常、マッチの箱というのは、紙を折って作った直方体状の箱に、スライド式の、筒のような直方体を被《かぶ》せている。しかし、もしマッチの箱にあたる部分を、ホッチキスで留めているのだとしたら？　もちろん、普通のマッチ箱にも、ホッチキスで留めているものはあるが、もっと特徴的なものなら――」

ああ、と坂東が小刻みに頷いた。

「ブックマッチ」

「なんですか、それ」

沙雪が聞いた。

「懐かしいなあ。昔は、どこの喫茶店にもあってね……」

坂東はスマートフォンを弄《いじ》って、写真を見せてくれた。

「ほら、こういうのだよ。小さな本の形をしていて、木のマッチと違って、軸も紙で出来ているんだ。軸を折って千切り、この頭の部分を、さっき永嶺君が言っていた、赤リンの付いた側薬の部分に擦り付ける」

パルプ繊維だけでは、木由来のものか、紙由来のものか、絞り込み出来ず、木のマッチでも紙のマッチでもあり得る。ホッチキスに注目すると、ブックマッチの可能性が色濃く見えてくる。

「へえ」望月の目が輝いている。「なんだか素敵ですね、こういうの。豆本みたいです。私、豆本集めるのが趣味なんですよ」

「いいね。でも永嶺君、これって確か……」

俺は坂東の言葉に頷いた。

「坂東さんのご記憶通りですよ。ブックマッチは二〇二二年に、国内で唯一生産していた工場が製造を終了しました。国内ではもう流通していません」

「つまり？」

「ブックマッチは、犯人と被害者の行動を辿《たど》る貴重な証拠になり得る、と考えます。二人が監禁されていた場所に繫がるのではないでしょうか」

坂東が後を引き取った。

「拉致・監禁場所にブックマッチそのもの、あるいはその成分が存在していて、それが被害者の体に移った、ということだね」

「ああ、ロカールの原則……」

望月がぼそっと呟《つぶや》いた。

「パイセン、こまけ〜」

桐山が、うへっ、と舌を突き出した。

細かい、とはよく言われる。この性格のせいで、なくした友達も多い。だが、心の傾向だけは変えられない。些細《ささい》なことが自分の心の中で、重大なものに膨れ上がる時があるのだ。

「だとすると、考えられる場所は？　挙げていってみようか」

「犯人の家」桐山は言った。「大方、そのブックマッチ？　っていうのを集める趣味でもあるんじゃねえの」

「リスクを冒してまで、自宅に引き入れるかな」

「じゃあ、作っていた工場はどうですか？」沙雪が言った。「製造を終了したとしても、成分は残っているんじゃないですか」

「それはないな」俺は言った。「最後に生産していた工場は姫路《ひめじ》にあった。距離が離れすぎているし、それに、もう一年も経っている。これは、例えば配送に使ったトラックなどにも言えるだろうな」

「喫茶店やバーじゃないかな」坂東が言った。「製造を終了したとはいえ、あるところには、あったりして」

「マッチがあるとしても、木の軸のものが主流じゃないでしょうか」

俺はそう言った後、ふと思いついた。

「廃業していたら？」

坂東がしばらく俺の顔をじっと見つめてから、うん、と頷いた。

「ありそうだ。二〇二二年前後に廃業して、在庫がそのまま残っていた。廃業後の店舗だから、監禁に使うのも容易だった」

俺は双子の方を見た。

「沙雪と御幸のペアには、調べものを頼みたい。事件現場の近隣で、その時期に廃業した喫茶店やバーなどがないか調べてもらいたい。絞り込みの条件は、後にテナントが入っていないこと」

二人が大きな目を同時に見開いて、視線を交わし合う。どちらも何も言ってこないので、自白するような気分で、心境を打ち明ける。

「……見たところ、二人とも遺体の写真を見てから、かなり気分が悪そうだからな」

御幸は目をぱちくりさせながら、おずおずと言った。

「……永嶺さんって意外と優しいんですね」

「優しくはない。現場で足手まといになられるよりは、手を動かしてほしいだけだ」

沙雪は不服そうに睨《にら》んできた。

「それともう一つ、調べてほしいことがある」

まだ全員には聞かせたくないからと、二人に耳打ちした。

彼女らは驚いたように顔を見合わせて、しかし、探ってみると約束してくれた。

「さて、望月と坂東さんのペアには、現場についてきてもらうぞ」

「ええっ！」と望月は足にバネでも付いているかのように立ち上がった。「い、いや、私はちょっと……怖いですし……」

「君の『聞く』のコトダマがどこまで実践で遣えるものか試したい。現場を調べるのにうってつけだからな」

資料には、犯人が現場にあった防犯カメラを一台、破壊している――という情報があった。しかし、望月が『聞く』のコトダマを遣えば、工場周辺の「無生物」の「証言」を取ることが出来るかもしれない。俺にもまだ、その能力の全容は分からないが。

「ひ、ひいい、あのぅ……」

怯《おび》えるように首を振る望月は、雨の中でずぶ濡《ぬ》れになったチワワを思わせて、なんだかかわいそうになってくる。が、ここは心を鬼にしなければならない。

彼女をなだめるように、坂東が頷く。

「大丈夫、大丈夫。私もついていくし……」

そう聞くと、望月は少し落ち着いたようだった。もはや坂東は彼女の親鳥代わりだ。

望月は小鳥遊姉妹を振り返り、声を潜めて言った。

「絶対優しくないですって、永嶺さん……」

特に否定しなかったが、聞こえないように言えよ、とは思った。

「俺は行かねえっす」

俺は傍らの桐山を見た。

彼はスマートフォンを弄り、気もそぞろといった様子だった。両足を机の上に投げ出す。

「喧嘩《けんか》の時だけ呼んでくれよ」

桐山の顔を睨み付ける。

「今は一つでも手掛かりを集めるべきだ。そうでないと、『燃やす』のコトダマ遣いを捕らえられない。お前の言う『喧嘩』とやらにも持ち込めないんだぞ」

「今行ったって、そいつ、いねえんだろ。だったら無駄じゃねえか。俺は、あんな胸糞《むなくそ》悪いことした奴を、一発ぶん殴らないと気が済まねえんだよ」

俺は虚を衝《つ》かれた。胸糞悪いこと。それが、意外な言葉だったからだ。桐山はただ面倒くさがっているのではなく、犯人への憎悪も、しっかり持ち合わせている。

俺と同じように。

「桐山」

「なんすか」

「俺は殺人事件が起こると、必ず二つやることがある。一つは現場に向かうこと。もう一つは被害者の遺族に会いに行くことだ」

フン、と桐山は鼻を鳴らした。

「そうすると？」

「滾《たぎ》る」

桐山の目が、初めて興味深そうに俺を見た。それを認めて、俺は続けた。

「絶対にこの犯人を挙げてみせると、心が滾る」

「それって効く？」

「ああ」俺は頷いた。「喧嘩にも身が入るぞ」

面白《おもしれ》え、と言って、桐山が身を起こした。

桐山のことはやはり気に入らないが、案外ノセやすい奴だ。操縦方法が分かってしまえば、なんということはない。

「桐山、一つ聞かせろ」

「なんすか」

「どういう条件下で、自分が『硬くなる』を遣えるのか分からない、ということだったな。それでも、どういう時に『硬くな』ったかは覚えているだろう。どんな時だ？」

本人が分かっていないのなら、経験則から推測するしかない。

桐山は斜め上を見て、うーん、と唸《うな》る。

指を一本立てた。

「喧嘩の時」

指を一本ずつ立てながら、桐山は事例を増やしていく。

「筋トレの時も、たまに。水の中に入る時。あ、泳いでいる時はならない。あとはそうだな、あー、あれだ」

「なんだ」

「うんこの時」

最低だ。こいつは一体いくつなんだ？

「お前に聞いた俺が馬鹿だったよ」

「聞いたのはそっちでしょ」と、桐山があからさまにムッとした。

7　『硬くなる』

日差しはあたたかく、風も心地良い。春らしい陽気だが、これから事件の捜査をすると思うと、なんだか場違いのようだ。

洋生電力の工場前に車を停め、桐山、坂東、望月と共に降りた。通常のパトカーではなく、機動捜査車両と呼ばれる覆面パトカーで、見かけは一般車両と変わらない。ＳＷＯＲＤには大して予算がついていないらしく、自由に使える車はこれ一台だった。刑事ドラマでも大抵二人組で行動するのに、これではまるで家族旅行だ。

「ごめんね、永嶺君。運転させて」

「いえ」

坂東が頭を掻《か》きながらぺこぺこ頭を下げるのを、俺は軽く受け流した。

桐山は原付の免許しか持っておらず、望月は免許の類《たぐい》を一切持っていない。坂東は「都会を走るのは十数年ぶりだから、怖いなあ」と言った。で、結局俺が運転手役を買って出たのだ。運転そのものは好きだが、なんて機動力に欠けるチームだろうと呆《あき》れた。

「坂東さん、その荷物、なんすか？」

桐山が坂東の風呂敷《ふろしき》包みを指さす。

「これかい？　これは、まじないのようなもので……」

坂東が包みを開いた。

「なんすか、これ？」

桐山が不思議そうな声を上げる。

中には、日本刀——の柄《つか》だけがあった。刀身はない。細い糸や革の巻かれた本格的な柄で、本物の日本刀から、刀身と鍔《つば》だけを取り外したものではないかと思われる。

「持つところだけで、どうするんです？」

桐山は柄を手に持ち、刀を操るように振り回してみる。手応《てごた》えがないからか、不満そうな顔をしていた。

「だから言っただろう、まじないのようなものだって。それに、ほら。刀身がついていると、銃刀法にも引っ掛かるしね」

沈黙が流れる。一応、ジョークのつもりだろうか。

「へえ。こんなもんが何の役に立つのか、分からないっすけど……」

桐山は興味を失ったように、柄を坂東に返した。

望月は怯《おび》えたように工場を見回していた。坂東が彼女に声をかける。

「安心しなさい。今、犯人はいないはずだし、何かあってもバディの私が守るから。なあに、こんな老いぼれでも、若い者の盾ぐらいにはなれるさ」

老いぼれは言い過ぎだろう。坂東は五十代ぐらいのはずだ。

望月の目はなおも不安そうだ。無理もない。柄だけで何が出来る？　しかし、それも坂東のコトダマである『放つ』と関連しているのだろうか……。

坂東宏夢。謎の多い男だった。

工場を見渡す。

燃え上がった男、山田浩二が倒れていた西側の工場と、全身の血液を沸騰させられた男、白金将司が倒れていた東側の工場。今日は平日だが工場の操業が止まっているらしい。電気がついているのも一部のようで、人の気配はあまりない。

門は閉じているが、「職員通用口」と書かれた隣の小さな扉は開いている。

門の傍に立った。目撃者の高校生、二宮と相田が立っていた位置だ。

ここから、「燃える男」が見えた……。

俺は振り返って、東側の工場を見る。その方向に歩いて行く。

二宮はこのルートで「燃える男」から逃げ、東側の工場で、白金の遺体を発見した……。

敷地内に入って少し進むと、搬入口のあたりに、コンクリートが変色している箇所があった。

その位置に向けて両手を合わせ、一礼する。

「時間的に、西側で山田さんを突如炎上させてから、こっちに来て白金さんを殺した、というセンは無理がありますよね」

俺が言うと、坂東が答えた。

「そうだろうね。白金さんの方は、恐らくかなり集中して力をコントロールする必要があるだろうし。白金さんはあらかじめこっちで殺されていて、犯人はそれから、山田さんを連れて西側の工場に移り、その体を燃やした……そう考えた方が良さそうだよ」

白金の方を先に殺す理由が、何かあったのだろうか。

考えながら、西側の工場へ戻る。

まず、現場付近の全体像を把握する。

今いるのが西側の工場における東門、ここが二宮の立っていた位置であることは最前も確認した通りだ。ここから中に入ると、正面に工場の建屋がある。左に折れて、南側の空間に行くと、そこに正門と広場がある。工場の南側に大きなシャッターがあるので、搬入・搬出口にあたるようだ。工場の中には、プレス機やベルトコンベアなどの各種設備がある。東側もほぼ同じ構成だが、こちらには各種機械の代わりに、真空状態を作れる真空室というものや、事務室などがあった。

工場の裏手、つまり西の方角には、鉄塔が立ち、その下に小さな建物がある。工場全体をぐるっと囲むようにして、高さ百五十センチほどの塀があった。

犯人は、どこに立っていたのか……。

辺りを見渡すと、確かに街灯の数は少ない。工場の敷地が広く取られているので、住宅地もやや離れていた。ここなら夜は相当暗かっただろう。被害者の体に火が点《つ》くまで、その姿に気付かなかったとしても、無理はない。

南側の広場へ向かうと、アスファルトが焼け焦げた地点があったので、すぐに現場が分かった。東門からは十五メートルほどの位置だ。

事件は前夜のことなので、既に遺体は運び出されている。目撃者はあの門の位置から「蛋白質《たんぱくしつ》の焼ける臭い」を嗅《か》いでいる。かなりの高温で燃焼されたに違いない。遺体こそないが、無惨な焦げ跡に、被害者の叫びが刻み込まれているように見えた。

焦げた場所の前で跪《ひざまず》き、両手を合わせて頭を下げた。

こんなことをした犯人を絶対に許さないと、再び、強く意識する。

「ひでえな」

桐山がぼそっと言った。

俺はゆっくり立ち上がった。

体を燃やされる前、被害者はどこにいたのだろうか？

そして犯人はどこから、『燃やす』のコトダマを遣ったのか？

広場の視界は開けており、隠れるような場所はない。

「犯人は、一体どこから……」

「なあそれよりさ、あの鉄塔、あんなに錆《さ》びていて危なくねえの？」

桐山が前方を指さす。

工場の裏手あたりに件《くだん》の鉄塔は立っている。確かに根本のあたりがかなり錆び付いていた。

「さあな……ああして放置されているからには、大丈夫なんじゃないか？」

「ふうん」

桐山が肩をすくめた。

「あっれー、永嶺クンじゃないの」

東門の方から、二人組の男がやって来た。スーツを着ており、雰囲気も明らかに工場の従業員とは異なる。

同業者の臭い。

声をかけてきた、目つきの鋭い男をじっくり見て、俺は小さく舌打ちした。

「……木下《きのした》か」

「何？　知り合い？」

桐山が尋ねる。俺は声を潜めて言った。

「元同僚だ。後ろの奴は太田《おおた》」

「ああ、あの狐みたいな顔した方」

俺はそっと頷《うなず》いた。

木下はいわゆる昔気質《かたぎ》の刑事だった。年は二十ほど上である。犯罪者に相対する時だけではなく、同僚に対しても恫喝《どうかつ》するような口調で話すため、若手の刑事には煙たがられていた。

木下が俺の前で立ち止まる。

「こんなところで何をしてるんだい？　うちを飛ばされた永嶺クンが」

木下は飛ばされた、に厭味《いやみ》ったらしいアクセントを置いた。

俺は警察手帳を取り出した。

「今はこの通り、コトダマ犯罪調査課の永嶺です」手帳をしまうと、腰のあたりで後ろ手に両手を組んだ。「何をしていると聞きたいのはこちらの方ですがね。この事件はうちの預かりとなったはずです」

俺が表情を変えずに淡々とそう言ってやると、木下は顔を歪《ゆが》めた。聞いていなかったのだろう。胸のすく思いだった。

「急に言われて納得出来るかよ」

「悪いですが、上の決定なのでね」

実のところ、木下の気持ちはよく分かる。俺も逆の立場だったなら、絶対に納得出来ないだろう。

「こいつはうちのヤマだ。それを横取りしようなんざ——」

『燃やす』のコトダマ遣いが関与していることは明らかでしょう。それなら、俺たちの方が適任だと思いますが」

「うるせえ、何を吹かしてんだ、なんの実績もねえくせに――」

木下が手を振り上げる。その腕を、おい、と叫びながら、太田が摑《つか》んだ。

「木下、絡むな。こいつら、例の――」

化け物集団だろ。

彼の無遠慮な言葉が、ハッキリと聞こえた。

「あぁ？　てめえ今、なんつった！」桐山が食って掛かる。「なんなんだお前、いきなり絡んできやがって。永嶺パイセンは気に入らねえけど、お前はもっと気に入らねえ」

――年上相手に、お前と来たか。

今日会ったばかりの男を殴り飛ばして、SWORD事務室まで連行してきた桐山である。喧嘩《けんか》っ早さはSWORDイチだ。

すぐにでも止めに入れるよう、親指と中指をすり合わせる。

「お、なんだ？」悪いことに、木下は桐山の挑発に乗る。「てめえ、見ねえ顔だな」

「だったら覚えとけ、俺は桐山アキラ。永嶺パイセンの新しい相棒だ」

相棒、なんて言葉をさらりと口にする。

「相棒だぁ？」木下はフン、と鼻で笑った。「だったら、気をつけるんだな」

「あん？」

「こいつと一緒にいると、お前も死んじまうぜ」

息が詰まった。

急に、ジャケットの中の睡眠薬の存在感が、いや増して感じられる。

無惨に潰《つぶ》れた田渕の姿。

冷たくなったその体。

折れた鉄骨が体に刺さり、もうすっかり青ざめている……。

残酷な光景がフラッシュバックし、空いている左手で目元を押さえた。

「……なんの話だよ」と桐山の声がトーンダウンする。

「木下さん、関係ない話はやめていただけますか」

そう遮る俺の声は震えている。

「知らねえならな、坊主、俺が教えてやるよ！　いいか、こいつはな——」

木下は俺に指を突き付けた。

知られてしまう。場違いな思考が脳裏をよぎる。**俺の過去を、こいつらに知られてしまう。**隠したいと思っていたわけではない。ただ、俺の過去を誰も知らないということに、気安さを感じていたから。

その時、出し抜けに、木下の動きが固まった。彼の顔が一気に青ざめる。

「ま、まさか——」

不審を感じて、彼の視線の先を追う。

坂東が立っていた。

「ば、坂東さんじゃないですか。本庁に戻って来たなら、い、言ってくれりゃあいいのに」

木下はぺこぺこと坂東に頭を下げ、媚《こ》びへつらっていて、まるで別人のようだ。

桐山はすっかり毒気を抜かれたようで、呆気《あっけ》に取られたように立っていた。

坂東は微笑みを崩さず、片手を小さく挙げた。

「いやいや、私はそんな、頭を下げてもらうような人間じゃないから。やめてよ木下君、そんな風に……」

木下君、と呼ばれた瞬間、木下の体が跳ねた。

「たっ、大変失礼いたしました。ここはもう、なんなりと、好きなようにしていただいて構いませんので。いやー、俺も別件で忙しいですしね！」

「おい木下、一体どうしたんだよ――」

太田がそう言いかけるのを、木下は制して、彼の手を引っ掴む。「じゃあ、そういうことで！」と言うと、脱兎《だつと》の如く逃げていった。

呆気にとられて、何も出来ない。

……なんだったんだ。

しかし、どうやら危機は免れたらしい。俺はホッと息を吐き、坂東の顔を見た。

「木下さんとお知り合いなんですか？」

「いやあ、昔捜査一課に居た時の同僚というだけだよ。そういう意味では君と同じだ」

「へっへ」桐山が肩を震わせて笑った。「昔鬼番長でもやってたんじゃないすか、坂東さん。でもスカッとしましたよ。あいつの慌てようときたらなかったっすから。ほんとのところ、何したんすか？」

「別に、大したことは何も」

坂東はニコニコ笑うばかりで、心の内は読めなかった。

「で、でも、怖かったです、あの人……永嶺さん、殴られちゃうのかなと思いました」

望月がぶるっと体を震わせた。

「あー、そりゃねえだろ、望月」

「え？」

「あいつが殴ってきたらな、永嶺パイセンは自分とあいつの位置を『入れ替える』つもりだったぜ。そうすりゃ、あいつが勢いよく向かって来ても、位置が『入れ替』わって、空振ることになるわけ」

俺は目を見開いた。

「……なぜ分かった」

「そりゃ分かるって。警察手帳を見せた後、ずっと後ろ手に手を組んで、俺が木下さんに食ってかかり始めたら、指を鳴らす前みたいな、ヘンな手の形してるのがチラッと見えたんだよ。で、ここに来る前、コトダマ遣うには、何か条件が必要って話、されただろ。おまけに、永嶺パイセンはこういう場面で、気取って指を鳴らすほどチャラけたキャラじゃない。だから、コトダマに必要なんだろうなって直感したわけ」

俺は後ろ手に組んでいた手を緩めた。

——こいつのことを侮り過ぎていたのかもしれない。

捜査一課で、作戦への協力を求めるために自分から言い出した場合はともかく、限定条件は誰にも見破られないように振る舞ってきたつもりだった。自分で行った実験の結果、指が鳴りさえすれば、親指と中指の組み合わせでなくてもいいことが分かっているが、最悪の場合、五指を切断されれば、俺にはなすすべがないからだ。それほど、限定条件というのはコトダマのアキレス腱《けん》であり、思考による戦いの最大の争点になる。

——俺が「細かい」なら、こいつは「直感」か。

舌打ちを堪《こら》えながら言う。

「……よく見ているな」

「あれ？」桐山は煽《あお》るように笑い、俺の顔を下から覗《のぞ》き込んできた。「もしかして悔しがってる？」

「気のせいだ」

俺がぷいと顔を背けると、桐山がくすくすと耳障りな笑い声を立てた。

「で、でもさっきの人、私たちのこと……」

化け物、って。

望月が小さな声で言った。

「やっぱり、普通そう見えちゃいますよね。気味悪いですもんね、私なんか……」

誰もが一度は通る道だ。この力のことを知られると、奇異の目で見られ、疎外感を抱く。

「あぁ？　そんなの間違ってんだろ」桐山は鼻を鳴らした。「違うだろ。俺たちは、選ばれたからこの力を得たんだ」

望月が、ハッと息を吸い込む。

坂東がじっと桐山を見つめていた。

俺は、何も言わなかった。

馬鹿げた選民思想だ。確かに、この現象は「選ばれた」という言葉でしか説明がつかない。事実として、S文書にも「選ばれる」という言葉が使われている。

だが、それをもって、自分が「特別」だと思うかどうかは、別の話だ。

むしろ、それは危険な思想である。一般市民にその力を振るい、傷つける犯罪者たちとなんら変わらないのだから。

今ハッキリと、桐山のことが嫌いな理由が分かった。

「おい、そこ危ねえぞ！」

工場の裏手の方から叫び声が上がった。

先ほど桐山が注目していた鉄塔の方だった。鉄塔の近くを、ヘルメットを被《かぶ》った男が一人、歩いている。「危ない」と声を上げた方の男は、建物の二階の窓から顔を出している。

桐山の懸念が当たったのか、錆び付いていた根本がひしゃげて、男に向けて倒れようとしていた。男は気付く素振りもない。

「も、もう間に合いません！」

望月が悲鳴を上げる。その横で坂東が、日本刀の柄を握り込むのを見た。

――推理を試す時か。

俺は早口で言った。

「桐山、息を吸い込んで止めろ」

「は？」

彼はすっとんきょうな声を上げ、次いで、俺が右手を掲げるのを見て、サッと青ざめた。

「おいおいおい、やめろパイセン、まさか――」

「無駄口を叩《たた》く暇があるなら、やれ」

俺は桐山が言われた通りにするのを視認した瞬間、右手の指を鳴らした。

ドォオン！　と激しい音を立てて、鉄塔が崩れ落ちる。土埃《つちぼこり》が舞って、風圧がこちらまで襲い掛かってくる。望月の「ひゃあっ！」という声が聞こえた。

土埃がおさまってくると、ぐしゃぐしゃに崩れた鉄塔が工場裏手のアスファルトの上に落ちているのが見えた。ミルフィーユのように折り重なった鉄骨。

鉄骨は、田渕の死を連想させた。一瞬、胃の中のものが込み上げそうになった。

もし、推理を間違えていたら？

俺はまた、相棒を死に追いやってしまったことになる――。

「あ、あれ⁉　俺、どうして――」

俺の横に、ヘルメットを着けた男が尻《しり》もちをついていた。さっきまで桐山が立っていた位置だ。

「ケガはありませんか」

俺が手を差し伸べると、彼は狐につままれたような顔をした。彼は俺の手を取らず、自分で立ち上がる。その目は、俺を気味悪がっているようにも見えた。

――化け物集団だろ。

舌打ちを堪える。あいつの言葉など気にするな。

バコン、と小気味の良《い》い音を立てて、鉄塔の瓦礫《がれき》から、腕が覗いた。ただし、肌色をしていない。鉱物のようにゴツゴツしていて、太陽の光を反射している。俺は誰にも気取られないよう、ゆっくりと安堵《あんど》の息を吐いた。

先ほど、麻薬男の捕り物のせいで、能力の一端を見てしまったものの、他人のコトダマが発現する瞬間は、いつもその異様さに驚かされる。

S文書にはこう記されている。

硬くなる：呼吸を止めている間、その全身を硬化させる。この世で最も硬い鉱物のごとく。

体表の輝きは宝石のようだ。硬さも相まって、ダイヤモンドに見える。

瓦礫の中から桐山の上半身が現れる。全身が鉱物の状態になっているので、表情は分からない。

彼は瓦礫の中から自力で這《は》い出し、地面に降りると、すうっと息を吸い込んだ。その瞬間、体の硬質化が解けて、元の姿に戻る。鉄塔が倒れた瞬間のものか、体の硬さに耐えられなかったせいか、シャツの肘《ひじ》のあたりが破れていた。

彼は肩を怒らせて、俺の方へ歩いてきた。

「な・が・み・ね先輩？」

怒りのあまり、あのふざけた「パイセン」とかいう呼び名を忘れたようだ。彼は青筋を立て、いきり立っていた。

「ケガ一つないようで何よりだ」

「あ・の・な・あ〜！」

「お前がやったことを、俺も実践しただけだ。お前の経験を繙《ひもと》いてみれば、呼吸が関係しているのは明らかだった」

喧嘩をする時、特に、相手を殴る時、こいつは力んで息を止める癖があるのだろう。水に入る時に『硬くなる』のは、息を止めてしまうから。逆に、泳ぐ時に問題ないのは、適切な息継ぎをしているからだ。もっとも、決め手は排泄《はいせつ》の時にもそうなる、という話だった。グッ、といきんだ時の呼吸が、コトダマと反応してしまうのだろう。

「だったら、せめて実験してくれりゃあいいでしょう！　車の中とか、機会はあったんだから！」

「すまない。思いつかなかった」

「あ、分かった！」桐山は鬼の首を取ったように、俺に人差し指を突きつけ、俺の周りを歩き回る。「やっぱり、俺に指のことを見破られたの、悔しかったんでしょう」

表情に出てしまったらしい。桐山はすかさず、「はい！　顔引きつった！　図星！」と叫んだ。

俺は桐山を睨《にら》み付ける。

「――本当に自分のことを『選ばれた』人間だと思っているのなら」

桐山の胸を、とん、と叩いた。

「その責務を果たせ」

「……責務？」

「少なくとも、今お前は、一人の命を救った。ここで働くというのは、そういうことじゃないのか」

桐山は俺の手を振り払わず、ばつが悪そうな顔で、チッと舌打ちをした。

「……やっぱ俺、永嶺先輩のこと嫌いっす」

「奇遇だな」俺は手を下ろした。「俺もだ」

8 『聞く』

「ああ、あなたたちも、昨夜《ゆうべ》の事件のことでいらしたんですか」

ヘルメットを被《かぶ》った男は、納得したように頷《うなず》いた。先ほど桐山と二人で助けた男である。彼は渡辺《わたなべ》と名乗った。管理職についており、工場が停止している今日も出勤していたのだ。

彼は不思議そうに俺を見たり、背後に控えた残り三人を見たりした。

「しかし、あなたはともかく、他の方たちはあんまり刑事さんらしく見えないんで、驚きましたよ」

俺は坂東のことを考えて、小さく顎《あご》を引いた。坂東はニコニコしながら会釈していた。

渡辺への質問は俺に一任されていた。桐山は「先輩の背中を見て勉強する」とからかい、坂東は「現場を離れて長いからねえ」と遠慮し、望月は坂東の背中にずっと隠れている。

「山田浩二さんと白金将司さん……お二人のこと、お伺いしてもよろしいですか」

「さっきも別の刑事さんに話しましたが」

「部署が違うもので」

渡辺はふうっと息を吐いてから言った。

「警察も、結局お役所だね。まあ、仕方ない」

渡辺は続けた。

「山田君はね、真面目な子だったよ。十年前、高校を卒業した時からうちで働いているけど、寡黙で、淡々と仕事するタイプでね。昼飯とかも、あんまり人と一緒に食う方じゃなかったよ。休日に、誰か同僚と遊んだっていう話も聞かないし」

渡辺は切なそうに言った。

「本当に、全然、彼の私生活については分からないんだよ。だから恨まれる理由も思いつかない。上司としては情けないことだが……」

渡辺は首を振った。

「だから、先週の金曜日に無断欠勤した時、異様な感じはしたんだよ」

「無断欠勤？」

渡辺は頷いた。

「この十年間で、同様のことはありましたか」

「ないよ。だから驚いたんだ。会社に連絡がない場合でも、同僚にＬＩＮＥで簡単に欠勤連絡してくる奴もいるんだけどね、山田君はそういうのもしないし、休む時は必ず電話をくれたんだ。それが一切なかった。心配になって金曜の夜に自宅にも寄ってみたんだが、いなかった」

一昨日から姿を消していたのなら、やはり、犯人に監禁されていた可能性が高くなる。

「中には入ってみませんでしたか」

「なんですって？」

渡辺は驚いたように目を見開いた。

「部屋の中です」

「いやいや、まずいでしょ。本人がいないのに勝手に入っちゃ」

それが普通の感覚だろう。この男が詮索《せんさく》好きなら手間が省けたのだが。

「鍵《かぎ》は掛かっていましたか」

「いや……分からないよ。インターホン鳴らして、扉叩《たた》くくらいはしたけどさ」

鍵が掛かっていなかったとすれば、家にいるところを拉致《らち》された可能性が高くなるのだが。

「先週の金曜日から無断欠勤して、今日も連絡がつかなかったんですね」

「ええ。今朝方、社用メールで一斉連絡があって、操業を止めて管理職だけ出勤にすると。それで、今日は来なくていいってメールや電話で通達したんだけど、山田君だけどうにも反応がないんだ」

「では、山田さんの友人や恋人などの交友関係も一切分からない？」

渡辺は情けなさそうに身を縮めて、頷いた。

「ええ。両親も、早くに交通事故で亡くしたと聞いたしね」

「あとで、山田さんの自宅の住所だけでも教えてもらえると助かります。それで、白金さんの方は……？」

「どうも、白金さんのことはあんまり知らなくてね。あの人の勤務地はここではなく、千代田《ちよだ》区にある本社だから」

「交友関係なども、一切？」

「知らないねえ。一度、工場の視察に見えた時に、一緒に飲み会に参加したことはあるけど、席も離れていたし。昨日の夜、なぜあそこにいたのかも、さっぱりで」

白金については、情報を期待出来そうもなかった。俺は通り一遍の質問を繰り返したが、大したことは聞き出せなかった。彼に関しては、本社をあたったほうが早そうだ。

渡辺は、ふと俯《うつむ》いて言った。

「……そういえば」

「なんでしょうか」

「山田君、スマートフォンに小さなダルマのストラップを付けてたてね。事務の女性に、それ、可愛いねってイジられていたことがあったんだよ。

そしたら彼、嫌そうな顔一つせずに、福島の伝統工芸品を使ったもので、と語っていてね」

「福島の？　出身はそちらなんでしょうか」

「いいや。なんでも、高校生の時に、震災復興のボランティアに参加したそうで。その時に貰《もら》ったと」

「ボランティア……」

そちらの交友関係があった可能性はないだろうか。高校卒業後、十年近く勤めているという話だったから、よほどそのストラップを大切にしていたのだろう。

「女性から貰ったのかもしれませんね……」

望月がぼそっと言った。

「ボランティアには、今でも参加しているようでしたか？」

「私も気になって聞いてみたんですがね。最近は、働くので精いっぱいで行けていないと、苦笑してたよ」

渡辺は切なそうな目をして、窓の外を見た。

「本当に、心の優しい子だったんだけどねえ……」

渡辺を解放すると、俺たちは鉄塔の付近に戻って来た。

瓦礫《がれき》の方に歩いていく。鉄塔の足元には鉄骨造りの小さな建物があった。

「犯人はどこに立っていたのか……」

俺は声に出しながら考える。

「二年前、江東区一家殺害事件で、警邏《けいら》中の警官が犯人と思《おぼ》しき人物を呼び止めた話は、さっき話しましたよね」

「ええ。『燃やす』のコトダマを遣って、攻撃されたんでしたね」

坂東が言った。

「重要なのは、犯人が『待て』と言われて一旦《いったん》立ち止まり、警官の接近を待ったことです。これは、『燃やす』の効力範囲に、警官が入ってくるのを待ったんじゃないでしょうか」

ああ、と坂東が息を漏らした。

「なるほど。だとしたら、効力範囲は五メートル程度……」

坂東は建物の物陰に身を潜めるようにして立ち、焦げ跡の方を見た。

「確かにここなら五メートルくらいかもね」

「犯人がここに立っていたなら、建物を挟んで反対側の東門の傍に立っていた二宮少年たちには姿が見えない。筋が通ります」

「この辺、防犯カメラはどうだったっけ？」

先ほど資料を通して確かめた内容だ。俺はすかさず答える。

「工場への通用口付近に一つ。しかし、壊されています」

俺が指さすと、あらら、と坂東が言った。防犯カメラは、石か何かぶつけられたらしく、レンズの部分が破壊されている。

「相手は抜け目ないね」

「ええ。そこで、望月の出番です」

「私ですか？」

俺は頷いた。

「無生物の声を『聞く』……それが出来るなら、防犯カメラが壊されたとしても、犯行当時の状況が分かるかもしれない。無生物の目撃証言、という形で」

「はあ……それはまあ、賢い子だったら出来ると思います」

「よし、じゃあ、手始めに工場の建物だ。どうやれば、声を『聞』けるんだ？」

「無理です」

望月が早口で言うので、「は」と思わず間抜けな声が漏れる。

「なるほど、建物はさすがに無茶だったか。だったら、あそこに停まっている車でどうだろう。渡辺さんにさっき確認したが、昨夜はあそこに入庫していたようだから、何か見ているかも」

「無理です」

「だったら、この街灯はどうだ。視界は防犯カメラよりも広い。犯人の顔だって見ているかもしれないぞ」

「無理です」

俺は頭をかきむしりそうになった。

「だったら、何なら『聞』けるんだ！」

思わず大きな声を出すと、ひいっ、と望月が小さな悲鳴を上げ、坂東に縋《すが》りつく。

「望月さん、どうどう」

「あ、あの……」望月は前方を指さした。その手が少し震えている。「あれ、なら」

あれ？

俺は望月の指さす方向を目で追った。

工場をぐるっと囲んでいるコンクリートの塀。その塀の上に、黒い小銭入れがちょこんと載っていた。

「え……？」

「誰かの落とし物だと思います。あのサイズなら、きっと『聞』けます」

望月の能力、『聞く』。

S文書にはこうある。

聞く：事物の声を聞き、その心を知る。

素っ気ない一文だ。ここでいう「事物」はあくまでも無生物を指すとされている。しかし、それ以上のことは何も分かっていなかった。二年間、『聞く』のコトダマ遣いはどこにいたのか、各国政府の研究機関にも情報があまりないようだ。ささやかな能力だから、自国の研究所等にも申し出ず、自分だけの秘密として、生涯を終えた前任者がいたのかもしれない。

だから、『聞く』の限定条件について、俺はこの時まで何も知らなかった。

「つい三日前、結論が出たんです……。コトダマ研究所で、森嶋さんがマンツーマンで実験に付き合ってくれて、『聞』けるものと、『聞』けないものの違いを、一緒に探してくれました。レポートには今後まとめて、研究所全体に報告を上げるって言っていました。最初は大きさを測っていたんですけど、差異が分かりにくくて、試しに全部両手に載せてみたら……ようやく、結果の整合性が取れた、って感じで……」

「つまり……」

「両手に載るぐらいの大きさじゃないと、声、『聞』けないんです」

ガン、と頭を殴られた気分だった。

なんということだ。だとすれば、犯人が立っていたと思われるこの工場の区画で――声を『聞』けそうなのは、本当にあの小銭入れしかない。建物や街灯、車など論外だし、備品の数々も、小柄な望月の両手にはとても載らない。

「なんでだよ」桐山が不満そうに口を尖《とが》らせる。「でかいものはどうしてもダメなわけ？」

「自分よりも大きなものの声を『聞』いたら……どうなるか、分かりません。試してみようとも、思いません。なんていうんですかね、本能っていうか、とても嫌な予感がして……。それをしたら、二度と自分に戻れないような、そんな感じがするんです」

望月の言葉は、イメージこそ違えど、俺にも覚えがあった。俺が田渕を失った原因。

忌避感。

俺は今、この指を鳴らしてはいけない。鳴らせば、俺がこの世から消える……。

自分の体が引き裂かれ、この世ではないどこかに連れ去られる……。

二度と自分に戻れない、という表現が興味深い。望月の持つ『聞く』とは、その対象に感情移入して、心をその対象に宿らせてしまうような能力なのかもしれない。

「だったら、その小銭入れの声を『聞』いてみてくれないか。なるべく、俺たちにも経過を実況して欲しい」

「えぇー、実況……。恥ずかしいですね……やったことないですけど、はい」

望月は小銭入れを手の平に載せると、目を閉じた。

始まる、と思ったら、パッと目を開けて、彼女は言った。

「小銭入れだから、ゼニー君、なんてどうですかね」

「は？」

「名前です。ゼニー君」

「……好きにしろ」

彼女は満足そうに微笑むと、また目を閉じた。

その瞬間、ハッキリと彼女の雰囲気が変わる。静謐《せいひつ》な気配が、彼女の周りに立ち込め始めた。

「君は……そう、ここの従業員さんの小銭入れなんだね……昨日の夕方に……そっか、タバコを吸いに来たんだ。その時に、落として……ふふ、そうだね、それは吸い過ぎだよね」

望月の表情が、ふっと和らいだ。微笑んでいるように見える。

俺に対してたびたび浮かべていた、怯《おび》えた表情はもう、カケラもない。

＊

傍《はた》から見ると、彼女はひとりで笑ったり、顔をしかめたりしているように見えた。以下では分かりやすいように、彼女が作成した調書の内容を抜粋してみる。彼女と「小銭入れ」の会話を再現したものだ。

彼女の調書によれば、件《くだん》の「小銭入れ」──ゼニー君は、随分饒舌《じょうぜつ》なタイプだったようだ。

望月（以下、「望」と表記）それで、君は持ち主に置いて行かれた後、どうしていたの？

ゼニー君（以下、「ゼ」と表記）あん畜生、そそっかしいから、俺をよくそこら辺に忘れていきやがるのさ。だらしない奴め。

望　ひどいね。
ゼ　だが、捨てる神あれば拾う神ありとはよく言ったもんでね。通りかかった兄ちゃんが、親切にも、この塀の上に載せてくれたのさ。それで随分、体が楽になったね。
望　やっぱり、地面と塀の上じゃ、違うもの？
ゼ　違う、違う。地面に寝っ転がってると、じめじめして、布地が傷んじまう。塀の上なら、カラッとした風も浴びられるしね。
望　でも、塀の上にあったら、外を通りかかった人も手が届くよね。盗まれちゃうとは思わなかった？
ゼ　そりゃ、ちょっとはね。あの兄ちゃんも、どっかに届け出るのがめんどくさくて、せめて落とし主がすぐ見つけてくれるように置いたんだろうさ。
望　その時拾ってくれた「兄ちゃん」は、どんな人だった？
ゼ　工場の人だよ。名前は知らないけど、持ち主と同じ現場で見たことあるよ。兄ちゃんの方も、俺があいつの持ち物だとは、認識してなかったんだろうな。
望　そっか、じゃあ、怪しい人じゃなかったんだね。
ゼ　それにしても姉ちゃん、俺みたいなもんの声が聞こえるなんて変わってるね。なんの用事で話しかけてきたんだ？
望　ああ、うん、実はね、この工場の広場のところで、昨日の夜、山田さんっていう人が殺されたんだ。何か、知っていることはない？
ゼ　へええ、物騒だね。俺のいた位置からは広場は見えなかったけど、夜に、馬鹿でかい悲鳴は聞こえたよ。ぎゃあーって。
望　うう、怖いなあ……。

ゼ　はっは、姉ちゃん結構臆病《おくびょう》だね。
望　からかわないで欲しいなあ……その時、誰か怪しい人とか、見なかった？
ゼ　それがさ……確かにいたんだよ、怪しい奴。その馬鹿でかい悲鳴が上がる前にさ、塀を乗り越えて、俺の目の前を通り過ぎたんだよ。こう、躍り出るって感じだったね。
望　その人、何か特徴はなかった？　そいつのことを追いかけているの。あ、いや、本当のことを言うと、怖いから追いかけたくない、けど……。
ゼ　はっは、食いつきがいいんだか悪いんだか、どっちなんだい。とはいえ、顔は見えなかったから、どうもね。パーカーのフードを深々と被っていたよ。中肉中背って感じで、体にもこれといった特徴はなかった。
望　真正面から顔は見られなかった？
ゼ　目が合わなかったからね。いや、目は、ないけどさ。俺、黒いし、この周辺明かりもないだろ。だから夜は見つけづらかったんじゃないかね。
望　そっか……それもそうだね。
ゼ　確かに、悲鳴が聞こえた方向を物陰から覗《のぞ》いて、何かしているように見えたぜ。でも、手元は見えなかったな。
望　そいつはどこへ逃げた？
ゼ　塀をもう一回登って、車に乗って消えてったみたいだ。あ、そういえば。
望　どうかした？
ゼ　そいつに、誰か呼びかけてたぜ。『早くしろ』とかなんとか。
望　もう一人いたってこと？
ゼ　そういうことになるな。俺は振り返れないから、様子は見られなかったけど、もう一人は塀の向こうで車の発進準備をして待っていたようだし。
望　一人だけでも厄介なのに、もう一人、いるなんて……。
ゼ　そいつともう一人は、こんな会話をしていたな。
『早くしないか！』

『向こう側に誰かいる。二人組だ。見られた。でも山田の様子に怯えているみたいだ』

『何？　だったらルートを考え直さないと』

『問題ない。一人は東側に逃げて、もう一人は住宅街の方に抜けたようだ。予定通り逃げるぞ』

望　その口ぶりからすると、目撃されたのは、やっぱり予想外だったってことになるね。
ゼ　そりゃそうだろうな。だが、フードを被っている方は、終始冷静な口調だったぜ。慌てていたのは、もっぱら、車を運転していた方だ。俺が覚えているのは、それくらいかな。
望　ありがとう。かなり参考になったよ。
ゼ　なあ、話のついでに、お願いを聞いてもらってもいいか。
望　何かな？
ゼ　持ち主のところに返してくれないかな、俺のこと。
望　そそっかしくてだらしない、あなたの持ち主さんのこと？
ゼ　そりゃ、そう言ったけどさ、あんな奴でも、たった一人の主人だからな。

＊

現場では、調書の内容と同じことを、かいつまんで報告してもらった。

「……望月、それ、ガチなの？　ガチでこの小銭入れと会話出来てんの？」

桐山は呆《あき》れたような顔をして、望月の手の上の小銭入れを見つめていた。

「ゼニー君だよ」

「なんでもいいけどさ、とにかく、マジなの?」

「ほ、本当だよう。桐山君だって、さっき、全身がダイヤモンドみたいになっていたじゃない」

「いや、そりゃ、自分のことはもう受け入れたけどよ……他人の能力のことって、なんか胡散臭《うさんくせ》えと思っちゃうんだよな。ほら、望月の能力、俺と違って、外に見えないじゃん? 小銭入れの声が周りにも聞こえたら分かりやすいのによ」

桐山はまだ興味津々という様子で、小銭入れをしげしげと見つめている。

俺は、望月による会話の再現を聞きながら、かなり驚いていた。『聞く』の能力を初めて目の当たりにしたせいでもあるが、「小銭入れ」が細かいところまでしっかり覚えていて、しかも情感豊かに語ったらしいことに、驚いていたのだ。物にも魂が宿るというが、俺の持っている財布も、こんな風に俺のことを見ているのだろうか。

犯人は防犯カメラを壊しておいたが、その効果はなかったとも言える。犯人の想像の埒外《らちがい》に、別の「カメラ」が存在していたのだから。無論、S文書の内容は警察上層部やSWORDメンバー、コトダマ研究所の職員などにしか共有されていないため、犯人が『聞く』の能力をあらかじめ知っていて、対策が出来た可能性はほとんどない。『聞く』のコトダマについては、ニュースや報道はおろか巷間《こうかん》の話題に上ったこともないからだ。

恐ろしい能力だ。工場の外には、大型の物や機械ばかりで、望月が「声」を聞けそうなのはこの小銭入れしかなかったが、小物だらけの屋内で人を殺していたら、ひとたまりもなかっただろう。

望月がSWORDにいる限り、この世界中に、無数の防犯カメラがあるようなものだ。

やはり、彼女の能力は遣いである——俺はそう確信した。

望月が手の上の小銭入れに視線を落とした。

「ゼニー君、持ち主さんに返してあげてもいいですか？　乱暴な口調の子ですけど、結構愛情が深いみたいなので」

そう言うと、小銭入れ（ゼニー君）に反論でもされたのか、望月が照れたように笑って「からかってないよー」と言った。

「念のためだが、犯人がその小銭入れに触れなかったのかどうか、もう一度彼に確認しておいてくれ。犯人が触れていないなら、無理に鑑識に回す必要もないからな」

代名詞は「彼」で合っているのだろうか、と疑問がよぎるが、望月からも小銭入れからも特に文句は出なかった。

「もう一度聞いてみましたが、大丈夫だそうです」

小銭入れが嘘をついている可能性はないだろうか、と一瞬考え直したが、一体どういうケースなら嘘をつくのだろう。一応、この件については、「一刻も早く持ち主の手に戻るため」という動機が生じ得るが、そこまで考えていると頭が痛くなりそうだ。人間の嘘だけで手一杯だというのに。

「しかし、二人組ですか」

坂東がぼそっと呟《つぶや》いた。

「かなり重要な証言ですね、本当なら」俺はあくまでも留保を付け加える。「一人は『燃やす』のコトダマ遣いで間違いないでしょう。その場合、もう一人の役割は、なんでしょうね」

「今のところ、犯行はいずれも、『燃やす』一人で行えますからねえ」坂東が首を捻《ひね》った。「もう一人は、あくまでも拉致監禁の手伝いなど、犯行のサポート役でしょうか」

「もっと最悪の想像もありますよ」俺は言った。「もう一人も、コトダマ遣い。能力の遣いどころはこれから、とか」

もっと反応があるかと思ったが、あまりにも良くない想像だったらしい。みんな、水を打ったように静まり返ってしまう。

「……そうだとしたら」坂東がようやく、唸《うな》り声を立てて言った。「なおさら厄介、だね」

「そうかぁ？」桐山が、握りしめた右手を左手にパンと打ち付ける。「俺はむしろ興奮して来たぜ。敵は強い方が盛り上がるだろ？」

このお気楽馬鹿には毎度呆れてしまう。

「敵の正体が分からない今、浮かれるのは感心しないな」

「へっ、先輩に何言われようが気にしないっすよ。突然瓦礫の下に後輩を送り込む横暴な先輩にはね」

どうやら相当恨まれてしまったらしい。こちらも別に異存はない。

「鑑識にこの小屋の付近を調べてもらいましょう。犯人の痕跡《こんせき》が残っているかも」

坂東は渋い顔をした。

「どうかな。さっきの鉄塔騒動で、あらかた吹き飛ばされたんじゃないの」

それもあり得るが、出来ることはやっておきたい。

「二人組で犯行に及んでいるとすれば」坂東は言った。「動機も気になってきますね。なぜ、山田と白金、洋生電力の社員を二人も殺害したのか。渡辺さんの話では、二人の勤務地は違うようでした」

「共犯者たちはどう出会い、何を目的にしているのか、ということですね」

「ええ」坂東が頷いた。「内部犯の可能性も高そうです。山田と白金、二人に恨みを抱いている社員を割り出すのも有効かもしれません。まあ、山田に関しては望み薄なのでしょうが」

昔の経験のなせるわざか、坂東とは息が合った。彼の言葉の一つ一つに納得出来るし、勘も鋭い。

――ば、坂東さんじゃないですか。本庁に戻って来たなら、い、言ってくれりゃあいいのに。

木下のあの慌てようは、どう考えてもおかしかった。坂東の過去が気になる。戻ったら、木下を捕まえて聞き出してみるか。

その時、俺のスマートフォンが鳴った。

小鳥遊沙雪からの着信だった。

「どうした？」

『永嶺さんの言った通りでした』

沙雪がいきなり言った。

出かける前、俺が調べておけと言ったことについてだろう。

「結論から聞かせろ」

『森嶋さんは、私たちに隠し事をしていました。「燃やす」の能力の話をしていた時、森嶋さんが動揺している様子だった――永嶺さんはそう言っていましたが、当然です。こんなの、冷静に受け止められるわけがない……』

沙雪の声は辛《つら》そうだった。

「気持ちは分かるが、今は結論を聞かせてくれないか」

『……すみませんでした』

沙雪が深呼吸する音が聞こえた。

『森嶋さんは、家族を「燃やす」のコトダマ遣いに殺されています』沙雪が言った。『森嶋さんは、江東区一家殺害事件の、唯一の生き残りです』

9　過去の殺人

そこから、俺たちは二手に分かれた。

坂東・望月のペアは、白金将司のことについて聞き込みをするため、電車やタクシーを利用し、洋生電力本社へと向かった。

一方、俺と桐山は、森嶋に会うことにした。まずは小鳥遊姉妹と合流するべく、SWORD事務室にとって返した。車の中で、桐山はずっと黙り込んでいた。ムスッとした顔をして、どこか不満そうにも思える。

時刻は午後五時。もうすぐコトダマ研究所は定時を迎えてしまう。五分もあれば着けるが、急ぐに越したことはない。

SWORD事務室の扉は、朝、桐山が壊したせいで撤去されている。扉代わりにパーティションが置いてあった。

「永嶺さん……！」

パーティションを開けると、沙雪と御幸が駆け寄って来た。

「森嶋さんに会いに行く」俺は言った。「ついてきたいなら一緒に来い」

沙雪と御幸は、揃って頷《うなず》いた。

「私たち、待っている間も気が気じゃありませんでした。自分の目で確かめたいです」

俺は頷いた。

「一応確認するが、君たちはまだ、森嶋さんに事の真偽を確かめていないんだな？　森嶋さんが被害者遺族だということは、なぜ確認出来た」

「調書に書いてあったんです。生き残った夫の名前は『航大』でした。森嶋さんの下の名前です。顔写真の特徴も、年齢も一致します」

だとすれば、ひとまず事実とみていいだろう。

森嶋とは今日会ったばかりだが、『燃やす』のコトダマ遣いについて言及された瞬間、どことなく緊張している様子があったし、話が過去の殺人事件に及ぶと、すぐに退出した。何か、思うところがあるのは明白だった。

勇み足になるかもしれない。しかし、一刻も早く、本当のことが知りたかった。


俺、桐山、小鳥遊姉妹の四人で、コトダマ研究所に向かった。目的地は森嶋の研究室だ。

何度来ても、研究所の雰囲気には慣れない。コトダマ遣いの能力の限界や特徴について観察するためのモニタールームは、壁一面がマジックミラーになっていて、ミラー越しに研究員が計測をしているという取調室のような構造だ。観察する側、見定める側である自分が、こちらにくるとそうされる側になる。その雰囲気が気に食わないのかもしれない。

しかし、研究棟と居住棟はしっかり分けられていて、コトダマ遣いのプライバシーは保護されている。三食付き、冷暖房完備、研究に協力する報酬としてかなりの「給料」も受け取れる。一時期は、この優遇制度が問題となった。公金を胡散臭《うさんくさ》い研究に使うことに反発があったし、一方で、「自分は能力者だ」と嘘をついて、研究所の好待遇を受けようとする輩《やから》もいた。研究所発足当時は、能力者を装うイカサマ師との戦いを強いられたという。コトダマ遣いの犯罪者たちを収容する隔離棟もあり、もちろん犯罪者は刑に服すわけだが、超法規的な措置で、刑務所ではなく隔離棟で研究に協力するという形になるのだ。無論、外の世界の方が自由で、捕まらないに越したことはないが、「捕まるなら、こっちの方がマシだ」とうそぶく犯罪者もいるとかいないとか。それも全て、森嶋がコトダマ遣いの権利を強く主張し続けたおかげだ。

コトダマ遣いにとっての、ある種の理想郷。

森嶋の研究室の前に立ち、ドアをノックする。中から声が聞こえた。

「はいはい、どうぞ入って」

いつもの、陽気な彼の声だ。

俺たちの顔を見回すと、彼は「ありゃ」と一言漏らした。

「SWORDの皆さん、どうしたんだい、こんな時間に。もしかしてお菓子が食べたくなったかな。参ったなぁ、今はもう出せるものがなくて、そうすると私の秘蔵のコレクションを開けないと――」

彼はぴたっと動きを止めた。彼の視線は、小鳥遊姉妹の方で止まっている。彼女たちの異様な雰囲気に気が付いたのだろう。

森嶋は、ふっ、と力なく笑った。

「――バレてしまいましたか？」

「話が早くて助かりますよ」

俺が言うと、森嶋はため息をつきながら椅子に座った。森嶋は離れた位置にある丸椅子を示して「どうぞ」と促した。丸椅子は四脚あったが、桐山は座らず、ドアの近くの壁にもたれかかっていた。

「隠すつもりはなかったんだが」森嶋は首を横に振った。「自分から言い出すことも、なかなか出来なくてね」

森嶋はにこやかに笑った。冗談めかしているが、これまでより声のトーンが低い。無理をしている彼を見るのは辛《つら》かった。

「単刀直入に聞きます」俺は迷いを振り切って言った。「あなたは、江東区一家殺害事件で亡くなった本田一家の生き残り、本田航大さんですね？」

「ええ、まさしく」

森嶋は改まった口調で答えた。

沙雪が背後で息を呑《の》むのが分かった。

「あの」御幸が小さな声で聞く。「苗字《みょうじ》は、どうして……」

「私は婿養子として本田の家に入ってね。結婚と同時に妻のものに改姓したんだよ。それが三十歳の時で、翌年、息子の明彦を授かった。義父は孫の顔を見て一年後に、日頃の不摂生が祟って病死した。その後、例の事件で妻と息子、そして義母が亡くなってから、養子縁組を解消し、元の姓である森嶋に戻ったわけだ」

彼は俺の表情を窺《うかが》ってから、話を続けた。

「義父は、私に会社を継がせようとしていたんだ。社長の座を譲る時、本田の名を絶やしたくなかったのでしょうね。電機メーカー系の会社でしたが、そこの開発事業部で、今と同じような研究・開発の仕事をしていた義父が亡くなって、後継ぎ問題が生じた時、反本田派閥にいいようにやられてね。結局、義父の望んだ通りにはならなかった」

「じゃあ、その時の経験が生きて、今ここに勤めていらっしゃる？」

「ええ。計器類の扱いに精通していて、こういう作業にも慣れているからね」

「なるほど」一拍置いてから言った。「……では、二年前のお話を聞かせてください」

「何から話したものか」

森嶋は長い息を吐く。その目は遠くを見つめているように見えた。

「最初に事件のことを知ったのは、消防の人からの電話だった。その日私は、前職の会社の仕事で福岡に出張していた。今でもハッキリ覚えているよ。夜の十一時二十三分だった――素数だ、とふと思ったもんでね」

彼は口元を歪《ゆが》めた。不器用な笑い方に見えた。

「いわく、自宅が燃えているので、安否を確認するため隣人に連絡先を聞いて連絡したと。私はそりゃあもう、驚いた。家族には誰一人、喫煙の習慣があるものはいなかったし、家もオール電化に変えていた。火事になるような要因が思いつけなかった。放火されたのではと思って、心が不安で一杯になったよ。私は、妻と息子、義母が無事なのかを再三確認したが、消防が消火作業中で、状況はまだ分からないが、全員が安否不明だということだった。

出張の日程はあと三日残っていたが、私は居てもたってもも居られず、翌朝一番の飛行機のチケットを取って、会社の同僚にも断って、東京へとんぼ返りすることにしたんだ」

彼はそこまで話すと、力なく首を振った。

「東京に帰って、自宅までタクシーで辿《たど》り着いたら……そこには、いつもの我が家の姿はもうなかった。あとに残ったのは住宅の基礎部分と、骨組み……妻が好きだったソファーも、息子が小さい頃から大切にしていたぬいぐるみも、義母が集めていたバッグも、跡形もなかった。私は焼け跡を指さしながら、あそこはリビング、あそこは台所、あそこは寝室……と一つ一つ確かめていった」

彼は、パッと手を開いて、首を激しく横に振った。

「……その全てがなかった。分かるかい？　その時の私の気持ちが」

俺はなんと言っていいか分からず、ただ静かに頷くことしか出来なかった。

「当然、そこには妻たちの姿はなかった。どこに聞きに行けばいいのか、考えあぐねていた時に、私に刑事さんが話しかけてきたんだ。彼らも、私のことを待っていたんだよ。そして、私はそこでようやく、三人の遺体が焼け跡から発見されたことを聞いた」

御幸が大きな目を見開いて、じっと森嶋の話を聞いていた。

「三人の遺体はＤＮＡ鑑定中で、その時点で身元は判明していなかったが、話を聞く限り特徴は一致していた。

一人は七十代の女性の骨格で、一階の寝室で倒れていた。これは義母と一致している。

一人は一階のリビングで、廊下に頭を向けて倒れていた。四十代の女性で、金のネックレスを着けていたと思われる。これは妻と一致していた。廊下に頭を向けていたのは、咄嗟に逃げようとしたんだろう。

息子と思われる遺体は、二階に続く階段の踊り場で発見された。この踊り場には窓があったんだ。だから、通行人が、人の体が一瞬で燃え上がるシーンを目撃したのは……」

森嶋はそこから先を続けられず、沈痛そうな面持ちで目を閉じた。

「酷《ひど》い……」

沙雪が絞り出すような声で言った。

森嶋は感情を抑え込んでいた。その証拠に、彼は自分の前腕に強く爪を突き立てている。そうしていなければ、我を忘れてしまうとでも言うように。

「ではやはり、森嶋さん自身は、『燃やす』のコトダマ遣いと遭遇したことはなかった？」

「ええ。もしあの日出張でなかったら、刺し違えてでも家族を守ったのに……まあこれは、言っても詮《せん》のないことだけどね」

俺は聞いた。

「『燃やす』のコトダマ遣いの目的は……」

「窃盗だったようだ。義母がしていたタンス預金も、私や妻の通帳や宝石類も、全て持ち去られていた。元々殺害するつもりだったのか、盗みだけが目的で、妻たちに発見されたから殺したのかは、分からない」

森嶋は無念そうに言った。

「直接話はしなかったが、『燃やす』のコトダマ遣いに声をかけて、燃やされた警官の姿も、病院で遠くから見たことがあるよ。全身にやけどを負っていて、痛みの程は想像出来なかった。あんなことを妻も子供も、義母もされたかと思うと……今でも、体が震える」

彼は吐き出すように続けた。

「あの犯人のことが、憎くてたまらないよ」

「森嶋さん……」

沙雪が悲しそうな声を上げ、御幸が森嶋に寄り添って、そっとその肩に手を置いた。森嶋は小さく何度も頷きながら、「ありがとう、でも大丈夫だから」と微笑みかけた。

森嶋にとっては辛い時間になってしまったが、「燃やす」のコトダマ遣いの残忍さは、嫌でも伝わって来た。

聞くべきことは聞き終えたように思える。俺が質問を打ち切ろうとすると、背後から声が飛んだ。

「この仕事、辛くないっすか」

俺は振り返る。桐山がまっすぐ立って、森嶋を見つめていた。

「え？」

よほど意外な質問だったのか、森嶋は目を丸くしていた。

「『燃やす』のコトダマ遣いに家族を殺されたんでしょう」桐山が言った。「同じような能力を持つ人間と付き合うの、しんどくないですか」

森嶋は質問の意図を察したのか、苦笑した。

「君たちは、『燃やす』のコトダマ遣いとは違う。小鳥遊さんたちや望月さんとは研究所からの付き合いだけど、自信がないなりに、一所懸命自分の力を生かそうとしている。彼女たちを見ていたら、分かるよ。立派な仕事が出来る。今、まさに始めたところじゃないか」

桐山は首をすくめて、「うっす」と言った。

「でも、それだけじゃないっつーか……確か、嘘ついてここ来る奴いますよね。能力者のフリして来るやつ。火って、一番やりやすいんじゃないですか？」

俺は内心驚いていた。沙雪と御幸がピンと来ていない様子なので、俺は彼女たちに説明する。

「桐山の言う通りだ。統計を見たことがある。コトダマ遣いを詐称した人間が、どんな能力があると偽ったかをまとめたデータだ。マジックの手法で、透視などのイカサマを仕込んでくる。二位は『燃やす』だった。一位は『見抜く』で、念動発火能力があるように装ってくる」

ちなみに三位は望月の『聞く』だ。サイコメトリーもまた、ペテン師に真似されやすい能力だ。だからこそ、望月の能力を目の当たりにして、ものが違うと思わされた。

「へえ、そうなんですね……」御幸がぼそっと言いながら、桐山を見た。「桐山君はその統計を見たことが……？」

「え？　ねえけど。勘だよ、勘。ほら、俺文字読むの嫌いだし」

森嶋は突然笑い出した。

「桐山君は、やっぱり面白いね。一番予想もしないことを考える」

「あざっす」

「よし、じゃあ本音を話そう」森嶋は自分の両腿《りょうもも》を叩《たた》いた。「私は復讐《ふくしゅう》するためにこの組織に入った」

そのあっけらかんとした口調に、俺は絶句する。

「最初は、本当にそう考えたんだ。元々、研究・開発をしていた経験もあったから、ここの求人を見た時にうってつけだと思った。この研究所にいれば、『燃やす』のコトダマ遣いに繫《つな》がる手掛かりが得られるかもしれない。そう思っていた」

「でも……」御幸は必死に言った。「それは危険です……森嶋さん一人じゃ……相手は残忍な人殺しなんですよ」

「ああ、分かっている。私には何の能力もない。挑んでいっても殺されるだけだ。怖いと思った。だけど、やめられなかった」

「そして今、目の前に現れたわけっすね」

桐山が鋭く切り込んでいく。

「そうだ。これまで、『燃やす』のコトダマ遣いと思われる人間を見つけたと、研究所内で何度か連絡を受けた。この僅《わず》か二年の間にもね。でも、全員偽者だった。あんなちゃちな炎で、人を焼き尽くせるわけがない！」

森嶋は声を荒らげる。初めて感情を露《あらわ》にしたように見えた。桐山の言葉が、彼の本音を引き出しているのだ。

「そういう嘘をつく奴が来るたびに……腹が立ったよ。人の気も知らないで、ってね。でも、『燃やす』のコトダマ遣いが来たと聞くと、やっぱり一瞬期待してしまうんだよ。そうして何度も裏切られ続けた。

そして今日……ようやく現れた。あの二つの遺体の写真を見た時に、確信したよ。この火力、この残虐さ、この容赦のなさ。奴だ。奴が現れたんだ、と」

「今でも」桐山がゾッとするほど冷たい声で言った。「殺したいですか」

「桐山君！」沙雪が立ち上がった。「あなた、そんな言い方しなくても！」

「悪いな、小鳥遊妹。俺は今、森嶋さんに聞いているんだ」

桐山の視線は、森嶋から一度も逸《そ》れない。

森嶋は沙雪を、いいからというように手で制して、桐山に向き直った。沙雪は緊張した顔つきのまま座る。

「殺したいと思うよ。これは本当だ」

森嶋は言いながら、顔を手で覆った。

「だが、それ以上に、怖くなった」

顔を覆ったせいで、その声はくぐもっていた。

「私はこいつに立ち向かえない。一人で向かっても、返り討ちさ。あの残忍な殺し方を見ただろう？　あれを見て、結局のところ、私は怖気《おじけ》づいたよ」

森嶋は手を下ろし、ぐしゃっと潰《つぶ》れたような笑みを浮かべた。

「情けないだろう？」

「そんなことありません」

沙雪が言った。彼女はサッと森嶋の手に自分の手を添えた。

「今は、私たちがいます。森嶋さんは一人じゃありません」

「そ、そうです」御幸が続けて言った。「私たちじゃ頼りないかもしれないけど……」

森嶋は目を瞬《しばた》いてから、唇を嚙《か》みしめ、首を横に振った。何度も。

彼は口を開く。

「――ＳＷＯＲＤのみんな」森嶋は言った。「どうか、私と一緒に戦ってくれないか。君たちと一緒なら、『燃やす』のコトダマ遣いとも渡り合える気がする――」

沙雪と御幸が、息を合わせて頷く。

俺は軽く顎《あご》を引いた。

桐山は胸をドン、と拳《こぶし》で叩く。

「任せてくださいよ。俺、必ず森嶋さんの力になります」

俺はそっと息を吐いた。

桐山の目は、目の前をまっすぐに見据えていた。いい傾向だった――目指すべき敵を見つけた、刑事の目だった。

10　熱

コトダマ研究所からSWORD事務室に戻ってくると、午後七時を回っていた。

望月と坂東は、洋生電力での聞き込みから直接帰ったようだ。報告は明日上げると、スマートフォンの課内メッセージに連絡があった。

御幸と沙雪の二人も家に帰す。捜査初日、それも配属初日から気を張っていてもいいことはない。体をよく休めろと伝えた。事実、彼女たちは二人とも、先ほどの森嶋の話でダメージを負っているように見えた。

俺は車のキーを再度手に取る。

「現場、行くんでしょ？」

俺は動きを止めた。振り返ると、桐山が両手をポケットに突っこんだまま立っている。

「俺たち、気が合うのかもな。先輩の考えてること、段々分かるようになってきた」

彼はへらっとした笑いを浮かべる。俺の嫌いな笑みだ。

「お前ももう帰れ」

「俺も行きます」

「だが——」

俺は言いかけて、桐山の顔を見て諦《あきら》めた。「ついてこい」と言うと、してやったりというような笑い声が上がった。


江東区一家殺害事件の現場に辿《たど》り着いた。

二年も経っているので、さすがに焼け跡がそのまま残っているわけではない。廃材は撤去され、更地になっていた。毒々しい色の「売り出し中」という文字が躍るのぼりだけが、虚《むな》しく風にはためいている。

「家って、こんなになっちまうんすね」

桐山がぼそっと言った。

夜九時を回っている。夜気が肌に心地好《よ》かった。

「怖気《おじけ》づいたか?」

「まさか。むしろ、気合い入りましたよ」

ふーっと桐山が息を吐いた。

「実際、効いたっす」

「ん?」

「現場を見ること」

桐山は指を一本立てる。

「被害者の遺族に会うこと。この場合、山田さんでも白金さんでもなく……森嶋さんすけど」

二本目の指を立てる。

「俺」桐山が言った。「正直、ちょっと気にしてたんすよ。工場で会ったあの刑事に、化け物呼ばわりされたの」

俺は内心驚いた。そんな繊細なタイプには見えなかったからだ。

「意外でしょ」桐山は俺の心を見透かしたように言う。「俺がこの能力を得てから、周りの見る目が変わったんすよ。良《い》い意味じゃなくて、悪い意味で。いざとなったらこの能力でぶちのめされるって思ったみたいで、誰も寄りつかなくなった。つるんでた友達、みんな離れていきました。友達だと思っていたのは、俺だけだったんすよ」

俺はなんと言っていいか分からず、そのまま黙って聞いていた。

「ハリネズミっているでしょ。針が怖くて、みんな触れずに避けていく、あんな感じっす。本当に自分が化け物になったみたいで、怖かったんすよ。それに寂しかった」

俺たちは選ばれたんだ、と彼は言っていた。あれは彼なりの強がりだったのだ。それがようやく分かって、俺は自分の浅慮を恥じる。

「そんな時、三笠課長に拾ってもらったんす。馬鹿やって、喧嘩《けんか》して、留置場に入っていた時でした」

「喧嘩した時の様子が、三笠課長の耳に入ったんだな。それで、コトダマ遣いとバレた」

「結局、三笠課長が間に入って、色々やってくれて。被害届、でしたっけ。双方、あれを出さないことになったから、捕まらずに済んだんすよ。俺がカッとなって、『硬くなる』を遣ったけど、コンクリート砕いただけで、相手に危害を加えてなかったのも大きかったみたいで」

ケガをしたのはむしろ、『硬くな』った桐山の体を、相手が素手で殴ったからだという。確かに、それは相手の予測も甘い。

「三笠課長がここに誘ってくれて、俺、自分も役に立てるんだって思ったんすよ。あの人は、俺に目的をくれたっす。だから、俺はあの人のためなら、なんでも出来ます」

目的をくれた。簡単なことのようにも思えるが、自分の心を鈍らせるような二カ月を過ごした俺も、その気持ちはよく分かった。

桐山はニヤリとして、俺を見た。

「たとえそれが、気に入らねー先輩と組むことでもね」

「一言余計だ」

言いながら、田渕のことをまた思い出していた。やはり横顔が似ている。こうして熱っぽく話す口調も、そっくりだ。

「先輩」桐山が俺の顔をまっすぐ見た。「ここに来る前、なんかあったんすか？」

言葉が出てこない。

桐山は今、腹を割って話してくれている。まだ初日で、俺のことを嫌いだと言って憚《はばか》らないにもかかわらず。その思いに応えたかった。それなのに、言葉が出てこない。

「あー、いや」桐山が俺の態度を見てか、自分の顔の前で手をぶんぶんと振った。「話したくないなら、話さなくていいっす。俺が話したから、先輩も、とかも思ってなくて。俺、そういうの嫌いなんで」

桐山が視線を落とした。

「ただ……あの木下って野郎、やたらと絡んできたでしょ」

——**こいつと一緒にいると、お前も死んじまうぜ。**

木下の意地悪な声音が、頭の中で蘇《よみがえ》る。睡眠薬のあるあたりを手で押さえた。

「ああ……」

言葉を探していると、「だーっ」と桐山が大きな声を出した。

「俺、歩いて帰ります。道覚えたんで。家その辺なんで」

じゃ、と手をビシッと掲げ、桐山は足早に去っていった。

知らず、深いため息をついていた。

……何をやっているんだ、俺は。

しばらく、夜風に当たりながら焼け跡を眺め、森嶋の家族のことを想った。

夕飯にでも誘ってやれば良かったな。

人との距離の取り方が、あるいは詰め方が、分からなくなってきている。今日はまだ家に帰りたくなかった。あの、誰もいない家には。

スマートフォンにメッセージが届いていたことに気が付く。坂東からの連絡だった。

『今から出て来られないか』

『どこかで少し飲もう』

普段なら、酒の誘いなど断るところだが、今日の気分には合っていた。


坂東から指定されたのは、文京《ぶんきよう》区内の有名な神社の近くにひっそりと立つダイニングバーだった。車を庁舎に戻してから電車で向かうと、一時間近くかかるかもしれない。そう伝えると、『ゆっくり飲んでいるから構わない』と言う。

ようやく店に着くと、坂東はカウンターでもう飲んでいた。黒ビールを傍らに、ウィスキーを傾けている。

薄暗く、どこか落ち着く店だった。

「やあ、来たね」

坂東がこちらを見た。

「家で一人で飲むのも、段々飽いてきてね。ちょうど相手が欲しかったところだ」

店員が来たので、ハイボールを注文する。坂東に向き直って聞いた。

「お一人、なんですか」

俺は坂東の左手の薬指、そこに光っている結婚指輪を見つめた。

「妻は、二年前に亡くなってね」

「あ……それは……ご愁傷様です」

「いい、いい。もう自分の中では整理がついたことだ。でも、これだけは外せなくてね」

坂東は、悲しそうに目を細めて、指輪を見つめた。

ちょうど店員がハイボールを運んできたので、その話はそれでおしまいになる。

俺はふと、坂東の隣の椅子に、例の風呂敷《ふろしき》包みが置かれていることに気が付く。店内は空《す》いているので、空席に置かせてもらっているようだ。

「それ、こんな時も持っているんですね」

「まじないだよ。君だって、危ない時には指を鳴らす前の態勢を取るだろう。桐山君に指摘された通りにね」

「あれは……」

「痛いところを突かれた、といったところかい」

「そうおっしゃるってことは」俺は悔しくなり、語気が強くなった。「坂東さんにとっては、その風呂敷包みが、限定条件に関わる何かってことですよね」

ははは、と坂東は肩を震わせた。

「悪いけどね、私はそう簡単に明かさないよ。仲間だけど、今日会ったばかりの相手には、特にね」

ニヤリと笑ってから、坂東は言った。

「仕事の話にするかい？」

「え？」

「もっと個人的な話でもしようかと思ったんだがね。どうも君相手には、そっちの方がよさそうだ」

ああ……と思わず声が漏れる。全部見透かされていることが、どうしようもなく恥ずかしい。

俺は仕方なく、森嶋から聞いた話と、桐山と一緒に現場の焼け跡を見に行った話をした。桐山と交わした会話のことは伏せた。

ふうん、と坂東は鼻を鳴らした。

「じゃあ、こっちの報告もしようか。明日もみんなの前でするだろうけどね」

メモを取り出すような環境ではない。俺はゆったりと聞くことにした。

「午後を少し回ってからだから、時間は限られていたが、定時までの時間を使い、三十名の社員に聞き取り調査が出来た。対象者は、白金将司と同じ部署に勤めていた同僚や上司、あとは、白金将司の同期について教えてもらい、その人たちにも話を聞いた。人となりが知りたいからね」

坂東はビールの方を一口飲んだ。

「白金将司は、洋生電力の経理課に勤めている。そこの係長だ。色んな部署を転々として、今の部署に収まったようだが、かなり性格の悪いやつだったそうだ。社内での評判は散々だったよ。厳しい。粘着質。すぐに怒鳴る。他人のミスを見つけると、嬉しくて仕方ないように見えた。いつも内線電話でネチネチと社内の職員を責めていてね。もちろん、部下にも厳しい。かなり嫌われていたよ。経理ってやつは、どこでも同じだね。そう思うだろ?」

ふっ、と坂東が笑うので、俺は曖昧《あいまい》に肩をすくめておく。大学の同期に、簿記の資格をとって大手商社の経理に収まったやつがいる。そいつのことを悪く言いたくはなかった。

「同年代が出世して行く中、自分のポストが係長止まりなのが面白くなく、周囲にあたっていた——とは、彼の部下の分析だがね。私もおおむね当たっていると思うよ」

坂東がグラスを傾ける。氷が、カラン、と音を立てた。やって来た店員に、「ボウモアをダブルで」と言った。黒ビールも、もうすぐ飲み切りそうだ。

「まだ飲むんですか?」

坂東の顔は赤らんでいる。さすがに少し心配になった。

「迷惑はかけんさ」

「せめてチェイサーを飲んでください」

「ビールを飲んでるだろう? 海外式のやり方だが、これが意外と肌に合ってね」

彼は運ばれてきたボウモアに口をつけてから、言った。

「分かりました。言い直します。水を飲んでくださ——」

「一つ、気になる証言を聞いた」

「はあ」

聞きやしない。

唾を呑《の》み込む。

「会社のパソコンに不正アクセスがあったらしい」

「洋生電力では、出勤・退勤時のゲート開閉および打刻に使うカードキーが、パソコンにログインする際のセキュリティキーを兼ねている。全社員に個別のものが配付されており、紛失等にはかなり気を遣っているようだ。しかし、コロナ禍で状況が変わった。リモートワークにも対応出来るよう、仕様が変更されたんだね。犯人は、そこにつけ込んだようだ」

「白金のカードキーが奪われ、使われたということですね」

坂東は頷《うなず》く。

「カードキーには、それぞれが勤める部署に応じて、アクセス出来るファイル、フォルダに制限がかかっている。アクセス出来るのは、各課が保有するものと、個人が利用しているフォルダのみだ。他の課の情報は、権限外になる。そして所属課でさえ、重要な機密については、リモートでは当然、アクセス出来ないように設定されている」

「まあ、そうなるでしょうね」

「そのせいで、リモートの時でも出社しないといけない時があって大変だった、と社員はよく愚痴ってくれたよ。しかしね――」

坂東はグラスをカウンターに置いた。音もなく、静かな所作だった。

「どんなデータが抜かれたのかという話になると、途端に口が重くなる」

俺は顎《あご》を撫《な》でた。

「しかし……抜くといっても、今の話では、大したデータは取れなそうですが」

「ああ。経理の情報なんて抜いても、せいぜい、社員の誰がどこそこで会食したとか、いつタクシーを使ったとか、そういうことが分かるくらいだ。まあ、それが何か不正取引や横領にでも繋《つな》がっていれば、動機になるのかもしれないがね。しかし、気になるだろう？」

「ええ……」

会社としては、犯人が何を目的に不正アクセスを行ったのか、見当がついているのだろう。しかし、その内容は社外に出すことが出来ない。

――臭う。

刑事としての感覚がそう告げていた。

坂東が肩を震わせて笑った。

「君なら、そういう反応になると思っていたよ」

「……聞き込みは、坂東さんが主導で進めたんですか」

「そりゃ、仕方ないよ。望月さんが得意な相手は『人』じゃないからね。でも、あの子はあれでいい。あの子は面白いぞ」

ふふ、と坂東は微笑む。

「聞き込みのことといい、今の報告の仕方といい、やっぱり、慣れていると思いました」

「ん？」

「坂東さんって、実はすごい刑事だったんじゃないですか」

俺の頭の中には、工場で見た、木下の異様な反応の記憶もあった。

はん、と坂東は鼻を鳴らした。

「買い被《かぶ》りだよ」

坂東はゆっくりと俺の方を向いた。

「だが、尊敬されているついでに、一つ聞いておこうかな。ここなら、人の耳もないだろうしね」

「え？」

店員はテーブル席の方で接客していて、カウンターにはいなかった。話がかなり盛り上がっている様子で、しばらく帰ってくる気遣いはない。

すると突然、坂東が鋭い目をした。

息を呑む。好々爺《こうこうや》めいた佇《たたず》まいが消え、剝《む》き出しの、冷たいナイフのような鋭さが、坂東の全身にみなぎっているようだった。

「君は今日、不自然だと思ったことはなかったかい？」

「……漠然としすぎていて、分かりません」

「今日、初めてＳＷＯＲＤに来た小鳥遊姉妹ですら、過去の事件の調書をもとに、航大という名前と顔の特徴、年齢の一致から、森嶋さんのことを突き止めた、あの人が気付いていなかった、なんてことがあるだろうか？」

俺は一瞬、言葉を失った。

「……もしかして、三笠課長のことを言っているんですか」

「あの人は森嶋さんを外部嘱託員として招くために、交渉等を何度も行っているはずだ。過去を調べる機会もあったかもしれない」

「しかし、それは推測では」

そう言いながら、坂東が頑《かたく》なに「三笠」という名前を言わないことに気が付く。もしかして、口にしたくないのか？　彼は人に聞かれていないかどうかも、気にしていた。

「……本当にそうだとして、彼女に森嶋さんの情報を伏せておく理由がありますか」

俺が人称代名詞を使ったことに気付いてか、坂東はニヤリと笑った。

「さあね。なんだと思う？」

「疑問も仮説も俺が出すんですか……まあ、そうですね。過去を知っていたけれど、あえて口にすることじゃないから黙っていた」

「『燃やす』のコトダマ遣いに関する重要な情報だ。それはないだろう」

「じゃあ、俺たちを試していた。自分が所持している情報に、どのくらい早く辿り着けるか。小鳥遊姉妹や望月、桐山は捜査の素人です。新人教育の一環と考えれば、ない話ではない」

「この犯人は残忍だ。森嶋さんの一家で三人、警官を一人、そして今回二人殺している。合計六人だ。かなりの凶悪犯だよ。今にも新たな犠牲者が出るかもしれない。悠長なことを言っていていいのかい？」

――そう言うあなたは、そんなに飲んでいていいんですか？

喉《のど》まで出かかったが、抑える。今ここで絡んでも、得るものはない。それに、酒ぐらい許されなければ、こんなきつい仕事、どうしてこなせるだろう？

「だったら、坂東さんはどう思っているんです？」

俺は切り込んでいくが、坂東は小さく首を横に振るばかりで、答えない。

「……今日、俺をここに呼んだのも、この話をするためですか」

不意に、坂東の目元が笑い、また、あのすべてを覆い隠すような笑みの中に、彼の鋭さは埋没してしまった。

「別に、そういうわけではないさ。ただ、君と桐山君の心酔ぶりを見ているとね……」

「なんです？　坂東さんも、彼女に口説かれたクチじゃないんですか？」

フッ、と坂東が鼻を鳴らした。

「あいにくと、老いらくの恋は趣味じゃないんだ」坂東はグラスを傾ける。「ただ、君たち若い二人があの人にラブコールを送っているのを見ると、ちょっと、茶化したくなるだけだよ」

夜十一時。店の前で坂東と別れてもなお、帰る気になれなかった。

ＳＷＯＲＤの事務室に戻った。電気をつけると、雑然とした室内に迎えられる。桐山の机の上には、ほとんどめくられていない資料が、そのまま投げ出されていた。小鳥遊姉妹の机は横に二つ、並んでいるが、指示した作業にあたってくれたようで、喫茶店の店名や住所を書き留めたメモや付箋《ふせん》がいくつもあった。地図もプリントアウトしてくれている。細やかな仕事ぶりだった。

俺はまっさらなホワイトボードの前に立った。

ペンを取り、これまでに分かったことを整理する。事件の時にはいつも、好んで書いているものだった。

『未詳1号事件

・第一の現場
○被害者
山田浩二（28）　洋生電力工場従業員
白金将司（55）　洋生電力経理課
○死亡状況
山田：全身に火を点《つ》けられ、死亡。
→高校生の二宮と相田が、突如燃え上がる人影を目撃。
→全身は炭化している。身元確認は損傷の少ない臓器と、自宅の毛髪等の照合による。
白金：全身から血液を吹き出し、死亡。眼球に点状出血。
→全身の血液が沸騰し、殺害されたものか。
○証拠品
①ポリプロピレン：山田、白金両名の手首付近から
②セルロース：山田、白金両名の死体から

③赤リン：山田、白金両名の死体から
④ホッチキスの針：工場近くの物陰
②①より、被害者二名は殺害まで監禁されていた可能性あり。
②〜④はブックマッチ由来のものか。ブックマッチは二〇二二年製造終了。
→被害者の監禁場所を示す手掛かりか？

○犯人像
二人組（工場の塀上に放置された小銭入れ〈ゼニー君〉の証言より）
一人は『燃やす』のコトダマ遣い（現場の状況、殺害方法を総合して）
もう一人は詳細不明→もう一人もコトダマ遣いか？

○動機
山田：目立った動機なし。スマートフォンにダルマのストラップを付けていた（現場から発見されず）。
白金：殺害後、白金のカードキーにより、洋生電力のパソコンに不正アクセスのログあり。
→どんなデータを持ち出されたかは社員全員が口を開かない。動機はこの線か？

・過去の現場
二年前　江東区一家殺害事件
○被害者
本田友恵（44）
本田明彦（12）
本田ユリ江（72）

檜原保（26）：警察官
○死亡状況
友恵・明彦・ユリ江：自宅で死亡。全身に熱傷あり、焼死と判定。家屋も全焼した。
檜原保：警邏《けいら》中に『燃やす』のコトダマ遣いを呼び止め、コトダマで攻撃される。
　→全身に熱傷。緊急搬送後、搬送先の病院で死亡する。
○備考
森嶋航大研究員は、本田友恵の夫。苗字《みょうじ》は結婚時に本田に改姓し、事件後、元の姓に戻した。』


「うん、いいね」

背後から三笠の声がし、思わず飛び上がった。

振り返ると、三笠が小首を傾げていた。

「まだ帰ってなかったんだ」

「あ……ええ」

「それ、いいよ。とてもよくまとまっている。もう報告を直接聞く必要はなさそうだ」

三笠に褒められると悪い気はしない。

「まだ帰ってなかったんだは、こちらのセリフですよ」

「うん。記者会見の後もバタバタしていてね。意外と仕事が多いんだよ、これでも」

三笠は両手を広げる。しかし、顔に疲れの色が見えないのはさすがだった。

俺は不意に、坂東にされた話を思い出す。

――三笠課長には、何か、隠していることがあるんだろうか。

口を開きかけた時、三笠の手が俺の肩に触れた。顔がすぐ傍にあった。

「やはり、君に任せて正解だったようだ」

その大きな瞳《ひとみ》が、俺を存在ごと射抜くように瞬く。

「これからも期待しているよ――永嶺君」

全身に熱が溢《あふ》れる。俺はどうかしてしまったのかもしれない。そんな不安さえ、彼女の声が消していった。

11 ローラー作戦

翌日。

ホワイトボードの内容をやたらと褒める小鳥遊姉妹を制して、それぞれのペアから昨日の捜査内容を報告させた。

事件が起こると捜査本部や帳場が立ち、各部署からの報告を聞く会議が催されるが、ＳＷＯＲＤは単独で動いているので、会議もメンバーのみでこぢんまりと行う。

昨日見聞きしたことを、それぞれの口から報告させる。現場の工場の捜査については坂東と望月に報告してもらい、森嶋のことについては小鳥遊姉妹に報告してもらった。

パーティションを開けて、森嶋が入って来た。

「おはよう。三笠さん以外はみんないるね」

「おはようございます」

沙雪と御幸の声が揃った。その顔は心なしか、キリッとしているように見えた。

「今日もお菓子の差し入れだよ」彼は手にしていた紙袋を掲げる。「今日は北海道名物、ルイズのクッキーだ。サクサク食感をお楽しみあれ！」

彼は冗談めかしてお菓子の包みを開けるが、俺たちのリアクションが良くないことに気付いたのだろう、バツが悪そうな顔をして首を横に振った。

「すまない」彼は言った。「どんな顔をして会いに来ればいいか、分からなくてね」

「別に、昨日と同じでいーんじゃないすか」

桐山はお菓子に手を伸ばし、早速ムシャムシャと食べ始めた。

「森嶋さんだって、SWORDの一員なんだから」

「ほんとに？」

「追い詰めるんでしょう、犯人」

森嶋は何度も首を縦に振った。それが雰囲気を和らげてくれて、坂東や小鳥遊姉妹が、次々にお菓子に手を伸ばした。

坂東から、昨日、バーで聞いたのと同じ報告を聞く。

「その話だが」俺は言った。「会社が、持ち出されたデータの件を伏せているのが気になる。しかし、どうにもガードが堅そうだ」

「……なら、どう攻めるんです？」

御幸が聞いた。

「内側に入り込まないと、取っ掛かりは摑《つか》めないだろうな。社員にならないとカードキーは使えなそうだ。つまり……」

「潜入捜査！」

沙雪が指を立てて、陽気な声で言った。

「うわ、本当にするんすね」桐山が揶揄《やゆ》するように言った。「違法捜査。永嶺さん、手段を択《えら》ばないって評判らしいし」

「言ってろ」

俺は吐き捨てておいた。

「正攻法で探れないなら手段を択んではいられない」俺は言った。「沙雪、お前の『伝える』の遣いどころだ。頼めるか？」

Ｓ文書には、次のように記載されている。

伝える：己の思念を伝達する。心のチャンネルが合う相手としか接続しない。

つまり、テレパシーに類似する能力である。通信機器を持たずに指示を飛ばせるのだとすれば、潜入捜査において能力を発揮するだろう。

「限定条件について聞いてもいいだろうか」

「はい。といっても、一言で済みます」

沙雪は御幸を手で示した。

「私が『チャンネル』を繋《つな》げられるのは、姉の御幸だけなんです」

なるほど。かなり限定的な能力であるし、沙雪の能力を生かすには、御幸の採用も必須《ひっす》だったというわけだ。もちろん、御幸自身の『吹く』の能力のせいでもあるだろうが。

「ここから先は、私からも補足しよう。沙雪さんは研究所の研究に協力してくれていて、仕様についてはかなり明らかになっている」

「とにかく、沙雪、御幸の間しかチャンネルは繋げない、ということですね。しかし、能力者は沙雪なんでしょう。伝達は一方通行ということですか？」

「いや、双方向だ。『伝える』でチャンネルを結ばれた相手も、その能力の余波で、いわば能力のおこぼれに与《あずか》っていると考えるほかないね。御幸さんはそれとはまったく別に『吹く』の能力を持っているから、御幸さんも『伝える』のコトダマを得ていると考えてしまうと、コトダマは一人一つというルールに抵触する。御幸さんの中で、コトダマは『吹く』の一つだけで、『伝える』のおこぼれはあくまで従」

森嶋の淡々とした説明は、やはりこの人は学究肌の人間なのだと感じさせた。

「森嶋さんからみて、『伝える』の最大のメリットはなんですか?」

「潜入捜査にあたって、無線や通信機器の類《たぐい》を一切身に着ける必要がない。伝達の際、口を動かすこともない。思念の伝達範囲はおよそ一キロで、電波を遮断する地下室であっても、思念は遮断されない」

森嶋は俺の顔を見た。

「上手く遣えれば、絶対に潜入はバレない」

「しかし、伝達は御幸にしか行えない」

「そうだね。君が指示を出すならこういう手順になる。①君から御幸さんに口頭で指示を伝える。②御幸さんから沙雪さんに指示を伝える。③沙雪さんから御幸さんに報告を上げる。④御幸さんから君へ結果を伝達する」

「す、すみません、私が自分で判断出来ればいいんですけど、自信がなくて……」

御幸は蚊の鳴くような声で言った。

「いや、気にしなくていい。こればかりはやってみないと分からないからな」

俺はしばらく頭の中で思考を転がしてから、小鳥遊姉妹と森嶋を順番に見た。

「森嶋さんには、小鳥遊姉妹についてもらい、洋生電力本社への潜入捜査の準備をお願いしたい。仮の身分と変装の用意、潜入計画の策定、シナリオも必要なら頼みたいですね。小鳥遊姉妹の能力に詳しいなら、任せやすいですから。いいですか？」

森嶋はドン、と自分の胸を叩《たた》いた。

「請け合うよ」

「そしたら、私たちからも報告したいことがあります」御幸と視線を交わし、頷《うなず》いてから、沙雪が言った。「昨日頼まれていた、廃業した喫茶店のリストです。現場から半径五キロ圏内の店を優先してリストに挙げました。後にテナントが入っていないところが条件、ということでしたが、念のため、入っているところのバージョンも作りました」

沙雪が配付した資料は二部に分かれていた。コロナ禍の影響で廃業した店も多いため、リストはかなりの分量になっている。姉妹二人で作ったとはいえ、これを一日で仕上げて来られるなら大したものだ。

「テナントが入っていないところに一旦《いったん》絞るなら、二十カ所か。俺と桐山のチーム、坂東さんと望月のチームで分けて、十カ所ってところか。上手くやれば一日で済むな」

「そうだね」

坂東は深々と頷いた。

「はあ？　冗談だろ？」桐山が声を荒らげた。「しらみつぶしに調べるってわけ？　なんかもっと上手いこと絞り込めないのかよ」

「そ、そうですよ」望月が言った。「一日で十カ所も巡るなんて……私なんて、一日に一カ所出かけたら、自分を褒め称《たた》えるのに……」

不満を漏らす二人の様子を見て、ため息が漏れる。

「捜査ってのは、最後には地道なものだ」俺は桐山と望月をたしなめてから、坂東に向き直った。

「俺たちは車で動けますが、お二人は電車移動がメインになるでしょうし、駅からの近さで振り分けましょう」

「賛成だ」坂東は満足そうに笑った。「この年になると、腰が痛くてね」

俺と坂東は、素早くお互いの担当を振り分ける。十分ほどで作業が済んだ。

「じゃあ、今日はこのリストの場所をあたろうか。潜入捜査チームは、準備が出来次第、明日以降の潜入としよう。もし早く準備が済んだら、坂東さんたちのヘルプに入ってほしいが、無理は禁物ということで」

「分かりました」

沙雪と御幸が声を揃えて答える。

俺はふと思いついて、森嶋に尋ねる。

「あの、坂東さんの能力のことなんですが」

「ああ、『放つ』のことかな?」

彼はS文書の該当箇所を示してくれる。

放つ：思念により電撃を放つ。イメージを伴えば、望み通りの形を作ることも可能。

「イメージを伴う、というのは?」

「その人が慣れ親しんだもの……そういうものなら、イメージを掴みやすいんだ。電撃を特定の形にして、飛ばしたり、そのまま掴んで相手にぶつけることも出来る。基本的に自分は感電しないようだね」

「能力としてはかなり強いということですか」

「桐山君が物理の強さなら、こちらは飛び道具の強さって感じだ。とはいえ、今述べたのは『放つ』が最初に現れたイギリスの研究機関のデータで、坂東さんのデータはあんまり取れていない。駐在所からこっちに来たばっかりだからね……」

坂東の強さは未知数、ということか。少しでも情報を得ておきたかったが。

俺はなおもぶすっとしている桐山の首根っこを掴まえた。

「よし、じゃあ桐山、とっとと行くぞ」

「永嶺先輩の鬼！　悪魔！」

罵詈《ばり》雑言をものともせず、車まで連行した。


地下駐車場でＳＷＯＲＤの機動捜査車両に乗り込もうとした時、木下の姿を見かけた。

「桐山、先に車に乗ってろ」

鍵を放り投げ、桐山に渡した。

「木下さん」

彼は振り返ると、嫌そうにギュッと顔をしかめた。

「……なんだ、お前か」

「昨日は失礼しました」

チッ、と木下が舌打ちする。

「心にもねえことを。お前のことだ、何か気になることがあるんだろ？」

「まさに。坂東さんのことですが――」

木下の体が硬直するのが分かった。彼は俺の肩をガシッと抱き込むようにすると、耳元で囁《ささや》くように言う。

「そう、そう、それだよ永嶺。あの人、いつこっちに戻って来たんだ？」

「さあ……自分の過去は語りたがらないんですよ。ＳＷＯＲＤの設立に合わせて、駐在所からこちらに戻って来た、という話でしたが」

「ああ、そういうことか。クソッ、全部あの三笠とかいう女狐の手の内ってわけか」

三笠のことを言われると不快だが、顔には出さないようにする。

「それで？　坂東さんと、昔、何があったんですか？」

木下はたじろぐような素振りを見せた。彼の喉仏《のどぼとけ》がゆっくりと上下し、やがて、意を決したように彼は言った。

「剣道……」

「は？」

「剣道だよ。あの人、中学の頃から剣道一筋で、有段者だったんだ。そりゃもう達人級。噂じゃ、真剣道にも手を出して、そっちの腕前もすごいとか」

真剣、と聞いて、彼が持っていた風呂敷《ふろしき》包みの中身、あの謎めいた「刀身の無い柄《つか》」のことを思い出す。彼は思い出として肌身離さず持っているということだろうか。

「気合いを入れられる時は、必ず道場に呼び出されるんだ。あの人の後輩で、あの人を恐れていない人はいない」

俺は内心啞然《あぜん》としていた。好《い》い年をした大人がそんなことで、と呆《あき》れていたからだ。運動部気質全開の、単なるしごきではないか。それを未《いま》だに恐れているとは。

ニヤリとしてしまうと、木下は気色ばんだ。

「馬鹿にしているだろ」

「いえ、そんなことは」

「お前はあの人の剣を受けたことがないからそんな反応なんだ。あの人の剣は速くて、重いんだ。

一度しごかれたら、恐怖で体が震える」

俺はなんと言っていいか分からず、肩をすくめるに止《とど》めた。

木下はなおも舌打ちをしながら「いいか、俺だって忙しいんだ！　もうあの人を、俺に近付けるなよ！」と肩を怒らせて去って行った。

車に乗り込むと、桐山がへらへらと笑っていた。

「ね、先輩。本当は仲いいんすか？　あの人と」

「やめてくれ、気持ち悪い」

坂東の過去に何かある――というのは、考えすぎだったかと思い直す。

車を発進させ、リストの一軒目に向かった。

12　潜伏生活

『次のターゲットの選定は進んだか？』

ホムラからの連絡がSNSに入る。ダークウェブを利用したもので、痕跡《こんせき》は残らない。

スズキはため息をついた。彼は隠れ家にいて、その目は夜のニュース番組とパソコンとの間を行き来していた。机の上には、缶チューハイの空き缶が六個、てんでんばらばらに転がっている。

彼の瞼《まぶた》の裏には、山田と白金、二人の死に様が、未《いま》だに焼き付いて離れなかった。

燃える男の悲鳴……。

蛋白質《たんぱくしつ》の焼ける臭い……。

どうしたら忘れることが出来るだろう？　ホムラはこの感情にどう対処しているのか？

『白金のカードキーを使って得た情報で、抜かりなく進めている。次は――』

スズキはそれでも返信を打った。ホムラが時間にうるさいのを重々承知しているからだ。

『よろしい。調べたものを後で送れ。最終的な決定は俺がする』

『ところで、ニュースは見たか？』

スズキは躊躇《ためら》いながら打ち込んだ。

一昨日の事件のことがニュースで盛んに報道されていた。あれだけ派手にやらかしたのだ、無理もない。事件の内容が残虐すぎるからか、二名の死者が出ているという事実の他は、ほとんどぼかされていた。しかし、SNS上には、家のベランダから撮影したという、「燃える男」の映像が幾つも出回っていた。

スズキはこの二日間、計画の進行と並行して、ニュースを調べ続け、SNSにアップロードされた情報を漁《あさ》り続けていた。動画や写真、一つ一つを入念にチェックした。自分たちが映っていないか。逃げるところが映っていないか。車が映っていないかどうか……。

幾つも幾つも、検索ワードを変えて、動画がないか、情報がないか探し続けた。強迫観念的だと、自分でも思う。しかし、手を止めることが出来なかった。

そして、動画を見るたび、鮮やかに記憶が蘇《よみがえ》る……。

燃える男の悲鳴……。

蛋白質の焼ける臭い……。

スズキは七本目の缶チューハイを開けた。

ホムラから返信があった。

『どうしても必要な時は俺から連絡する。もし心理的な負荷に耐えられないようなら、報道を極力目に入れないようにしろ。俺たちの計画の完成は、まだ先なんだからな。完成の暁には、お前だってどんなに嫌でもニュースを見たくなるはずだ。その時まで取っておけ』

その言葉を見て、ふっと心が軽くなる。

またしても、ホムラの狡猾《こうかつ》さを見習う。彼はこうして的確に、自分が欲しいと思っている言葉をくれる。

だが、一つだけ、聞いておきたいこともあった。

『気になっていることが他にもあるんだ』

『なんだ？』

『同じ新聞に載っていたんだけどさ、コトダマ犯罪調査課って、なんだ？』

コトダマ犯罪調査課。略称ＳＷＯＲＤ。その名の通り、コトダマを遣った犯罪に対する「剣」として結成されたというチーム。そのリーダーとして、三笠葵という女性がインタビューに答えていた。写真も載っていた。

その女性はいかにも有能なビジネスパーソンといった風情で、いけ好かなかったが、その瞳《ひとみ》には不思議な引力があった。チームの構成員の写真はほとんどなかったが、インタビュー画像の背景に、小動物のような女性の姿が写り込んでいる。

『こいつら、俺たちのことも、もう追っていると思うか？』

数分、返事が来なかった。落ち着かずに首を掻《か》きむしった。通知音がした瞬間、飛ばしの携帯電話を手に取る。

『どうせ税金の無駄遣いさ。烏合《うごう》の衆が今更集まったところで、どうなるものでもない』

また、スッと気持ちが落ち着く。そうさ、税金の無駄遣いだ。こいつらのような公僕に、俺たちが負けるものか。

『酒は飲んでいないな？』

スズキはギクッとしながら、返信を打つ。

『もちろん』

『なら安心だ。あれはお前の悪癖だからな。お前に一つ追加で頼みたい。今夜のうちに、例の喫茶店から回収してほしいものがあるんだが——』

スズキは、ホムラの指示をじっくりと読んだ。数分後には消えてしまうそれを、脳裏に焼き付けるために。

13 『吹く』

朝から晩までリストの店潰《つぶ》しを続け、九軒目の店に着いた。世田谷《せたがや》区内にある純喫茶の跡地だ。実際に来てみるまでは分からなかったが、道に面した部分がガラス張りになっているので、犯人たちのアジトとしては向かない。中に入るまでもなく、候補外だ。

「ねー永嶺先輩。もぬけの殻みたいっすよ」桐山は言った。「もう帰りましょうよ。七時ですよ、七時。もう夕メシの時間ですって」

車の中で裸足になった桐山が、あーだこーだと不平を鳴らす。

「お前、昨日の威勢はどこに行ったんだ?」

俺は苦笑しながら、リストに横線を引く。これで十軒中九軒が潰せた。最後の一軒が外れなら、今日は無駄足だったことになる。だが、捜査で無駄足を恐れてはいけない。

十軒目の喫茶店の住所をカーナビに打ち込む。その時、スマートフォンに着信があった。

坂東からだ。

「もしもし?」

『永嶺君かい? 今、どこにいる?』

「世田谷区内の喫茶店、リストで言うと、ナンバー9の喫茶店です」

『そうか』坂東が送話口の向こうで、ゆっくりと息を吐くのが聞こえた。『これからこっちに来られないか？』

「どこです？」

『ナンバー17の喫茶店だ。名前は「ハーバリウム」。そこからなら近い』坂東は言った。『もう廃業しているはずだが、中から人の気配がする。今、扉の外で見張っているところだ』

俺は体中の血液が沸騰するのを感じた。

早速、釣り針に魚がかかった——。

「どうしたんすか、永嶺先輩？」

横で呑気《のんき》な声がする。

俺は答えず、『ハーバリウム』の住所をカーナビに入力した。ルートが表示される。すぐに車を発進させた。俺は桐山を無視して、電話の向こうの坂東に早口で話しかける。

「そのまま監視を続けてください。相手はもう何人も殺している。二人だけで相対するのは危険ですから、俺たちが着くまでは、なるべく接触を避けてください。相手がそこから出て、どこかへ向かうようなら、尾行してください。自分の家に戻るかもしれません」

『うん、私もそう考えていた。実のところ、望月さんが完全に怯《おび》えきっていてね。私も、君たちの合流を待たないと動けそうにない』

「今、電話はどこから？」

『大丈夫、店からは離れているよ。そのリストにある通り、雑居ビルの三階にあって、夜はバーになるのが特徴だった。他のテナントもほとんど入っていない。廃墟《はいきょ》同然だ。三階の扉は今、望月さんが階段の踊り場付近から監視中。私は一階から電話をかけている』

俺はカーナビをもう一度見やった。

「八分で着きます」

『事故は起こさないでね』

坂東がそう言って、電話を切った。

小鳥遊姉妹にもすぐに連絡を入れる。潜入捜査の準備が終わり、坂東たちのヘルプに入ろうとしていたところだという。十分程度で着きそうだというので、合流場所を伝えた。人ばかり増やしても仕方ないかもしれないが、ネットの飲食店情報サイトで写真を見る限り、『ハーバリウム』の店内はかなり狭い。御幸の能力が遣えそうだ。

――マスターのなっちゃんが気さくで楽しい店。

そんな口コミを読みながら、「閉業」という赤い文字を見ると、なぜだか寂しい気持ちになる。

きょとんとした顔で俺を見ている桐山に向かって、俺は活を入れる。

「靴を履いておけ。最悪の場合、お前が心待ちにしている喧嘩《けんか》になるぞ」

桐山の目の色が、ハッキリと変わった。


目的地である、杉並区内の喫茶店『ハーバリウム』跡地に到着する。中央線の沿線だからと、坂東チームに振り分けたところだ。

飲み屋街の入り口に、その雑居ビルはあった。

ビルの一階に望月がいた。望月は俺を見るなり、ぱあっと顔を輝かせた。

「な、永嶺さん……！　桐山さんも……！」

「坂東さんは？」

「見張りの位置を私と替わってくれたんです。何かあった時に危なくないようにって……」

坂東らしい。それに、戦闘能力のない望月を後衛に下げておくのは合理的でもある。

「俺が来たからにはもう安心だぜ」桐山が指をボキボキと鳴らした。「犯人をぶちのめす」

「軽率に動くな。中にいるのが共犯者だった場合、相手がどんなコトダマを遣うか分からないんだぞ」

望月には俺たちが乗って来た車の中で待機してもらうことにした。『聞く』のコトダマは戦闘中には遣わない。

階段を上がる。踊り場に坂東がいた。彼の手には、例の風呂敷《ふろしき》包みがある。彼は俺たちの姿を認めると、小さく頷《うなず》いた。

坂東が視線だけで件《くだん》の喫茶店の扉を示した。赤茶けた木製の扉に、真鍮《しんちゆう》製と思《おぼ》しき取っ手がついている。看板はもう外してあるが、雰囲気のある店構えだったことが窺《うかが》える。夜はバー営業をしていたというから、ブックマッチが置かれていた可能性も高い。

声を潜めて聞く。

「状況は？」

「十五分前から監視している。私たちが来た時にはもう、中に誰かいた」

「中の様子は？」

「ガサゴソと、何かを捜しているような音が断続的に続いている。ただ、さっき突然物音が止んだ。目的のブツを見つけたのか、あるいはこちらの気配に気付いたか」

「人数は分かりますか？」

「中から会話は聞こえない。一人である可能性が高いね」

「乗り込まねえんすか」

桐山が囁《ささや》いた。

「まだだ」

俺は首を横に振る。

「外から様子を見て来る」

ビルの外に出て、道路から三階をそれとなく見上げる。窓は三つ。そのうち、一番左に見える窓が『ハーバリウム』の位置だ。

明かりは点《つ》いていない。光のようなものが中で動く。懐中電灯のようだ。

道路側には足掛かりになるようなところはない。三階から飛び降りる選択をしない限りは、袋の鼠というわけだ。

階段に戻り、降りてきた坂東たちと合流する。

「少なくとも、『燃やす』のコトダマ遣いじゃなさそうです。恐らく共犯者の方」

「なぜだい？」と坂東が意外そうに目を見開く。

「懐中電灯を使っています。『燃やす』のコトダマ遣いなら、自分で火を灯《とも》せるはずだ」

ああ、と坂東は息を漏らした。

「じゃあ」桐山が言った。「相手の能力が分からないってことっすね」

「ああ。だから突入はかなり危険だ」

「遅くなりました」

目の前にタクシーが停まり、沙雪と御幸が降りてきた。

「次にタクシーを使うときは、現場の前に停めないようにしてくれ。犯人に気付かれたら、逃げられる。少し遠くで停めて、歩いてくるんだ」

「あ、はい……すみません」

御幸は素直に謝る。

「御幸、お前のコトダマを遣いたい。用意出来るか？」

御幸の表情が強張《こわば》った。

Ｓ文書には次のようにある。

吹く：能力を遣う者から風が吹く。念じる強さによって、風の強さも変化する。

『ハーバリウム』の店内は狭く、細長い形をしている。風の出し方によっては、犯人の体勢を崩し、壁に叩《たた》きつけることも出来るかもしれない。

「は、はい……あの、妹が一緒なら……」

御幸が沙雪の服の袖《そで》を掴《つか》む。一人で行くのが不安なのだろうか。

「『伝える』の遣いどころは今じゃない。上に上がる人数も、出来れば最小限にしたいんだが」

「で、でも」

「すみません、永嶺さん。でも、お姉ちゃん、こうなったら聞かないので」

沙雪は母親のような口調で言った。俺はやむなく折れることにする。

俺、桐山、沙雪、御幸の四人で階段を上がる。

坂東と望月は、外の窓の下から監視する役だ。

俺たちは言葉を交わさず、身振り手振りでやり取りし、それぞれの配置についた。俺と桐山が扉を挟んで両側に。御幸は両手を前に構えていた。あれが、『吹く』を遣う際のポーズなのだろう。限定条件が、両手をかざすこと、なのかもしれない。

『吹く』の力が強いからなのか、沙雪は後ろから、御幸の体を支えていた。

あとは突入の機会を窺うだけだ——そう思った時。

中から、ガタッ、と激しい物音がした。

――気付かれたか？

足元から、カタカタカタ、と奇妙な音が聞こえる。

なんだ、と思い、下を見た。

喫茶店の撤収作業の時の名残《なご》りか、錆《さ》びた釘《くぎ》が落ちていた。

釘はカタカタと揺れながら、次第に上を向き、尖端《せんたん》をこちらに向けてきた。

全身から血の気が引いた。

俺は咄嗟に飛びのき、同時に桐山に向けて叫んだ。

「桐山、息止めろ！」

彼は俺を一瞬見て、すぐに『硬くな』った。

次の瞬間。

釘が猛スピードで上に向けて飛んできた。

キンッ、と音を立てて、桐山のダイヤモンドの皮膚が釘を弾《はじ》く。

俺も後ろに下がっていなかったら、喉《のど》を掻《か》き切られていただろう。錆びているから、かすっただけでも破傷風になる恐れがある。

釘は天井のコンクリートに突き立ったまま、静止している。

俺の頭は高速で回転する。

――相手の能力はなんだ？

――相手の限定条件はなんだ？

――どうすれば勝てる？　どうすれば制圧出来る？

コトダマ同士の戦いは、まず能力の性能のぶつかり合いであるが、より重要なのは読み合いである。読みが伴わなければ、どんなに優秀な能力でもクソ同然になる。

桐山が扉を蹴破《けやぶ》る。雄叫《おたけ》びを上げた。俺も指を構える。

店内に人影が見えた。目出し帽を被っている。捜し物をする時には不便だろうから、こちらの気配に気付いて、被ったのだろうか。

その人物は背を向け、窓へ走っている。

「待てッ！」

俺を押しのけて、桐山が人影を追う。もう一度息を止めて体を『硬く』している。

その時、桐山の体が、ふわっと浮いた。

俺はその場で立ち止まる。内心は驚愕《きようがく》していた。桐山の体はダイヤモンドのようになっている。当然、体も重くなっている。

何をされた？

後ろでチャリン、という音がする。

桐山はまるで水の中を泳ぐように、腕と脚をバタバタさせる。

「おい！　なんだこれ！」

息をしたため、桐山の硬質化が解ける。それでもなお、彼の体は浮いたままだ。

「御幸！　いけ！」

耳の傍を風が吹きすさんでいく。

これが『吹く』の力か！

強風の日のような、強い風だった。風が強すぎて、俺も立っていられない。扉の枠を摑みながら、なんとかこらえる。

桐山の体が吹き飛ばされる。バーカウンターに並んだ椅子も薙《な》ぎ倒された。

「桐山ァ！　息止めろ！」

俺の声が届いたのか、桐山の体が硬質化する。そのまま壁に叩きつけられた。壁にわずかにひびが入る。

その人物――背恰好《せかっこう》からして男に見える――は桐山の様子を見て取ると、ポケットからタオルを出し、手に巻き付けた。

「がっ」

窓に叩きつけられ、男は声を上げる。

だが、男は歯を食いしばり、タオルを巻いた手を振り上げた。

俺は男の意図に気付いた。

「御幸、出力を止めろ！」

そう言いながら、俺は室内に踏み込んだ。

一瞬、風に体があおられ、凄《すさ》まじい勢いで足が前に出る。つんのめりそうになったところで、風が止まった。

ほぼ同時に、窓ガラスが叩き割られる。

男は風の余波を受けて、そのまま外に飛び出る。

――逃げられる！

しかし、あんな体勢でどうするつもりだ？

窓から顔を出すと、落下中の男の姿が見えた。

同時に坂東の怒号が聞こえる。

「永嶺ェ！　伏せろ！」

「は――？」

坂東に呼び捨てにされたのは初めてだ。それに、いつもの坂東とは声の張りが違う。深い威厳を感じる声だった。

窓の外、道路のあたりに坂東は立っている。上体を軽く捻《ひね》り、右手を左の腰に添えている。

その右手には、日本刀の柄《つか》が握られている。

まさか――。

――その人が慣れ親しんだもの……そういうものなら、イメージを掴みやすいんだ。

――剣道だよ。あの人、中学の頃から剣道一筋で、有段者だったんだ。

あれは、居合切りの構えだ。

イメージ。それこそが、『放つ』の最大の限定条件だ。だからこそ、坂東はあんな風呂敷包みを、柄だけの、刀身のない刀を持ち歩いていた。

それが、最も自分に適した得物だから。

俺は即座に後ろに下がった。

坂東が素早く柄を振り抜く。

その瞬間――。

電撃の刃《やいば》が、空を走った。

彼には刀身など要らないのだ。

手に柄の感触があれば、慣れ親しんだ刀の感覚さえあれば、彼は電撃の刃のイメージを形作ることが出来る。その速度は、本物の刃より速い。

狙いはどんぴしゃり。宙に投げ出された男を正面から捉《とら》えていた。

だが――。

男の体が、グンッ、と浮いた。

まるで空でも飛んだかのように。

驚く暇もなく、坂東が放った電撃の刃が、建物に叩きつけられる。俺は風圧で後ろに倒れる。

桐山が同時に、どさっと俺の上に落ちてくる。

「ぐえ」

「おい桐山、何して……！」

「し、知らねえよ！　さっきまで浮いていたのに、急に体が重くなったんだ！」

桐山は、クソ、と毒づきながら窓に駆け寄った。

「奴は⁉」

もう奴の姿はなかった。

桐山は手近なテーブルに拳《こぶし》を叩きつけ、「クソッ！」と叫んだ。

犯人との、最初の接触。

第一回戦は、こちらの敗北というわけだ。

みすみす魚を獲《と》り逃したのだから。

14　逃亡

スズキは自分のコトダマの能力を、ようやく解除した。

彼の息はすっかり上がっていた。長い時間、コトダマの力を遣っていたのだ。

心臓がバクバクと激しく鼓動し、体が熱くなっていた。全身にじっとりと汗をかいている。スズキは胸を押さえながら、ゆっくりと呼吸を整えていく。

彼はあの喫茶店『ハーバリウム』から逃げ出し、どうにか近くの河川敷まで辿《たど》り着いていた。

橋梁《きょうりょう》の下に身を隠し、あたりの様子を窺《うかが》う。

——追って来ない……か。

——電撃のようなものを放ってきた、あの爺《じい》さんにはビビらされたが、逃げてしまえばどうということはない……。

追っ手の姿や気配はない。追跡に役立つ能力を、彼ら「SWORD」とやらは持ち合わせていないようだ。

——いや、本当にそうか？

——これも俺の油断を誘っているだけなんじゃ……。

スズキの心は、一旦《いったん》不安を覚えた瞬間、まるで沼に足を取られたかのように沈んでいく。額にじんわりと汗が滲む。

スズキはホムラに連絡を取った。足がつかないよう、飛ばしの携帯電話を使っている。

『どうした？』

十二コール目で、ホムラはようやく電話を取った。コールの数を数えている自分に、スズキは嫌気がさした。

「奴らだ」スズキは言った。「SWORDの奴らだ。あの喫茶店に張っていやがった」

電話の向こうでホムラが黙り込んだ。

「——ホムラ？」

『いや』ホムラは平板な声で言った。『満更木偶《でく》の坊の集まりというわけではないらしいな。状況は？』

「逃げ切ったみたいだ。捜し物をしている間に、奴らが喫茶店の周りを囲んでいやがった。攻撃を振り払って、五キロ離れた河川敷まで来た。敵は確認出来ただけで六人……」

『囲まれていると、なぜ分かった？』

「SWORDが取り上げられた新聞記事に、三笠とかいういけすかない女が写っていたんだが、その背後に、小動物みたいな女も写り込んでいた。窓から様子を窺った時、そいつがビルの外にいるのが見えたんだ。近くに停めてある車にでも向かったのかもしれない」

ホムラが唸《うな》り声を上げた。

『よく気付いたな。最悪の事態は免れたようだ』

ホムラに褒められると、世界が明度を上げるかのような恍惚《こうこつ》が体を震わせる。

ホムラに乞《こ》われるまま、スズキは六人の特徴を話す。万が一に備えて、目出し帽を持参しておいて正解だった。顔を見られたら致命的である。

一人目は車に乗り込んだ小動物のような女性。彼女のコトダマは不明だ。

二人目は窓の下に居て、電撃を放ってきた白髪の男。

三人目は扉から突入して来た若い男。彼は全身が金属のようになっていたので、咄嗟《とっさ》に自分のコトダマを遣って対抗した。

四人目は、その金属男と同時に突入して来た男だ。目つきが鋭く、切れ者という印象があった。彼のコトダマも、一人目と同じく不明。

五人目と六人目は、廊下に立っていた。顔のそっくりな女性で、一人が両手を前に出し、もう一人がその体を支えるようにしていた。店内で感じた強烈な風は、あの女性のコトダマだろうか？　手を構えていた方が風のコトダマを持っているとすると、もう一人の方の能力は分からない。

こうしてみると、六人中、三人のコトダマしかスズキには分かっていないことになる。自分は彼らの前でコトダマを遣ってしまったのに……。

いや、あれくらいのヒントでは、自分のコトダマを見破れないだろうか？

しかし、それは希望的観測にすぎない。

『喫茶店には何で行った？』

「……車で……」

『で、逃げるのに必死で、車は残して来たわけか』

ホムラが電話口で舌打ちした。スズキは体を竦《すく》めた。

『まあ、こうなっては仕方ない。お前、今すぐ隠れ家から自分の痕跡《こんせき》を消して、引き払って来い』

「なんだって？」

『仕方がないだろう。奴ら、町中にある監視カメラの映像やNシステムを使ってその車の動きを辿ってくるぜ』

Nシステムとは、自動車のナンバーを自動で読み取る装置のことであり、主要な国道や高速道路などに設置されている。

『そうしたら、隠れ家の場所がバレるのも時間の問題だ。それに、車の中にはたんまりと、お前の指紋や毛髪が残っている……』

「お、お前……」

ホムラの酷薄な言い方が気にかかった。捨てられるのではないかという恐怖が全身を襲う。

トカゲが尻尾《しっぽ》を切るように、ホムラは自分を切り捨てるつもりではないか。

「ようやく隠れ家に落ち着けたのに。それに、あの隠れ家だって車と同じように、俺の指紋や毛髪が大量に――」

『次の隠れ家の場所を教えてやる。大丈夫だ、前の家は燃やしておいてやるよ――もちろん、俺の炎でな』

スズキはその言葉にゾッとした。電話口の向こうで、ホムラが炎を出して、遊んでいるような気がした。手の上で弄《もてあそ》ぶような、あの仕草で。

『それで？』

「え？」

『ブツは回収出来たのか？』

「あ、ああ」

スズキはポケットに入れておいたものを取り出す。手の平に載せて、しげしげと眺める。

ストラップだった。

小さなダルマがデザインされており、紐《ひも》の部分が引きちぎられている。

「ホムラの言う通りだった……床の上に落ちていたよ。心配が的中したみたいだ」

『良かった』ホムラは言った。『それを警察に回収されたら、大問題だったからな』

「どうかな。車を押収されたんだから、五十歩百歩じゃないか」

『そうだな、うかうかしてはいられない』

スズキはため息をついた。まだ心臓が暴れている。

『さて』ホムラが楽しそうに言った。『あちらさんの動きが早いとなると――第二幕の準備も、着々と進めておかないとな』

15 『放つ』

件《くだん》の喫茶店『ハーバリウム』には、鑑識作業員たちが絶え間なく出入りしていた。カメラのシヤッターを切る音が断続的に聞こえてくる。

今にも日付が変わろうかという夜中のことだった。

俺と坂東は作業を見守っていた。坂東は手に自分の風呂敷を提げ、微動だにしない。

桐山と望月は近くの牛丼屋に飯を食いに行っている。腹が減ったと桐山がうるさいので、望月と一緒に行かせたのだ。

小鳥遊姉妹は先に帰らせた。森嶋の準備が完了したというので、明日から、いよいよ潜入捜査に向けた動きが本格化出来そうだという。今日は英気を養うように伝えた。

『燃やす』のコトダマ遣いの共犯者と思《おぼ》しき男——彼の追跡は、既に失敗していた。

男は窓からふわっと浮遊するように飛び出していった。そこから先の動きも、ビルの外にいた坂東は追っていた。そのまま空を駆けて行った。気付いた時には、数百メートル先のビルの陰に姿を消していたという。

俺と桐山は、『ハーバリウム』を飛び出して、望月が待機している車にすぐさま乗り込み、男が消えた方角に車を走らせたのだが、数キロ走ってもその姿を見出《みいだ》すことは出来なかった。

坂東は現場にずっと残り、鑑識を含めた各部署への協力依頼や、三笠課長への報告などを担当してくれた。そのおかげで、この喫茶店『ハーバリウム』内の鑑識作業が今、着々と進んでいるというわけだ。

表に停めてあった車両については、ナンバー照会の結果盗難車と判明したため、犯人たちのものである可能性が高く、これも喫茶店内と同様、調べさせている。

俺は口を開いた。

「……驚きましたよ」

「ああ。まさか、敵さんがあんなコトダマを持っているとはね」と坂東は唸《うな》った。

「それもありますが」俺は言った。「あなたのコトダマですよ……『放つ』の力、目の当たりにしましたから」

「ああ……」

坂東は白髪頭を掻《か》きながら、照れくさそうに笑った。

「すまないね、急に呼び捨てで怒鳴ってしまって。ああでもしないと、君が電撃に巻き込まれるおそれがあったから」

坂東の左手を見る。親指と人差し指の付け根の部分に、古傷があるのが分かった。あれは真剣の居合をやっている人間が、よく傷つけてしまう部位だ。居合の後、刀を鞘《さや》に収める際、指の付け根を傷つけてしまうのだ。

「凄《すさ》まじい電撃でしたが、自分は痺《しび》れないんですか、あれは」

「そういう仕様らしいね。柄《つか》を構えて振り抜く時に、手を傷つけたことはないよ。真剣でやるよりもずっと楽だ。自分の体が濡れている時は、その限りじゃないがね。だから、雨の日は遣えない。不便だろう？」

事もなげに言う。コトダマの力だけで言えば、ＳＷＯＲＤ最高クラスだというのに。

イメージを伴う、という限定条件は、緩いように見えて、そうではなさそうだ。体に染みついた強固なイメージでないと、あそこまでの力は引き出せないだろう。

「しかし、坂東さんも人が悪いな。あんな隠し球持っているなら、言っておいてくださいよ」

「切り札は、ギリギリまで伏せておくものだよ、永嶺君。もっとも、不発に終わったけどね」

坂東は肩をすくめる。

実際、その通りだった。犯人と接触したにもかかわらず、取り逃してしまった。

鑑識作業をしていた係員が「もう店内に入ってもいいですよ」と声をかけてくる。俺たち二人は会釈して、中に入った。

「おっ、もう終わったんすね」

店内に入るなり、桐山と望月が戸口に現れた。

「早かったな」

「牛丼食べるだけでしたから……」

望月が暗い声で応《こた》えた。彼女は坂東の姿を見ると、少し怯《おび》えたように、桐山の背後に隠れた。

坂東がコトダマを遣うところを初めて見たから、怖がっているのかもしれない。

「ここも捜査すんのかよ。だってここには死体はねーんだろ？」

桐山は小指を耳の穴に突っ込んでいた。あからさまに不機嫌である。腹を満たしてもらえば機嫌が直るかと思ったが、効き目はあまりなかったようだ。

「ロカールの原則を覚えているか？」

「あ？」

「ええっと、あれですよね」望月が俺たちの間を取りなすように言った。「犯人と被害者が接触すると、証拠の交換が行われる……」

「その通り。だから犯人がいた可能性のあるこの喫茶店は、証拠品の宝庫と言えるわけだ」

「手袋してただろ、あいつ」

桐山は依然ぶすっとした顔のまま腕を組んだ。

「そうだな。指紋を残すような単純なミスはしていないはずだ。だが、毛髪や塵《ちり》、靴についた土、そういう微細証拠は残っている可能性がある。それだけじゃない――」

俺は店内をぐるっと見渡した。

「この店は、山田さんと白金さん、両被害者の監禁場所に使われていた可能性が高い」

坂東が渋い表情で頷《うなず》いた。

「であれば、監禁した際に証拠を残しているかもしれないからね」

「だけどよお」桐山が不審そうに鼻を鳴らした。「この店内、随分狭いぜ。二人も転がしておけるか？」

店は長細い形をしていて、真ん中にカウンターがある。カウンター席が七席。カウンターの中にキッチンや洗い場があった。

「桐山の言う通り、客席の方も、カウンターの中も、一人が寝転ぶくらいのスペースしかないな。二人並べておいた、ということはなさそうだ」

「それによ、なんでこの店なんだ？　こんな不便そうなとこに……」

「桐山君の指摘はポイントを突いていると思う」坂東が人差し指を立てた。「ビルの三階にあるのだから、監禁した被害者たちを、渋谷区の工場まで連れて行く際も、体を運び出す手間が生じる。一階・二階のテナントもほとんど入っていなくて、営業しているのは四階のバー一軒のみ。ほとんど幽霊ビルのようなありさまだから、見咎《みとが》められるリスクこそ少ないけどね。しかし、あえてここを使うからには、何か特別な理由があるに違いない」

俺はしばらく黙り込んだ。

特別な理由……それは一体、なんだろうか。

「犯人か共犯者が、この店の関係者なんじゃないですか？」

「元の契約者は洗っておく必要があるだろうね」坂東が言った。

「あと」桐山が唸り声を漏らした。「あの野郎、なんでこのタイミングで店にいたんだ？」

そう、それも悩みの種だった。

「桐山の言う通りだ」俺は言った。「事件からもう二日経っている。今は監禁場所にも使用していないのだから、戻ってくる理由は本来ないはずだ。アジトに使っていたというセンもない」

「なんでそう言えるんだよ？」

「ここには生活感がないし、あいつが逃げた直後、全ての椅子の座面に触れてみたが、どれも冷たかった。座っている時間はなかったということだ」

「細かいっすねー、先輩は」

桐山が呆《あき》れたように顔をしかめた。

「やっぱり」坂東が言った。「何か捜し物をしに戻って来た……ってことかな」

「ガサゴソと探るような音が、店内からしていましたからね」

店内で『吹く』のコトダマを遣ったのが災いして、店内はめちゃくちゃだが（だから実際のところ、微細証拠も散逸している可能性が高い）、吹き飛ばされた家具はカウンターの椅子ぐらいだった。バーカウンターは備え付けだし、戸棚や本棚には転倒防止用の耐震ポールが使われているので、難を逃れている。戸棚の戸が全て開け放たれているのは、風のせいだろうか。

「奴《やっこ》さん、一体何を捜していたんだろうね」

「さあ」坂東の言葉に、俺は首を捻《ひね》った。「自分が落とした何か、監禁されていた被害者が遺《のこ》した何か……いずれにせよ、共犯者はこのタイミングでここに来る必要が生じ、そこに俺たちが居合わせたわけでしょう」

口にしながら、どうも出来過ぎている、という感触を覚える。

しかし、ただの偶然でないとしたら、どういうことなのだろうか？

「あっ」

望月が声を上げる。彼女は戸棚の中にあった小さなかごを指さす。かごはひっくり返って、戸棚の板の上で伏せられたようになっていた。かごの目は大きく、中が少し覗《のぞ》ける。

「見てください、この下」

彼女がかごを取り上げると、そこにブックマッチが三つ、あった。

戸には扉開き防止のドアストッパーがついている。これも、耐震ポールと同じく、地震対策のグッズだ。地震の時に、中のものが飛び出して来ないようになっている。とすれば――この戸が開いたのは、風のせいではない。明らかに、人の手で開けられたのだ。

俺は片付け中の鑑識員に声をかける。

「この戸棚、元から開いていましたか?」

「ええ。かごも最初からひっくり返っていましたよ」

「どうもありがとう」

俺は手をサッと振って、鑑識員を解放した。

「どうして、かごがひっくり返っていたんでしょうね」

「そっちは『吹く』の影響かもしれないな。ドアストッパーを外して戸を開けたのは、あの男に間違いないだろうが」

桐山が口笛を吹く。

「へえ、これがブックマッチか。本当にあったじゃねえか」

被害者の体に付着していた紙の繊維と赤リンなどの成分、あるいはホッチキスの針などの証拠品から、監禁場所にはブックマッチがあるのではないかと俺は推理した――その推理が当たっていたわけだ。

もっと喜んでもいいはずなのだが、なんなのだろう、この居心地の悪さは。

「なんだか納得いかないって顔してるね」

坂東が静かな声で言った。この人に隠し事は出来ないようだ。

「ええ……どうも、証拠が揃いすぎているような」

「証拠証拠ってうるさく言っておいて、いざ集まってきたら、それはそれで文句垂れんのかよ。メンドクサっ」

桐山が舌を突き出し、オエッとえずく真似をした。

「いや……」

桐山の言葉にムッとはしたものの、言い返すことは出来なかった。桐山の言葉は的を射ている。そうだ——こんな悩み、俺らしくもない。

「まあ、深く考えることもないだろう」坂東が仲裁するように割り込んだ。「前の店主が置き忘れて行ったのを、タバコを吸うのにでも使ったんじゃないか。灰皿の中に吸い殻はないようだけどね……」

「さすがに、犯人もそんなものは処分しているでしょう」

吸い殻を押収されれば、唾液《だえき》から犯人のＤＮＡが検出出来る。この犯人は、そういう迂闊《うかつ》なミスはしそうにない。

とすれば——。

「望月にこのブックマッチの声を『聞』いてもらおう」

「ええ、またですかあ……」

望月は戸棚の前にしゃがみ込んでから、首だけこちらに向けた。

「名前は、『ブッ君』でいいですか?」

「それだとブック要素しかねえじゃん」桐山が真面目に突っ込む。「マッチなんだから、『マッチャン』とかどうよ」

「ああ、それ、いいかも」

望月の顔が綻《ほころ》んだ。

「……好きにしてくれ」

俺は呆れて呟《つぶや》いた。

彼女は一番上にあったブックマッチをそっと手の上に載せると、静かに目を閉じた。

「さて」

坂東の声で思考を引き戻される。

「望月さんに『聞き込み』をしてもらっている間に、私たちは私たちのやれることをやろうか」

「なんすか、それ」

「もちろん――」

彼はカバンからタブレットを取り出し、開いた。心なしか、得意気な表情にも見える。

「共犯者のコトダマがなんだったのか、その特定だよ」

「ああ――」

桐山が納得したように吐息を漏らす。

「さて、共犯者だのなんだのと言うのも飽きてきたね。『燃やす』のコトダマ遣いは便宜上未詳1号と呼んでいるから、彼をXとすると、やはり共犯者の彼は、Yと呼ばねばならないだろうね」

「好きにしてください」

俺はそう言いながらも、体がムズ痒《がゆ》くなった。Xだの Yだの、安っぽい探偵小説みたいではないか。

「さて、じゃあ手始めにS文書のコトダマのリストでも呼び出そうか」

坂東の手元のタブレットに、S文書の総則に書かれたコトダマのリスト――百個のコトダマを並べたリストが表示される。

「この中に、Yのコトダマも必ず存在する。例外はない。これは、そういうルールの事象なんだからね」

「ようし、燃えてきたっす」

桐山は目を細めて、タブレットの画面とにらめっこする。

「こうして見ると、知らないコトダマがいっぱいあるっすねえ」

「それはお前が」俺は呆れながら言った。「真面目に座学をやらないからだ」

「この、ばける？　ってなんすか」

桐山が指差したのは、『化ける』の文字だった。

「変身能力っすか？」

「そうではなく、ばけがく、つまり化学に引っかけた能力だな。化合や分解などの化学反応を、エネルギーなしで起こせるようになる」

化ける、で化学《ばけがく》というと、極めて日本語的な発想に聞こえる。外国語訳はどうなっているのだろう。

「ふうん……でも、それ遣って空を飛ぶことは出来ないっすよね？　あの男、Yみたいに」

桐山がじっとリストを見つめながら言う。

「出来ないだろうな」

「じゃあじゃあ、『跳ぶ』ってやつですかね。これなんかいけそうじゃないっすか」

「字面だけ見ると、そうだね」坂東が言った。「だが、『跳ぶ』はあくまでも人間の跳躍力を高めるだけのもので、足が地面に接していないと効果がない」

「その通り」俺は頷いた。「ゲームみたいに、空中を蹴《け》ってジャンプするわけにはいかないってことだ。最初の一歩は、窓枠を蹴って外に飛び出した、で説明がつくが、その後、空を浮遊して消えていくあの動きは、『跳ぶ』のコトダマ遣いには出来ない」

「だったら」坂東が言った。「やっぱり、Yのコトダマは──『軽くする』かな?」

「そんなのあったか?」

桐山が言いながら、目を細めて、「あ、あった」と口にする。

「百個もあるとパッと見つけられないっすね」

「慣れるしかないな」

俺が言うと、桐山は不満そうに息を吐いた。

「で、この『軽くする』ってなんなんすか」

「S文書にはこのように書いてある」

坂東はタブレットを操作して、『軽くする』の項を呼び出した。

軽くする:事物にかかる重力を和らげ、対象の重さを実質的に軽くする。

「まどろっこしい説明っすねえ」

「要するに」俺は説明を引き取った。「念じた対象の重量を『軽くする』力だが、それ自体の質量が変化しているんじゃなくて、重力を弱めることで、結果的に『軽くする』と考えられている」

「まだよく分かんねえ。質量と重量って、何が違うんだ?」

「少し長くなるが、丁寧に説明しておこう。物体そのものの量が質量、物体に作用する重力の大きさが重さということだ。このうち、質量は地上でも宇宙でも不変だ。だが、重力が変われば、重さ、つまり重量は変わる。例えば、月の重力は地球の約六分の一だから、月で体重計に乗れば、お前の体重は地球で量る六分の一ほどになる」

「へえー。ダイエットした気分になれるってことか」

「つまり、いかにコトダマといえども、質量に干渉することは出来ないってわけだ。あくまでも、対象とした物体に作用する重力が弱まるだけ、ということだな。だから『軽くする』を人に遣っても、人の体が変化するわけではなく、重量が『軽く』なるだけだ。もちろん、無重力までいけば、通常無重力状態で起きる悪影響は及ぶだろうが……」

桐山は分かったのか分かっていないのか、ふんふんと鼻を鳴らした。

「コトダマには重力操作系の能力が二つあって、一つがこの『軽くする』、もう一つが『重くする』だ」

「なんでわざわざ二つに？　『重力を操る』じゃダメだったんすか。それに、『重くする』の方が強そうな感じがするっす」

強そう、というのはあまりに子供じみた感想だが、確かに『重くする』の方なら、対象者に作用する重力を強め、出力を上げれば圧死させることさえ出来る。

「別項目に『操る』があるから、ダメだったんだろうな。それに、重力を、とする場合でも、坂東さんの『放つ』は『電撃を』の部分が省略されているから、同じように『操る』だけが残るだろうし」

「はああ。めんどくせえ」

桐山は早々に匙《さじ》を投げて、理解することを放棄しようとしていた。俺はなだめすかして話を聞いてもらおうとする。まるで、子供を椅子に無理やり座らせて、授業を受けさせようとする教師の気分だった。

「『軽くする』のコトダマ遣いは、一度も研究の対象になったことがなく、有名な犯罪事件も起こしていないから詳細な記録がない。しかし、『重くする』の方は、能力者がアメリカで研究に協力している。その内容によれば、『重くする』の能力には上限がなく、出力を上げていけば、ブラックホールが作れるレベルに達するという。あまりにも危険な実験で、被験者と研究所ごと巻き込まれかねないから、実験には踏み切らなかったそうだが」

桐山が絶句していた。さっきのように理解を放棄したというのではなく、スケールの大きい話になったので、驚いているという感じだった。

「つまり」坂東が言った。「『軽くする』のコトダマにも、同じように上限がないと考えれば——」

「理論上、無重力状態を作り出すことも出来るはず」

俺の言葉に、坂東は力強く頷いた。この推理については、後で森嶋にも意見を聞いておかなければ。

「……自分を対象にして、無重力の状態を作れば」桐山が少しずつ言葉を咀嚼《そしゃく》するように、ゆっくり口にした。「俺たちが見たように、空中を浮遊するようなことだって……」

「ああ、出来るだろうな」

「すげえ」桐山は言った。「この見づらいリストから、そんなことまで分かるんすね」

続けて彼は何か思い出したように「あっ！」と大きな声を出した。

「そうか。フワフワ浮いて身動きが取れなくなる……永嶺先輩、つまり、俺がこの店の中で、急に宙に浮いたのもそれが理由だったんだな？」

「その通りだ」

あの時、Yを追いかけていた桐山は、突然天井近くまで浮き上がり、まるで無重力空間に放り出されたように体の自由が利かなくなっていた。

「ちくしょう」桐山がパン、と右の拳《こぶし》で左の手の平を叩いた。「自分は空中を歩けて、こっちの動きは封じられる。どうやって捕まえりゃいいんだよ……」

確かに、桐山が指摘した通りなら、こと逃亡においては無敵の能力だ。だが、俺は直感的に、そうではないと確信していた。

――桐山が言った通りだとすれば、不自然なことがある……。

あの時のことを思い出し、自分の考えがまとまると、思わず含み笑いがこぼれた。

「ふふ……」

「何がおかしいんすか、永嶺先輩」

「いや、あの時のことをよく思い出せば、Yの弱点が見えてくるはずだ。『軽くする』のコトダマのつけめがな……」

「どういう意味だよ」

俺はすぐには答えず、店の外に出た。二人もついてくる。

「あの時、中にいた男は俺たちの存在に気付き、店から逃げ出そうとした。その直後、奇妙な現象が起きたよな」

「確か」坂東が言った。「その瞬間、永嶺君と桐山君の足元にあった釘《くぎ》が動いたという話だったね……」

「ええ。釘がその尖端《せんたん》を上に向けて飛んできた。俺は咄嗟《とっさ》に後ろへ飛びのき、桐山は息を止めて体を『硬くする』ことでガードした。あの時は攻撃をかわすのに必死だったが、今考えてみればあれは――」

「『軽くする』のコトダマだったわけか！」

桐山が叫んだ。

「釘を『軽く』して、上に飛ばした。それで俺たちの喉《のど》を掻っ切ろうとしたんだな。クソッ、なんて野郎だ」

俺は桐山に向き直った。

「俺は釘をよけ、桐山は『硬く』した体で釘を弾《はじ》いた。そうして店内に突入すると、桐山の体が浮いた。さっきも説明した通り、これもYの『軽くする』の能力だったわけだ」

「あれをされると、無重力の中で泳いでるみてーに、何も手応えが感じられねえんだ」

「そう、実に厄介だ。だが、Yのコトダマにも弱点があると分かったのは、まさにこの時起きた出来事が理由だったんだ」

「え？」

桐山が意外そうに目を瞬《しばた》いた。彼はなかなか鋭いところを見せることもあるが、系統立てて考えをまとめるのは苦手なようだ。俺はもう少し焦《じ》らしてやりたい気分になったが、意地悪しすぎるのは良くない。

「つまり、Yのコトダマは、そう遠くまで作用出来ないってことさ」

「効力範囲……のことだね」

俺は「その通りです」と言って力強く頷いた。

「桐山、お前はあの時、体を『軽く』された。だが、Yが窓から逃げた直後には、お前の体が俺の上に落ちてきたよな」

「ああ、確かに……」

「つまり、Yのコトダマには、『軽くする』ことの出来る距離の限界がある、ということだね。永嶺君の『入れ替える』に五メートルという限界があるように」

坂東が要領よくまとめた。

「だけど永嶺君、こうも考えられるんじゃないかな。二つ以上の対象を『軽くする』と指定出来ないからこそ、Yが自分の体を『軽く』した時点で、桐山君への指定を解除した」

「それに関する反論は三つあります」俺は言った。「一つ目は、複数の釘を飛ばしたこと。一つしか指定出来ないなら、そのルールは対象物の大きさにかかわらず適用されるはずです。まあもちろん、コトダマの使用にはかなりの集中力を必要としますから、一度に動かせるものの数や大きさにも限度はあるんでしょうが……」

「限度がないなら、桐山君だけでなく、永嶺君の体も浮かせられたはずだからね。二つ目の反論というのは？」

「Yの体がグンッと浮いた瞬間と、桐山が落ちたタイミングに、若干のタイムラグがあることです。他対象の能力で、対象を変更したなら、その効果は即座に移るはず」

「なるほどね。では最後、三つ目は？」

「効力範囲を示す事象が、あの時、二回起きていたからですよ。一度は偶然でも、二度は起こりません」

「二回？　一つは桐山君の体が急に落下したことなんだろうが……」

「もう一回は、あれですよ」

俺は喫茶店の扉を指し示した。正確には、床に落ちている釘を。

「Yが窓に辿《たど》り着く前、背後から、チャリン、という音が聞こえました。あれは宙に浮いていた釘が、床に落下したことによって鳴ったもの……」

「なるほど」

坂東が目を見開いた。

「つまり、あの時Yが立っていた位置と、釘のあった位置との間を測定すれば――」

「ええ、『軽くする』の効力範囲が割り出せるってことです」

俺と坂東は車からメジャーを取って来て、問題の距離を測定した。

「記憶を元に割り出した位置だから、誤差はあるだろうが……五メートルってところか」

「永嶺先輩の『入れ替える』と同じくらいっすね」

桐山の体が落下するのにタイムラグがあったのも恐らく同じ理由だ。Yと桐山が五メートル離れた瞬間に、桐山に作用した『軽くする』の効力が切れたのだろう。

今回は取り逃してしまったが、共犯者Yのコトダマ、そして、その限界まで解明出来たことは、今後の展開を考えると大きい。

「しかし、もう一つ注意しなければならないことがある」

俺が言うと、坂東の眉《まゆ》が興味深そうに動いた。

「なんだね」

俺は坂東に向き直る。

「Yのコトダマが『軽くする』であることは――少なくとも『軽くする』を含むことは間違いなさそうです。しかし、それでもなお、警戒するべき事例があります」

「ああ……」

坂東は、過去に起こった事件を覚えていたようだ。桐山が首を捻っているので、俺は話を続ける。

「『真似る』という能力について、まずは教えておこう」

S文書には、次のようにある。

真似る：相手の持つコトダマをコピーし、その能力を遣えるようにする。

「うわっ、すげえ。無敵の能力じゃねえか」桐山が口笛を吹いた。「漫画でも、そういうのが結局一番厄介だよな」

こいつの軽口には、いつもながら呆れさせられる。俺は構わず続けた。

「だが、『真似る』には重大な欠陥があるんだ」

「その欠陥って？」

「一年前、フランスの研究施設で起きた事件がきっかけで、分かったことだ。ある殺人者……イーサンという男がコトダマの力を発現し、フランスにある研究施設に入ることになった。イーサンは『凍らせる』というコトダマを遣えると思われていたんだ。しかし、ある日研究所内で喧嘩《けんか》があって、イーサンは研究所内の被検体を一人、殺してしまう。その被検体は『眠らせる』というコトダマの遣い手だった」

「殺しちまった、って……」

「形としては過失致死だ。突き飛ばして、相手が頭を打ったというものだった。だが、その結果が問題だった」

桐山がごくりと喉を鳴らした。

「翌日、『凍らせる』のコトダマ遣いだったはずのイーサンは、『眠らせる』も遣えるようになっていたんだ」

ははあ、と桐山が唸った。

「この後、イーサンは『真似る』のコトダマ遣いであったことが確認された。つまり、イーサンが最初に殺した相手が『凍らせる』のコトダマ遣いで、彼は知らず知らずのうちに、相手のコトダマをコピーしていたということになる」

「それって――」

桐山の言葉に、俺は頷いた。

「『真似る』の限定条件は、相手のコトダマ遣いを殺害することだ。コピーするためには大きな犠牲を払わないといけない」

「それは……確かに、欠陥だぜ」

「フランスの研究施設では、この『真似る』はあまりに危険な能力だからと、イーサンを一生研究施設に捕らえておこうとした。しかし、イーサンの方が先に気付いた。研究所内の他のコトダマ遣いを殺せば、自分は最強の生物になれる。そう気付いてからの、彼の行動は早かった。他のコトダマ遣いを何人も殺し、多くのコトダマをコピーした。結局、研究施設はイーサンを殺害するしかなかった。多くの人を犠牲にして、ようやく殺したんだ――」

「私もその事件については、ニュースで読んで知っているが」坂東が言った。「その結果からすると、『真似る』のコトダマ遣いは、今は別の誰か、ということになるよね」

「ああ、この世のどこかにいるんでしょうね。同様の事件は未《いま》だ起きていないから、どこにいるかは分からない」

「つまり、Y……『軽くする』のコトダマ遣いが、実は別のコトダマを遣える可能性さえある、ということだ」

坂東が会話を締めくくってくれた。

「でもそれって」桐山が言った。「山田さんや白金さんがコトダマ遣いだったら、ヤベーんじゃないですか。あの工場での殺しで、自分の手札を増やしたのかも」

イーサンと同じ動機で、人を殺して回っている……その可能性は極小ながら、考慮には入れておかないといけない。同僚への聞き込みでは、二人がコトダマを遣えるなんて話は出てこなかったが、ひた隠しにして生きていたかもしれないからだ。

しかし、動機はまったく別のところにあるのではないかと、俺は直感していた。

あとは、Yが何をしに来たのか分かればいいのだが……。

「永嶺さん」

振り返ると、望月が立っていた。両手で作った小さな皿の上に、例のブックマッチを大事そうに載せている。

「聞き込み、終わりました」

「……そうか」

物に対する聴取を「聞き込み」と言われるのは、二回目でもまだ慣れない。

「それでどうだった、ブッ君は何か言っていたか」

「永嶺先輩、この子はマッチャンですよ」

「どちらでもいい。早く報告してくれ」

「その……男の人の顔に関する特徴は、やっぱり聞き込みだけじゃ難しそうです。薄暗い店内で、一瞬顔が見えただけですから。芸能人だと誰に似ているとかも、マッチャンだと分かりませんし……」

「そうか」

「でも、何かを拾っている手元は見えたって……永嶺さんと桐山君が突入する直前、ストラップのようなものを拾っていたそうです」

「ストラップ？」

「はい。赤くて、丸っこいものが付いた、小さなストラップだったと。紐《ひも》の部分は千切れているように見えたそうです」

「ストラップというと」坂東が言った。「第一の事件の被害者の一人、山田浩二がスマートフォンに付けていたという、ダルマのストラップを連想するね……」

「ええ。もしかしたら、ここで山田さんを監禁した時に、落としてしまったのかもしれませんね」

だが、それをどうして回収する必要があったのだろうか。山田の体は全焼していた。スマートフォンは所持していなかったから、犯人が持ち去ったか、捨てられたか、だろう。ストラップだけ外すような事態も考えにくい。ダルマのストラップがないことに、犯人が急に気付くキッカケがあったとも思えない。

なぜ……。

リスクを冒してまで、回収しなければいけないものだったのだろうか？

一歩前進したのか、していないのか。

俺はすっかり、分からなくなった。


夜中、また一人で事務室に戻り、ホワイトボードに追記していく。最初に書いた時、少しスペースを開けておいたので、既知の情報にも追加のものを書き込むことが出来る。

『未詳1号事件　※新しく書いた事項は太字。
・第一の現場
○被害者

山田浩二（28）　洋生電力工場従業員
白金将司（55）　洋生電力経理課
○死亡状況
山田：全身に火を点《つ》けられ、死亡。
　↓高校生の二宮と相田が、突如燃え上がる人影を目撃。
　↓全身は炭化している。身元確認は損傷の少ない臓器と、自宅の毛髪等の照合による。
白金：全身から血液を吹き出し、死亡。眼球に点状出血。
　↓全身の血液が沸騰し、殺害されたものか。
○証拠品
①ポリプロピレン：山田、白金両名の手首付近から
②セルロース：山田、白金両名の死体から
③赤リン：山田、白金両名の死体から
④ホッチキスの針：工場近くの物陰
①より、被害者二名は殺害まで監禁されていた可能性あり。
②〜④はブックマッチ由来のものか。ブックマッチは二〇二一年製造終了。
　↓被害者の監禁場所を示す手掛かりか？
　↓ローラー作戦により、喫茶店『ハーバリウム』が監禁場所と特定される。
○犯人像
二人組（工場の塀上に放置された小銭入れ〈ゼニー君〉の証言より）
一人は『燃やす』のコトダマ遣い（現場の状況、殺害方法を総合して）
もう一人は詳細不明↓もう一人もコトダマ遣いか？

○動機
山田：目立った動機なし。スマートフォンにダルマのストラップを付けていた（現場から発見されず）。
白金：殺害後、白金のカードキーにより、洋生電力のパソコンに不正アクセスのログあり。
↓どんなデータを持ち出されたかは社員全員が口を開かない。動機はこの線か？
↓小鳥遊姉妹、森嶋のチームで潜入捜査を準備中。

・過去の現場
二年前　江東区一家殺害事件
○被害者
本田友恵（44）
本田明彦（12）
本田ユリ江（72）
楢原保（26）：警察官
○死亡状況
友恵・明彦・ユリ江：自宅で死亡。全身に熱傷あり、焼死と判定。家屋も全焼した。
楢原保：警邏《けいら》中に『燃やす』のコトダマ遣いを呼び止め、コトダマで攻撃される。
↓全身に熱傷。緊急搬送後、搬送先の病院で死亡する。
○備考
森嶋航大研究員は、本田友恵の夫。苗字《みようじ》は結婚時に本田に改姓し、事件後、元の姓に戻した。

・第二の現場
○被害者
なし
○状況
喫茶店『ハーバリウム』において、『燃やす』のコトダマ遣い（X）の共犯者（Y）と接触。

永嶺、桐山、坂東、沙雪、御幸が応戦。
○Yのコトダマについて
釘を浮かせる。
硬質化した桐山を浮かせる。
窓から飛び降りた自分を浮かせ、そのまま逃亡する。
仮説①：Yのコトダマは『軽くする』である。
仮説②：『軽くする』の効力範囲は約5メートルである。
留意事項：『真似る』のコトダマ遣いである可能性も疑い、警戒。Xも同様。
○Yの行動について
赤くて丸いものが付いたストラップを捜していた（ブックマッチ〈マッチャン〉の証言による）。
→山田が所持していたストラップと同じものか？　監禁時に紛失？
備考：ブックマッチの位置：戸棚のかごの中。戸が開いていたので目撃出来た。』

「なるほど。もう接触したんだ」

また背後から声をかけられる。今度は驚かなかった。

「三笠課長、またこんな時間まで残っているんですか？」

『ハーバリウム』にいた頃すでに、日付が変わっていた。時計は午前二時を指していた。

「ま、今日は泊まり込みだね。覚悟はしていたけれど」

「今は何をしているんです？」

「ＳＷＯＲＤ関連の根回し、メディアへのアピールを懇々と続けているよ。本当は、取材の原稿なんかも君たちに任せたいんだがね。今は現場が忙しいのが分かっているから」

三笠はにこりと笑った。ほんのりと、体からデオドラントの香りが漂ってくる。服装が変わっていないから、風呂《ふろ》代わりに使っているのかもしれない。しかし、顔に疲れの色は見えない。

「逃亡時には、何か証拠品を残していかなかったのかい？」

彼女の視線はホワイトボードに向いていた。

「使っていた車は押収しました。ナンバー照会の結果、盗難車と判明しています。中にある証拠は、鑑識の調べを待ちます」

三笠は頷いた。

「向こうとしても、不測の事態だろう。面白い証拠品が出てくるかもしれないね」

「俺も期待しています」

「それにしても」三笠はニヤリと笑った。「ブックマッチという着眼は、さすがだったね。まさかこんなにも早く、被害者の監禁場所を見つけ出すなんて。君を見込んだ私の目に間違いはなかったようだ」

三笠は机の上に尻《しり》を乗せ、両腕を組んだ。

「どうだった、敵は。強かったかい？」

「……なかなか厄介な能力を持っています。次は対策を練らないといけない」

「桐山君と息は合ってきたかい？」

「どう、でしょうね」

俺は、桐山に過去を打ち明けられなかったことを思い出す。田渕のこと。クリスマスの事件のこと。二カ月の休職のこと。過去を恥じているわけではない。しかし、人に話すことを思うと、どうしようもなく緊張する。

ジャケットの中の薬が、途端に重く感じられた。

「君たちはみんな、それぞれの理由でここにいる」

俺は顔を上げた。三笠の大きな目が、真剣な色で、俺を射抜いていた。

「望月さんや小鳥遊姉妹は、そもそも、私から声をかけなければ、SWORDに入ってくれることはなかっただろう」

「そう、なんですか」

「ああ。三人とも、元々は能力を持っていることを隠したがっていたらしい。奇異の目で見られることが怖かったんだ。望月さんは就職活動に失敗し、自信をなくしていた時に、能力が発現して困惑することになった。小鳥遊姉妹は警察に入ってから、能力を発現しているから、そもそも職場の中で打ち明けるかどうか悩んだそうだ」

俺は、なぜ、自分の『入れ替える』のコトダマを、職場で打ち明け、捜査に役立てようと思ったのか——そのきっかけを思い出す。やはり、田渕がいたおかげだ。彼が、お前の能力は素晴らしい、お前はそれを生かせる「時と場所」に恵まれている、と言ってくれたから、勇気が出た。

「だが、それでも彼女たちは、ひた隠しにせず、前を向くことを選んだ。コトダマ研究所に、研究の協力を申し入れる、という形でね。おかげで、私も彼女たちの存在や能力を知ることが出来た。そうして、彼女たちは私の申し出も受けてくれたんだ。コトダマ遣いであることをいよいよ世間に公表し、戦う道を選んでくれた。元々のスタンスからすれば、かなり勇気の要ることだっただろう。だから、私は彼女たちの選択に感謝している。そして」

彼女は俺に微笑みかける。この微笑みのために、自分は生きてきたのだと錯覚する。

「君に対しても同じだ」

「え？」

「君があの日、私の申し出を受け入れてくれたからこそ、君はここにいる。君が私の提案を受け入れてくれたことに、心から感謝する。だから、君たちは特別なんだよ」

「特別……」

「顔を伏せず、生きることを選んだ。ここで戦うことをね。だから、特別なんだ」

心の中のまだ冷静な部分が、少しだけ抵抗する――今の話は、三笠に愛されているから特別、と言っているのと同義だ。とても危険な思想だ、それは――。

だが、抗《あらが》えなかった。

「だから、桐山君ともきっと分かり合えるよ。君たちは、仲間なんだから」

不安がスッと溶けていくのを感じる。

だが、最後の最後、心の中にこんな疑問がふっと浮かんだ。

――だったら、坂東さんはどうなんです？

三笠が森嶋のことを知っていたのではないかと疑っていた坂東。彼には、何か肚《はら》がありそうに見える……。

しかし、そんな疑問さえ、いつの間にか溶けて消えた。

16　接触

翌朝のこと。ＳＷＯＲＤ事務室には、俺と坂東、小鳥遊御幸、森嶋研究員の四人が集まっていた。

今日は水曜日。事件が起きてから三日が経った計算になる。

都内で不審火が一件発生したという情報が入った。これだけでは断定出来ないが、これもＸの『燃やす』の仕業である可能性がある。共犯者ＹがＳＷＯＲＤと接触したことをＸが知り、潜伏先を焼き払ったのかもしれない。念のため、焼け跡も調べてもらうよう、鑑識チームに依頼しているが、焼損の程度は激しく、望みは薄そうだった。

昨晩深夜まで働いていた望月、桐山の二人は、まだ来ていなかった。さすがに疲れが抜けきらなかったのだろう。二人が出勤して来たら、一応叱らないといけないが、それもそれで気が重い仕事だ。

「昨日、そんなことがあったんだね」

森嶋研究員は、俺たちの報告を聞くなり、感心したように喉《のど》を鳴らした。好物を目の前にした猫のようだった。

「どうですか。共犯者Ｙのコトダマが『軽くする』であるという推理ですが……」

「うん。私から付け加えるべきことは特にないね。効力範囲についての指摘も当たっているはずだ」

俺はホッと胸を撫《な》で下ろした。

「『軽くする』については、うちを含めて、各国の研究機関にデータがないからね。貴重なデータとして、記録を残しておくよ」

森嶋はそうまとめると、「さて」と口にした。

「そうしたら、そろそろ今日の本題に移ろう。潜入捜査に関する下打ち合わせだ」

「結局、どういうプランになったんですか。沙雪はここにいないようですが……」

森嶋はニヤリと笑った。

「じっくり行くことにしたよ。沙雪さんは今、中途採用面接を突破するための勉強をしているところだ」

俺は思ってもみないことを言われて、一瞬、言葉に詰まった。

「……なるほど、そう来ましたか。随分本格的ですね」

「待ってくれ」坂東が言った。「そこまでする必要があるんですか」

「あ、あの……」

御幸が小さく手を挙げた。

「私たちも……かなり検討しました……。洋生電力本社は、十階建ての大きなビルで、セキュリティもかなり厳しいです。森嶋さんに社内システムを外から叩《たた》いてもらいましたが……脆弱性《ぜいじゃく》が見つからず、なんの情報も取れませんでした……」

「森嶋さん、ハッカーみたいなことまで出来るんですか？」

俺が驚いて聞くと、彼は「少しだけね」と照れたように言った。

「私と沙雪の能力なら……例えば沙雪に清掃員に扮装《ふんそう》してもらって、潜入する……といったことも出来ます……ですが、それでは、肝心の情報が何も手に入らないかもしれない……」

「それで、思い切って中に入り込んでしまおうというわけですか。そう上手くいくものですかね」

坂東が眉《まゆ》をひそめ、不審を表明する。

「今回中途採用の募集があったのは」森嶋が言った。「セキュリティ統括部の枠だね。随時募集しているみたいだ。よほど人手不足なのか、こちらからアプローチしたら、すぐに履歴書を送るように要請があったよ。システムエンジニアを求めているみたいだから、それなら私が知識の面でサポートすることが出来ると思ってね。何より、沙雪さんは呑《の》み込みが早い。充分、即戦力に見える人材に仕上げることが出来るはずだよ」

「なるほど。『伝える』のコトダマを遣えば、答えにくいことを聞かれても、ある程度までサポート出来るか」

「ええ。カードキーのセキュリティの件もありますからね。内側に入り込んでしまうのが、一番効率的だと判断しました」

森嶋は地図を広げた。

「拠点も昨日のうちに押さえておいた。洋生電力本社の傍にある、マンスリーマンションだ。効力範囲の観点から、ここからなら、本社全域で『伝える』のコトダマを実行保持出来るからね」

彼はイタズラを考える無邪気な子供のような目をして言った。

「沙雪さんには『霞一花《かすみいちか》』という偽名を与えて、嘘の経歴も覚えさせています。書類選考は既に通過、明日の午後に一次面接を行うことになっています。転職サイトの口コミや掲示板を見る限り、多くても面接は三次まで。それさえ突破すれば――」

「早ければ来週・再来週には社内に潜入し、白金に関する情報を集められる、というわけか」

俺は手応《てごた》えを感じながら頷《うなず》いた。潜入捜査チームは森嶋の采配《さいはい》に任せておけば、成果を上げてくれそうだ。

「森嶋さん、小鳥遊姉妹との潜入捜査作戦については、あなたに一任します。俺が口を出す必要はなさそうだ」

「そう褒めてもらえると安心するよ」

森嶋は明るい顔で言った。

これで、潜入捜査は俺の手を離れた。森嶋と小鳥遊姉妹に任せておけば、万事心配いらないだろう。

桐山が「遅刻します」という連絡だけ寄越《よこ》して来たので、『ハーバリウム』に来るように伝えた。

もう現場周辺にYがいないことは分かっている。しかし、現場百遍という言葉もある。なにより、何かしていないと落ち着かなかった。

ビルの傍の駐車場に車を停め、ビルの中に入る。昼間でも閑散としている。一階から順に、テナントが入っていないか見てみるが、本当にどこも入っていなかった。

『ハーバリウム』の一階上、四階に、バーの看板が出ていた。ノックしてみるが、返事はない。何か話が聞ければと思ったが、まだ営業時間ではないのかもしれない。ネットで営業時間を調べると、十八時からとあったが、最も新しいレビューは一年前のものになっていた。今も営業しているかどうかは怪しい。

『ハーバリウム』の店内に入る。

やはり、狭苦しい店だった。カウンターに座れるのは七人。テーブル席もなく、マスター側のスペースもごく小さい。多くのボトルが置かれていたのであろう壁の棚も、今では寂しいばかりだ。昔は店内で煙草も吸えたのだろう。壁紙は黄色く汚れており、今でも、わずかにヤニの臭いが漂っているように思える。

店内は、昨日の格闘——主に『吹く』——の影響でぐちゃぐちゃになっていたが、椅子を一つ拾って、元の位置に戻してみる。試しに、その椅子に座ってみた。座面が柔らかく、結構、落ち着ける席だ。

マスターのなっちゃん、か。

昨日調べたレビューを思い出す。契約者を調べれば、どこの誰なのか、辿《たど》ることは出来るだろう。なっちゃん、というからには、女性だろうか。昼は喫茶店、夜はバーという話だったが、実際はスナックのような店だったのかもしれない。しかし、「な」から始まる名前が、そのまま愛称になったなら、男性でもあり得る。

その人から何かを聞き出せる——と期待しているわけではない。しかし、XとYが、この店にどう目を付けたのかは知りたかった。犯罪の計画に『ハーバリウム』を組み込んだことに、何か理由があるのかどうか。

案外、何もないのかもしれない。半ば幽霊ビル同然のさびれた建物に、都合の良い場所があったから、使っただけなのかもしれない。坂東が言っていたような「特別な理由」は何もないのかも。

だが、やれるだけのことはやりたかった。

不意に、何者かの気配に気が付く。

立ち上がろうとすると、椅子が、ギッ、と音を立てる。

外で、床を蹴《け》るような音がした。

その瞬間、俺も走り出した。背後で椅子が倒れる音がする。

扉を開けると、人影が階段を下りていくのが見えた。

「待て！」

犯人は現場に戻るというが、まさか、本当に？

しかし、考えている暇はない。俺は階段を駆け下り、男を追跡する。

ビルの外に出ると、男は道路を挟んだ向こう側にいた。五メートル以上は離れているだろう。

『入れ替える』を遣えば、なんの問題もない追跡劇だが、なるべくなら遣いたくない。

――俺は昨日、Yの前で『入れ替える』を見せなかった。

出来れば、不意打ちの一撃として残しておきたい。

明るいところで見ると、男がスーツを着ているのが分かった。だいぶ着古しているのか、よれたスーツである。

俺はなおも追いかける。

男は行き止まりに逃げ込んだ。きょろきょろと辺りを見回し、逃げ出す方法を探している。

拳銃《けんじゅう》を両手で構える。

「両手を挙げろ！」

男の肩がビクッと跳ねた。彼はゆっくりと両手を挙げる。

そしてそのまま、恐る恐るというように振り向いた。

俺は驚きのあまり、銃を持った手を下ろしてしまう。

「あんたは――」

17　『伝える』

「私」は霞一花――小鳥遊沙雪は、自分に何度もそう言い聞かせた。

「私」は大学の理工学部を卒業後、数年間システムエンジニアとして勤務した。社内では勉強熱心な方で、週末を使って自主的に学習もしてきた。仕事にやりがいを感じ、意欲は誰よりもある。しかし、今の会社の給与と待遇に不満がある……。

自分とはかけ離れた——実際の自分は遊びたがりで、休日はカフェ巡りで手一杯だ——『霞一花』という女の像を、沙雪は何度も思い描いた。それが、すっかり自分のものとなるように。

一次、二次面接はその週のうちに行われた。一次面接はランチを食べながら先輩社員と懇談するという内容だったし、さほど緊張せずに済んだが、二次面接からはいよいよ緊張感が増す選考となった。『霞一花』は有給を消化して、転職活動のための時間を作っているという「設定」になっているので、それに合わせた振る舞いにも神経を遣った。

二次面接の合格が出た翌週、三次面接に呼ばれた。


三次面接当日。沙雪はビルの五階にある会議室にいた。ガラス張りの広い空間に、五人の社員が横にずらっと並び、品定めするような視線を向けられる。就職活動時の記憶が嫌でも蘇《よみがえ》った。

彼女はほとんど、森嶋と御幸が事前に作ってくれた台本を読み上げることで対応した。沙雪は高校の頃、演劇部に入っていた。無味乾燥な台本でも、情感豊かに読み上げることは得意だった。二人が作ってくれた想定問答集もかなり役に立った。あとは持ち前のキャラクターでなんとかなる。

「霞さん、前の職場でのお仕事についてお聞きしたいんですが……」

少し専門的なことを突っ込まれると、詰まってしまう。だが、『伝える』のチャンネルを常に全開にしているため、面接官の質問は全て、御幸へと直《じか》に伝わっている。

「えーっと、それはですね——」

沙雪は声を出しながら、心の中で御幸へ呼びかける。

『お姉ちゃん、助けて！』

『沙雪ちゃん、こう答えて――』

脳内に御幸のハスキーな声がダイレクトに響き渡る。彼女は森嶋の指示をそのまま伝えているだけだが、『耳』で面接官の話を理解し、森嶋の指示を沙雪に伝えるには、彼女自身が専門用語を理解していなければならない。御幸が夜なべして勉強し、目の下にクマまで作っていたのを、沙雪は知っていた。

――私のお姉ちゃんって、本当に素敵……。

沙雪はうっとりするような想いで、脳に直接流し込まれる御幸の魅力的な『声』を聴いた。脳が溶けるような快感を覚える。そして、その回答内容をそのまま、口から発する。もちろん、情感を豊かに込めて。

御幸は二人きりの時だけ、沙雪を「ちゃん」付けで呼ぶ。『伝える』で開かれたこの脳内空間だけは、二人きりのものであるという証拠だ。

『沙雪ちゃん、今は変なこと考えないでね』

心の声がダダ漏れになっているのが恥ずかしい。どこから「聞かれて」いたのだろう？

右から二番目の面接官の目が、感心するように見開かれた。オーケイ、彼にはもうアピール出来た。沙雪はその面接官に気持ち多めに視線を向けながら、別の面接官にアピールすることを考えた。

「草薙《くさなぎ》さんは、何か聞いておきたいことがありますか」

面接も終盤という時、一番左の面接官に、隣の面接官がそう声をかけた。

一番左の彼、草薙と呼ばれた男は、いけすかない感じの男で、これまでの面接中、一つも質問を発しなかった。

「えぇっと、霞さんは……」

彼は身を乗り出し、沙雪にボールペンを向けながら言った。

「うちの社員が二人殺された事件……知っているかい？」

「おい、草薙」真ん中の男が声を荒らげた。「そんな話、今は関係ないだろう……」

「いいじゃないの。気になるんだから」

「あの……その事件が何か」

沙雪の心臓はバクバクと暴れていた。自分が本当は警察官であることがバレたのではないかと思ったのだ。

『ＳＷＯＲＤのメンバーとして顔写真が出ているのは、三笠課長と、それに写り込んだ望月さんだけのはずだよ……杞憂《きゆう》だと思うけど……』

脳内で御幸の声が聞こえ、沙雪は少し勇気づけられる。

「いえね」草薙は続ける。「事件は私たち社員を狙ったものかもしれない。だから、このタイミングでうちの社員になるということは、そういうリスクも抱え込まなきゃいけないってことだからね……」

「草薙君、いい加減にしないか！」

草薙はハッとした表情を浮かべてから、「いえ、なんでもありません」と言った。

「霞さん、別に答えなくてもいいからね」

女性の面接官が、沙雪を気遣うように言い添える。沙雪は曖昧《あいまい》な笑みを浮かべて、小さく会釈しておいた。

面接は三十分に及んだ。沙雪は部屋を出てからも緊張を崩さない。

案内係の社員に「トイレをお借りします」と声をかけ、トイレでようやく一息つく。

――まずいところはなかっただろうか？

沙雪が悩んでいると、

『もちろん、バッチリだったよ……これでだめでも、沙雪ちゃんのせいじゃない』

と御幸の声が聞こえた。

『ありがとう、お姉ちゃん』

沙雪は幸福感を覚えながら、そう答えた。

トイレを出ると、突然声をかけられた。

「あれ、君」

草薙というあの面接官だった。

「あ……先ほどはどうも」

沙雪は丁寧にお辞儀しながらも、警戒は崩さない。

「まあ、そう硬くならないで」草薙が言った。「悪かったね、さっきは意地の悪いことを聞いて」

なんだ、一対一で話してみると、満更悪い人でもなさそうだ――沙雪は少し緊張を緩めた。

「いえ、そんなことは」

「ここしばらく、事件のことを考えると眠れなくてね。だったら面接官の仕事は断って、他の社員にお願いすれば良かったんだけど……」

「そんな。今日お会い出来て嬉《うれ》しかったです」

沙雪は心にもないことを口にしながら、どうしてこの人はこんなに自分を引き留めるのだろうと考える。

「まあ、私も来ておいて良かったよ。一応、今後君の直属の上司になるわけだし……」

なるほど、そういうことかと内心納得するが、顔だけは驚きの表情を作っておく。草薙はそれを見てか、「あっ」と慌てたような顔をした。

「私がネタバレしたっていうの、人事には内緒ね？　あいつらそういうのにはうるさいから……」

沙雪は彼の慌てぶりがおかしかったので、失礼にならない程度に、少し笑った。

この雰囲気なら、多少踏み込んだ質問も出来るかもしれない。

「あの……事件のことが気になるのは、どうして、ですか？　皆さん不安だとは思うんですけど……」

「ああ、それは……」草薙が暗い表情をした。「殺されたうちの一人……白金というやつなんだが、あいつとは同志だと思っていたから、気が重くてね」

「同志、ですか？」

「ああいや、こちらの話だけどね……私と彼にとっては大事な繋《つな》がりだったんだ。元々、同じ部署の仲間でもあったしね……」

「その繋がりって、山田さんにもあったんですか？」

「山田？　それって、もう一人の被害者のことだっけ。よく知っているね」

草薙が意外そうに目を見開いたので、沙雪は「事件の報道を見てたまたま覚えていた」と言い訳をした。しかし、草薙の反応を見るに、彼が言う「繋がり」の中には、山田は含まれていないらしい。山田、という名前にすら覚えがないようなのだから。

「どうして、初対面の君にこんな話をしているんだろうな、私は……だいぶ参っているらしい。じゃあ、これで失礼するよ」

沙雪はぺこりと頭を下げて、彼を見送った。

『沙雪ちゃんの聞き上手オーラが……話させたってことかな……』

『身元がバレてるってことじゃないんだろうけど、なんだか変な反応だったね』

『ともかくお疲れ。早く帰っておいで』

御幸はいつもおどおどしているが、こういうふとした時に、姉らしさが覗《のぞ》く。

18 別の線

「あんたは――」

俺は拳銃《けんじゅう》を下ろしたまま、呆《あき》れ返っていた。

『ハーバリウム』の周辺から逃げた人影を追って、袋小路に追い詰めた。しかし、その相手は求めた相手ではなかった。

目の前で両手を挙げ、忌々しそうな顔をしているのは、木下だった。

「馬鹿野郎！　てめえ、永嶺！　お前、同僚相手にぶっ放そうとすんじゃねえよ！　殺す気か！」

俺はため息を吐《つ》く。

「何も、逃げなくてもいいじゃないですか」

「またあの人がいるんじゃねえかと思ったんだよ！　お前とも、大して絡みたくねえしな！」

木下が声を荒らげた。

「勘違いさせるような行動を取ったあんたが悪いのでは？」

「てめえの足が速すぎるんだろうが」

拳銃を仕舞う。あまり大声を出して、住民にでも見咎《みとが》められると、ばつが悪い。

「お前、どうしてあんなところにいたんだ？」

木下が言う。

俺はやむなく、昨日、『軽くする』のコトダマ遣いと『ハーバリウム』で接触したこと、当該人物が『燃やす』のコトダマ遣いの共犯者である可能性が高いこと、喫茶店に辿《たど》り着いた経緯などをかいつまんで聞かせた。

木下は顎《あご》を撫《な》でながら、視線を下に向けていた。

「……まさか、そっちも事件絡みとはな……」

「も？」

俺はすかさず聞き返した。木下は「あ」と声を漏らすが、やがて、ムスッとした顔をこちらに向けた。

「まあ、お前からも情報をもらっちまったからな。こっちも話してやるよ」

木下は腕を組んだ。

「実は、お前らから『燃やす』のコトダマ遣いの事件を取り上げられて以来、俺の班は別の事件を追っていたんだ」

取り上げられて、の言い方に強いニュアンスを感じたが、俺はあえて無視する。

「どんな事件ですか」

「大学生の失踪《しっそう》事件だ。男なんだが、先週の金曜日から連絡が取れなくなり、自宅にもおらず、実家や恋人の家など、心当たりの場所にもどこにも姿はない。同じ大学の学生が通報してきて、俺たちが調べることになった」

「木下さんたちがすぐに動いているってことは、殺しという明確な確信でもあるんですか？」

「きっかけは全く別だ。通報者が、ちょっとした有名人なんだ。こう言えば分かるだろ？」

木下の揶揄《やゆ》するようなニュアンスで察する。恐らく、一般的な意味での有名人、つまり芸能人ということではない。身内の親類とか、そのあたりだろう。警察関係者の息子といったところではないか。

「だが、殺しの線がどうにも濃いことが、調べるうちに分かってきた」

俺は頷《うなず》いて、話を促す。

「一カ月ほど前から、大学の掲示板に、奇妙な求人が載るようになった。春休みに合わせた求人で、住居を提供する代わりに、ハウスキーピングをしてもらいたいという依頼だ。指定された期間、用意された部屋に住んで、普通に生活しながら、掃除や設備の維持を行ってもらえばいいということだった」

「別荘なんかなら、よくありそうですが」

アメリカの小説や映画では、見かけるシチュエーションである。そして、アルバイトに申し込んだ人間は、必ずそこでトラブルに巻き込まれる。

「それが、普通のアパートの一室だというんだ。なんでも、借主が長期の出張に出なければいけなくなったが、鉢植えが枯れてしまうし、冷蔵庫の中の物も腐らせてしまうから、誰かに鉢植えに水をやって、冷蔵庫の中の物も食べて欲しい、という事情だったようだ」

いよいよ、小説のようなシチュエーションだ。

「給料は良く、悪いバイトではない。生活するといっても、必ずしも寝泊まりしろとは言われていないわけだから、鉢植えに水さえやれば、冷蔵庫の中身を自由に食べることも出来る。よっぽど高級なものでもあれば、食いたくなるだろうな。文字通りエサだ。問題の大学生は料理も好きだったらしい」

「春休みの収入源として、軽く引き受けてもおかしくはない、ということですか」

「採用条件は、男性に限る、というものだ。まあ、これ自体はおかしなことではない。依頼主が恥ずかしがって、女性を部屋に上げたくなかったのかもしれないからな。だが、おかしかったのはそこからだ」

木下は一拍置いてから言った。

「申し込みは掲示板のビラに書かれているメールアドレスから行う。数人、アルバイトの面接に行ったという学生から話を聞けた。会場として指定されたビルの部屋の前で待っていたが、誰も呼びに来ない。時間も合っているはずなのに。不審に思って、呼ばれる前に部屋に入ってみると、中はもぬけの殻だった。騙《だま》された、と思ったようだが、それよりも薄気味悪さが勝って、すぐに帰ったという」

「……ただのイタズラでしょうか?」

「それだけなら、そう思うだろう。実際、この求人に対しては口コミでどんどん悪評が立ち、ビラを撤去するように、と学生課に申し入れもあったそうだ。だが、このアルバイトに合格した者がいる」

「失踪した大学生ですね」

木下は頷いた。

「バイトの面接に行き、合格したことを、友達に話していたんだ。金払いがいいバイトに採用されたうえ、他のみんなは不採用どころか面接の入り口にも立たせてもらえなかった。それが優越感を誘ったんだろう。いずれにせよ、話しておいてくれて、助かった」

不幸中の幸い、というわけだ。

「だが、それだけじゃ、説明の半分です。あんたがあそこにいた理由にはなっていませんよ」

「もう半分は、たった一言で済む」木下は言った。「大学生のスマートフォンに内蔵されていたGPSログを、親のスマートフォンから見せてもらった。随分過保護な親だったみたいで、一人暮らしをするそいつの安全を確かめるために、息子には無断で、アプリを入れたそうなんだ」

本人不同意でそういったアプリを入れるのはさすがにまずいが、息子も息子で、気付かなかったのは迂闊《うかつ》というべきか。いずれにせよ、その工作が功を奏した形になる。親としては、息子に失踪されては意味がなかっただろうが。

「いいか、聞いて驚くなよ」

いや。そこまで聞けばオチは見えている。

「その大学生のＧＰＳの終点が――あの喫茶店、『ハーバリウム』だったんだよ」

問題は、それが何を意味するか、だ。

19　『伝える』・2

三次面接の後、その日のうちに、合格の連絡が届いた。

洋生電力の工場で二名の遺体が見つかってから、約十日。

今、小鳥遊沙雪、御幸、森嶋の三人は、完全に別動隊として機能していた。潜入捜査に入ったのは九日前。その日以来、永嶺、桐山、坂東、望月の四人が、どんな捜査を進めているのか、まだ沙雪は知らない。「霞一花」としての偽りの生活、シナリオ作り――やることはいくらでもある。森嶋には、コトダマ研究所での仕事もある（この潜入捜査のウェイトが大きくなって、出すべき報告書を全然出せていない、とぼやいていた）。ＳＷＯＲＤ事務室に帰る余裕も、なくなっていたのだ。

作戦のために契約したマンスリーマンションは、今や、三人の新たなアジトになっていた。

沙雪は採用通知を見せ、御幸と森嶋の二人とハイタッチし、快哉《かいさい》を叫んだ。大きな一歩だ。半ば草薙からネタバレを受けていた形だが、喜びは大きかった。

「いつから来られるか」という問いに、沙雪は「すぐにでも」と答えた。今日が金曜日なので、来週月曜からの出勤となった。

「それにしても」森嶋は言った。「その草薙という男の狙いが何か、気になるね」

三人はマンスリーマンションで祝杯を挙げていた。といっても、宅配ピザを取って食べているだけだが。

「『繋《つな》がり』っていうのはなんだろうね……」

御幸の言葉に、沙雪は首を捻《ひね》った。

「山田さんの名前には反応しなかったってことは、ただ単に、洋生電力の社員、っていう共通項じゃないってことだよね」

「本社の草薙さんからしてみれば」森嶋がマルゲリータに齧《かじ》りつきながら言った。「工場勤務の一社員の名前が分からなくても、無理はないけどね」

「そう思うと」沙雪はうーん、と唸った。「山田さんが殺された理由が……気になってきますね」

「さあ、どういうことなんだろうね」

森嶋はそう呟《つぶや》く間にも、パクパクと食事を続けた。お菓子も大好きで、あれだけ食べるのに、森嶋が太らないのが沙雪には恨めしかった。

沙雪は先ほど永嶺に電話し、首尾を報告したのだが、その時のことを思い出した。

『そうか。よくやった。御幸にもよろしく伝えておいてくれ』

永嶺の声は相変わらず平板なものだったが、こちらを気遣うような優しい響きがあった。

「そちらの調子はどうですか？」

『俺たちが「ハーバリウム」を見つけてから、十日ほど経つからな。だいぶ調査が進んだよ。桐山と望月も頑張ってくれている。こっちに合流した時に、細かいことは報告しようと思う』

沙雪たち三人のチームは、潜入捜査班として別行動をしていたので、もうみんなのことが恋しくなっていた。

「草薙さんの言葉についてですが、永嶺さんはどう思いますか？」

『うん。山田さんについては、一つ仮説を思い付いた。まだ確信は持てていないんだが』

「どういうことですか？」

『草薙さんと白金さんの「繋がり」は何か、そして、山田さんはなぜそこに含まれないと考えられるか。それは、あの共犯者——俺たちはYと呼んでいる——が、喫茶店「ハーバリウム」に突如現れた理由に関連していると思うんだ』

永嶺は口に出しながら自分の考えをまとめているかのように、ゆったりとしたテンポでそう言った。

沙雪はため息を吐《つ》く。

「……まだ、教えてはもらえないんですね」

『確証が持てたら話すよ。そのために、月曜に出社したら、一つ確かめてほしいことがあるんだ』

永嶺は沙雪への新たな指示を口にした。

——あれは……どういう意味だったんだろう。

少なくとも、永嶺には自分たちに見えていない何かが見えているに違いない。

「沙雪、何考えてるの？」

御幸の優しい目が沙雪の顔を覗《のぞ》き込んでいた。なんでもないよ、と言いながら、その日何度目になるか分からない乾杯をした。

土日を挟んで、翌週の月曜日のことだ。

沙雪は社員『霞一花』として、洋生電力本社に出社した。

セキュリティ統括部は上層階の大きなサーバーの近くに部屋を構えている。部には二十名ほどの社員がいた。

彼女はつつがなく自己紹介を終えて、拍手と共に、統括部の一員として迎えられた。こんなにもあっさりしていていいのだろうかと、沙雪は不思議に思ってしまう。未《いま》だ現実感がない。

『さすが沙雪、全然、不審に思っている人はいそうにないね』

沙雪を通じてこちらの音を聞いている御幸は、ウキウキしたような声音で言った。彼女の言葉が沙雪の背中を支えてくれる。

彼女はふと、草薙の姿が室内にないことに気付いた。

背中合わせの席に座っている男性に声をかけると、彼も意外そうに目を見開いた。

「珍しいね。草薙さん、遅刻なんてすることないのに……」

沙雪の胸中で、嫌な予感が膨らんでいく。しかし、それを表に出すことは出来ない。

沙雪は御幸に、『伝える』の能力を通じてこの情報を伝達し、ＳＷＯＲＤのメンバーに共有してもらうことにする。沙雪は、今のうちに自分に出来ることをしなければ、と思った。

中途採用だから即戦力としての能力を求められているが、初日は荷物の整理やマニュアル類の整理などに充てていいと言われている。逆に言うと、沙雪が職務に対する知識不足を露呈させることなく潜入出来るのは、今日が最後になるかもしれないのだ。

沙雪はパソコンを起《た》ち上げ、社内システムを通じ、永嶺に依頼された事項を調べる。

『永嶺さんにこれも伝えて、お姉ちゃん』

『何……？』

『永嶺さんの推測、ぴたりだよ、って』

画面には、社内広報誌のバックナンバーが二部、表示されている。検索に引っ掛かったものだ。

白金将司。

草薙孝義《たかよし》。

この二名はいずれも、洋生電力社内の「原子力安全・統括部」で働いていたことがある。

本当は人事のシステムに入ることが出来れば、より確実な情報——例えば、二人の在籍期間が被《かぶ》っているかなど——を得ることが出来るが、沙雪に与えられたカードキーの権限では、人事の情報は覗けない。もちろん、部署的には各部門へのアクセスが必要になる仕事なのだろうが、急ごしらえで作られたカードキーにはそこまでの権限がないのかもしれない。あるいはまだ、信頼されていないということかも。

白金将司のカードキーが、不正アクセスに利用された一件を思い出す。持ち出されたデータの内容について、社員たちが堅く口を閉ざしていることも。

犯人は、白金将司のカードキーを使って、一体どんな情報を持ち出したのだろう？

中に入って調べると、カードキーの権限による制約は、かなり大きいもののように思える。他の部署の情報は持ち出せないのだから、やはり、殺害当時の白金の所属である、経理課の情報目当てだったのか……。

あるいは、こうは考えられないか。洋生電力の社員であれば、殺すのは誰でも良かったのではないか？　部署単位のターゲットではなく、社内システム自体への侵入が目的だった。それによって何が出来るのかは、沙雪の知識では見当もつかないが。

あとは、個人フォルダだろうか。

個人フォルダは、部署のデータとは別に個人単位で引き継がれる。そこに前の部署のデータを入れていれば、異動の際に持ち出せてしまう。こまめにデータ整理を行うように、社内広報誌などではたびたび呼びかけているようだが、組織の一人一人がそんな風には動かないのを沙雪は知っている。むしろ、毎年会社に出さなければいけない事務的な申請のデータや、保存しておかなければいけないデータなどを、誤って消してしまわないかどうかのほうが怖い。そして、誤って消さないように、じっくりと精査し、吟味し、捨てていくには、日々は忙しすぎる。

草薙は以前、白金と同じ部署にいたことがあり、草薙が強い親近感を覚えていた様子から察するに、在籍期間も重なっていたと大胆に仮定してみてもいいだろう。何かのプロジェクトを一緒に進めたとか、そういう事情があるのだろうか。

沙雪はそのまま、原子力安全・統括部の仕事内容について調べる。他部署の権限では、簡単なマニュアルや部署説明程度しか読むことが出来ないが、洋生電力が全国に七カ所の原子力発電所を保有しており、現場で勤務するブルーカラー労働者とは別に、統括部門や人材育成室などの細かな仕事が幾つもあることが分かる。それ以上の詳しいことや部署が個別に保有している情報は、そうそう簡単には覗《のぞ》けそうになかった。

沙雪は目にした資料を脳の中で黙読することで、全ての内容を御幸に『伝え』ていく。少しでも多くの情報を『伝える』しかない。

御幸は黙々とそれを聞き、沙雪の黙読が速すぎると『今のもう一回いい？』と鋭く言ってくる。沙雪はそれに応《こた》えながら、周りの社員の動きにも気を配る。自分のマニュアル類や荷物の整理そっちのけで、他部署のデータばかり盗み見ようとしていたのでは、怪しまれてしまう。適度に、配属初日の退屈を紛らわしているように見せかけた。

今ここに森嶋がいたら——沙雪はそう思うと歯がゆい思いだった。社内システムにさえログインしていれば、森嶋はもっと深いところまで潜り込んで情報を拾って来られたかもしれない。

ランチの時、沙雪は女性の同僚に誘われて社員食堂に行くことになった。何気ない風を装って、白金のことについて聞いた。

「ああ、あの人ね……」

彼女はうーんと首を捻った。

「正直、経理でネチネチ責められた記憶しかないし、最悪だね。でも、草薙さんが間に入って、なんとかしてくれることが多かったよ。仲良いみたい。年齢も少し離れてるし、部署も別だから不思議だったけど」

「そう……」

「あーでも、草薙さんって、確か原子力発電所の再稼働計画に関わっているんじゃなかったかな。同じ時期、同じセクションに白金さんもいたことがあるから、それが縁だったのかも。そこから、草薙さんはウチに、白金さんは経理課に行ったの」

でも、その計画については詳しいことは分かんないんだよね、と彼女はあっけらかんと言って、話題を変えてしまう。

さらに突っ込んだ質問をし、怪しまれても良くない。沙雪は潔く撤退を決めた。

彼女の情報を元に、原子力発電所の再稼働計画について詳しく調べておく。

現在、再稼働計画が進められている原発は、洋生電力が保有する七カ所のうち、二カ所。N原子力発電所と、R原子力発電所だ。N原子力発電所は福井県に三十七年前、R原子力発電所は新潟県に三十五年前に建設された発電所である。東日本大震災の影響で一時運転が停止されたが、数年前、運転期間の二十年延長が認められ、いずれも再運転に同意がなされた。しかし、N原発は放射性廃棄物の処理問題が、R原発はテロ対策の不備がそれぞれ原因となり、地元住民から強い反発を受けた。現在は、それぞれの問題を解消し、再稼働への計画を進めているところだ。

この発電所が、一体なんだというのだろう——沙雪は胸がざわざわする感じがした。世代的に、原爆もチェルノブイリ原発事故も歴史的事実として学習した沙雪だったが、東日本大震災の際、福島第一原子力発電所で原子炉の建屋が爆発損壊したニュースを耳にした時、その恐怖が骨の芯《しん》に響いてくるような気がした。以降、報道を目にし、あの時起きたことを伝えるドキュメンタリーを見聞きし、当時の証言を聞くたびに、薄ら寒い思いがしたものだった。

——それでも、原子力発電所は再稼働するのか。

あれから十年以上経って、沙雪は自分の中でも事故の衝撃が薄れてしまっていることに気付き、愕然《がくぜん》とした。

沙雪はまるで石でも呑《の》み込んだような気分になり、慌ててパソコンを閉じた。屋上に、外の空気を吸いに行ってもバチは当たらないだろう……。

その日の退社時間になっても、草薙は会社に現れなかった。

沙雪は自分たちのアジトであるマンスリーマンションに帰った。御幸と森嶋にひとしきり労《いた》われ、「初出勤」の忙しさを語り合った。

その夜、永嶺から連絡を受けた。

『潜入捜査、お疲れ様だった』

「いえ、初日はあまり情報を取れませんでした。もう少し部署内の信頼を得て、深いところまで——」

沙雪は勢い込んで答える。事実、『伝える』のコトダマのおかげで随分動きやすい。二、三日くらいなら、職務経験のなさも知識不足も誤魔化せるはずだ。自分の演技に自信もついてきたところだった。

『いや、潜入捜査は中止する。お前の身が危険だ』

「え？」

沙雪は自分の胃がキュッと小さくなった気がした。永嶺の声が険しかったからだ。

異様な雰囲気が伝わったのか、御幸が傍に近寄ってきて、そっと沙雪の手を握る。

『草薙孝義が自宅のマンション内で亡くなった。一酸化炭素中毒死だ』

沙雪は絶句した。

『これも、「火」に関わる死といえるだろうな』

20　三人目の死者

草薙孝義。

洋生電力のセキュリティ統括部に所属。

同部署に潜入捜査していた小鳥遊沙雪の上司にあたる職員だ。

彼の死体は月曜の夜、帰宅した同棲《どうせい》中の恋人によって発見された。


その翌日、火曜日の朝のこと。

ＳＷＯＲＤ事務室には、俺と小鳥遊姉妹の三人が集まっていた。坂東、桐山、望月の三人は別動隊で動いてもらっている。潜入捜査班に入っていたコトダマ研究所の森嶋は、先に研究所の方に顔を出すと聞いている。

「事件は……どんな状況なんですか」

沙雪が言った。顔色は良くない。潜入捜査が上手くいきかけていた矢先に、出鼻を挫《くじ》かれた残念さもあるだろうし、面接の時に顔を合わせた「同僚」が亡くなったというのも気味が悪いのだろう。無理もなかった。

御幸は沙雪にそっと寄り添うと、彼女の手を握った。二十代の社会人としては過剰なスキンシップだと思うし、職場では控えてほしいと思うが、今は黙っておくことにした。

俺はとにかく淡々と概要を伝えることにした。

「草薙孝義さんの自宅は、世田谷区内にある2LDKマンションの一室だ。恋人との同棲、結婚を前提に選んだようだ。同棲中の恋人の名前は東《あずま》ゆかりさん。

土曜から月曜にかけて、東さんは男性アイドルグループのコンサートを観に行くため、名古屋《なごや》へ旅行に出かけていた。月曜の夕方まで友人と観光を楽しんで、夜に家へ帰って来たところ、玄関先で異臭のようなものを感じた。何かおかしいと思いつつリビングに入り、窓を開けた。そして寝室に入ったところで、変わり果てた姿の草薙さんを発見した」

俺がスクリーンに写真を映すと、うっ、と沙雪の呻《うめ》き声が聞こえた。

目を見開いた草薙が、寝室のベッドで仰《あお》向《む》けに寝そべっている。

「なんだか……顔色が良《い》いように見えます」御幸が素朴な感想を述べた。「これで死んでいるなんて、不思議な気分です」

「一酸化炭素中毒死の特徴だ。普通はチアノーゼといって、血液中の酸素濃度が低下することで皮膚や粘膜が青紫色になるが、血液中のヘモグロビンと一酸化炭素が結合すると、鮮紅色を呈するので、顔色が良く見える。鑑識からも、顔色などの特徴からまず間違いなく一酸化炭素中毒によるものだろうという所見が出ている。

死亡推定時刻は土曜日の夜間から日曜日の明け方にかけて。沙雪の話でも、草薙さんは昨日出勤しなかったということだったから、その時点では亡くなっていたんだろう」

「一酸化炭素中毒って」沙雪は言った。「確か、ストーブや練炭の不完全燃焼で起こるものですよね」

「つ、つまり」御幸がぶるっと震えた。「草薙さんは……練炭で自殺を……？」

「いや」俺は首を横に振った。「初動捜査でもその可能性は早々に否定された。草薙さんの住居は、鉄筋コンクリート造りのマンションの一室で、確かに一酸化炭素が溜《た》まりやすい構造だったが——不完全燃焼の要因となるものが、室内に何もなかったからだ」

「何も？」

「季節柄、ストーブは使われないし、草薙さんの家はオール電化になっていて、キッチンもＩＨになっていた。給湯器も電気だ。もちろん、練炭の類《たぐい》も室内にはなかった」

「つまり……自殺ではあり得ない、ということですね……」

御幸の言葉に俺は頷《うなず》いた。

「正確には、練炭等で自殺を図った後、それを誰かが持ち出して隠蔽《いんぺい》した可能性もあるが、いずれにせよ、何者かの悪意が介在しているのは間違いない。

それに、玄関先で異臭を感じた東さんが、その後部屋に入っても、体に異変が生じなかったことも傍証になる。その時点でも部屋に一酸化炭素が充満していたなら、東さんの体調もおかしくなっていたはずだからな」

「じゃあ、異臭っていうのは一酸化炭素のことじゃないんですね」

「ああ。一酸化炭素は無臭だからな。つまり、ここでいう異臭とは、死臭のことだ」

ううっ、と御幸が呻いた。

「これも、『燃やす』のコトダマ遣いが関与しているんでしょうか……？」

沙雪は不安気に言った。

「まだ確証こそないが、同じ会社の人間が三人も立て続けに殺されていて、しかもどれもが『火』に関わる死とくれば、なんらかの繋《つな》がりがあるとみてまず間違いないだろう」

「どうして、『火』を遣った殺し方が一様ではないのでしょう。バリエーションを考えるのも大変なんじゃ……」

「山田さんと白金さんの殺しでも、『燃やす』のコトダマ遣いは、それぞれに『火』の出力パターンを見せてきた。不完全燃焼のような現象も、狙って引き起こせる、というところを見せたいのかもしれない」

そう口にしながらも、俺は、どこか釈然としない思いも抱いていた。

コトダマ遣いならではの、自分の能力を誇示したいという承認欲求——ただの愉快犯ならばそういうことをするかもしれないが、この犯人の性格には合わない。

「おはよう」

森嶋が室内に入ってくる。連日の長時間勤務による疲れのためか、目の下にうっすらと隈《くま》があった。

「今、マンスリーマンションを解約してきたところだ。『霞一花』の住所はあのマンションにしてあったから、これで『彼女』の足跡は完全に消えたことになる」

「助かります」

沙雪が俺に向き直った。暗い顔をしている。

「永嶺さん……今頃、私は容疑者ですかね」

俺は若干の罪悪感を覚えながら言った。

「確かに、草薙さんの死亡直前に現れて、彼の死後に突然消えた女性社員ということになるからな。普通に考えて怪しく見えるだろう」

「やっぱり……」

「あのまま潜入を続けさせるか迷ったんだが、今日以降も社内に残れば、草薙さんと同じ部署の社員として、事情聴取を受ける可能性があった。この事件もSWORDが捜査権を引き継ぐ予定だが、今の段階では、まだコトダマ遣いの関与も立証出来ていないからな……説明に窮するよりは、早めに撤退するのが賢明だと判断した。一応、三笠課長を通じてコトダマ遣いが関与している可能性が高いと、警察の各部署に通達してもらっているし、霞一花という女性に対する証言は全て聞き流すように指示も出している」

「なんだか、悪いことしてるみたいだなあ、私たち……」沙雪は苦笑した。「でも確かに、刑事さんに尋問されたら、偽名を使って入社した私なんて、怪しさ満点ですもんね……」

「マンションも引き払って、足跡は消したとはいえ、噂レベルでは残り続けるだろう。事件が解決をみるまでは、小鳥遊姉妹はなるべく、洋生電力本社に近付かないようにしてくれ」

小鳥遊姉妹は揃って頷いた。

「気になるのは」森嶋が言った。「犯人側がこちらの動きをキャッチして、このタイミングで草薙さんを殺したのか……ってところだね」

「よっぽど探られたくないことがあって、草薙さんを殺したのか。あるいはこちらへの挑発か」

森嶋は顎《あご》を撫でた。

「あの」沙雪が言った。「永嶺さんは潜入捜査中、山田さんについて、一つ思い付いたことがある……と言っていましたよね。あれは結局、どういうことだったんですか？　それに関連して、草薙さんと白金さんが過去に同じ部署、それも原発関連の部署にいたことがないか調べるようにという指示を受け……その推測は、ピタリ当たっていました。あの予測が立ったのも、山田さんに関する『思い付き』が関係しているんですか？」

俺はまっすぐな沙雪の目から顔をそらした。秘密主義を責められたような気がしたからだ。

「ああ……もちろん、潜入捜査チームに頑張ってもらっていた間、俺たちも何もしていなかったわけじゃない。事件の構図の大体のところは見通した……そう思っているよ」

沙雪が大きく目を見開いた。

「つまり……?」

「『軽くする』のコトダマ遣いと接触した時のことは覚えているな」

「ええ」

「接触場所は喫茶店『ハーバリウム』。最大の疑問は、共犯者——俺たちはしばらくYと呼称していたが——がなぜそのタイミングで喫茶店に戻って来ていたか、だ」

「ええっと……確か、喫茶店は第一・第二の被害者、山田さんと白金さんを監禁した場所とみられていたんですよね」

「その通り。監禁の際、何か重要な証拠品を落としてしまい、それを回収しに来たのではないか、というのが俺たちの推理だった。そして、望月に『聞く』のコトダマを遣ってもらい、現場にあったブックマッチの声を聞いてもらったところ、重要な事実が分かった。Yは、山田がスマートフォンに付けていた赤いダルマのストラップを回収していたんだ」

「それが、何か……?」

俺は勢い込んで続けた。

「俺にはこれが不思議で仕方なかった。どうしてストラップ一つを回収するために、あんなリスクを冒さなければならなかったのか。ちぐはぐな気がして仕方がなかった。しかし、事件に対する見方を変えたら、あっさりと答えが分かってしまったんだ。きっかけは単純なことで、元同僚から、別の線の話を聞いたことだったんだがな……」

沙雪と御幸は固唾《かたず》を呑《の》んで俺の話を聞いている。いつもは桐山に野次を飛ばされ続けるので、妙に気分が良かった。

「犯人は赤いダルマのストラップを回収し、そこに付着していた、残っていてはならない指紋を処分したんだ」

「指紋？」沙雪が言った。「でも、洋生電力の工場からは、指紋の類は一切検出されませんでしたよね。犯人たちは手袋をしていたはずです。指紋なんて残るわけが……」

「あらかじめ触れていたなら、残るじゃないか」

俺の言い回しが分かりにくかったのか、姉妹は揃って首を捻《ひね》った。

「もったいぶるのはやめよう。犯人が持ち去ろうとしたのは、山田の、山田の指紋だ」

沙雪と御幸の混乱はこの時最高潮に達したらしい――彼女らは同時に怪訝《けげん》そうな顔つきをし、「はい？」と声を揃えた。

その時、部屋に桐山と望月が入って来た。

「山田浩二の奴、全然動かないっすよ！　いつまで続ければいいんすか！」

「あ、あのっ、もうそろそろ休ませてください……何もしてなくてもモノの『声』が聞こえて辛《つら》いです……」

小鳥遊姉妹はきょとんとした顔で二人を見つめていた。

「つまり、山田浩二は死んでいないんだ。身代わりの死体を燃やして入れ替わった。古典的なトリックだったんだよ」

21　トリック

「入れ替わった……？」

沙雪は目をぱちくりさせ、あからさまに当惑していた。

部屋の中にはこれで、六人がひしめいていることになる。

スクリーンを前に説明している俺と、自席に座って聞いている沙雪と御幸。森嶋は俺の斜め後ろで、腕を組みながら壁にもたれかかっている。

桐山と望月も、自分の席に着いた。

「なんだ？」桐山が鼻を鳴らしながら言う。「その話、潜入捜査チームは今聞かされたのかよ。なってねぇなぁ、永嶺先輩。社会人の基本は報・連・相じゃねえのかよ」

「説明が遅くなってすまないな」

俺は内心ムッとしながら答えた。桐山に社会人のイロハを説かれるなど、恥以外の何物でもない。

疑惑が確証に変わるまでは、潜入捜査チームに余計なことを考えさせたくなかったのだ。

「桐山、坂東さんはどうした？」

「仮眠中っす。俺と望月で報告を済ませて来るって話したんすよ」

桐山の目はやや充血している。これまで依頼していた捜査のせいだろう。

桐山、望月、坂東、俺の四人は、防犯カメラ映像のチェックを連日夜通し行い、山田浩二の足取りを追いかけていたのだった。その潜伏先を突き止めてからは、交代で深夜まで張込みを続けている。桐山の目の充血はそのせいだし、坂東が仮眠をとっているのも同じ理由だ。

「永嶺先輩」桐山は言った。「そんなら、先に小鳥遊姉と妹に、ちゃんと説明してやってくださいよ。俺たちの話を先に聞いても、わけ分からないと思うんで」

「……言われなくてもそのつもりだ」

俺は咳払《せきばら》いしてから、小鳥遊姉妹に向き直る。

「先に、俺がどう推理を進めていったかを話しておいた方がいいだろう。動機の問題はひとまず棚上げして、まずは、可能性と手段について検討する」

沙雪と御幸は居ずまいを正した。

「未詳1号ことX、もしくはYには、喫茶店に落としたストラップを回収しなければならない理由があった。それはなんだろうか。監禁場所を特定されたくないからか？　ストラップは、その喫茶店に山田浩二がいたことを立証してしまう。なぜなら、そこには山田浩二が普通に生活していた時に、ストラップに触れた指紋が残っているはずだからだ。

だが、ここで俺は立ち止まった。この考えはそもそも成り立たないはずだ。山田浩二の死体は全身を燃やされていて、指紋も検出出来ないほどだったからだ。本来なら、あの喫茶店にストラップが落ちていようが、そこに山田浩二の指紋が残っていようが、こんなにも早く結び付けられることはなかっただろう」

「指紋も潰《つぶ》されていたのに、どうして身元を特定出来たんでしたっけ……？」

沙雪が首を傾げる。

俺は背後のホワイトボードを振り返り、線を引いた。

『山田：全身に火を点《つ》けられ、死亡。

↓高校生の二宮と相田が、突如燃え上がる人影を目撃。

全身は炭化している。身元確認は損傷の少ない臓器と、自宅の毛髪等の照合による。』

「この通り、身元の確認は、炭化していなかった死体の臓器と、山田の自宅と『みられる』場所から採取された毛髪のＤＮＡを照合することで行われた。みられる、というのがミソだ。その際、室内の各所から山田浩二のものと思われる指紋も発見されたが、実際に山田のものかどうかは、照合出来ていなかった。なぜなら、死体の指紋は焼き潰されていたからだ」

「ああ……じゃあまさか」

俺はニヤリと笑った。

「そういうことだ。俺は仮説を立てた。ＸないしＹが、ストラップを回収することで隠したかったのは、山田浩二の本物の指紋なのではないか、と。そして、山田の自宅に残されていた毛髪や指紋は、身代わりの死体のものではないのか、と」

俺はスクリーンに山田浩二の写真を映す。被害者だと思っていた人物が、実は犯人の一人だったわけだ。純朴《じゅんぼく》そうな青年の顔が、途端に気味の悪いものに見えてくる。

桐山はボーッとした顔で俺の背後を見つめていた。

「どうした、桐山？」

「へあっ？」

桐山は間抜けな声を出した。

「いやあの……別に、なんでもねえっす」

俺は桐山の態度を不審に感じたが、追及する材料があるわけでもないし、説教で説明を遅らせたいわけでもない。無視することにした。

「つまり……私たちが『山田浩二』だと思っていた死体は偽者で、ＸもしくはＹの正体は山田浩二……ということですよね」

「いや、喫茶店に直接回収に来たことを考えれば、恐らく共犯者Yが山田浩二ということになるだろう」

ふうん、と森嶋は鼻を鳴らした。

「辻褄《つじつま》が合っているね」

「ええ。そう考えれば、色々なことが符合する。山田はある時期から、自分の部屋に身代わりとして殺す予定の男を住まわせて、その男の痕跡《こんせき》を部屋の中に残した。自分の持ち物など、足がつきそうなものは、この時徹底的に処分したが、思い出のストラップだけは処分出来なかったんだ。なぜ『思い出の』と推測出来るかは、あとで話そう。

そして、このストラップは、Y＝山田浩二の許《もと》にずっとあった。それを、監禁場所で白金将司と身代わりの男に接触した際、落としてしまったんだ。望月が『聞く』で録取してくれたブックマッチの証言によれば、ストラップは紐《ひも》の部分が千切れていたというから、被害者二人が犯人の手掛かりを現場に残してやろうと、どこかに引っ掛けるか嚙《か》み千切るかして、現場に落とさせたと考えるのが妥当だろう」

「確か」御幸が言った。「被害者二人は両手首を結束バンドで縛られていたんでしたね……そんな中でも、被害者は抵抗して、大事な証拠品を残してくれたと……」

「恐らく、そういうことじゃないかと思う。さて、そう思ってみると、喫茶店での一幕の後、共犯者Yが乗り捨てて行った車は大事な証拠の宝庫ということになる。そこにはもちろん、Yの指紋と毛髪がそこかしこに残っているからな。これで、Yの指紋と毛髪を手に入れた。

同時に、坂東さんと桐山を動員して、山田浩二の戸籍と血縁関係をあたらせた。両親は早くに交通事故で亡くなったということだったが、岡山にある祖父母の家には、山田浩二のへその緒と、山田の指紋が残った段ボール箱があり、いずれも提供してもらった。この段ボール箱は、三年前、祖父母の喜寿の祝い品を送ったときのもので、段ボール箱にも、ガムテープの粘着面にもしっかり山田の本物の指紋が残っていた。少なくとも三年前には、この犯行計画を立てていなかったという証拠だな。

さて、これで俺たちは指紋について三つのサンプル、DNAについても三つのサンプルを手に入れたことになる。そして、その結果はこうだった」

俺は紙にまとめた、指紋の比較とDNA鑑定の結果を提示する。

（1）Yの車に残った遺留指紋＝山田浩二が段ボール箱及びガムテープに残した遺留指紋
（2）（1）と山田浩二の自宅に残った指紋は不一致
（3）山田浩二のへその緒のDNAと『山田浩二』とみられていた焼死体のDNAは不一致
（4）山田浩二のへその緒のDNA＝Yが車の中に残した毛髪のDNA

「まどろっこしいなぁ」桐山が耳の穴に小指を突っ込みながら言った。「よーするに、山田浩二が共犯者Yで、あの死体は身代わりであることが分かりました、ってことでいーんだろ？」

「桐山君らしいなあ」

望月がぼそっと呟《つぶや》く。彼女も段々と、桐山のキャラクターに慣れてきたようだ。

「まあ、桐山の言う通りだ。長い時間をかけて説明してきたが、ここで俺たちの調査は一つの結果を見たわけだ。

相手は『燃やす』のコトダマ遣いであり、だからこそ火を遣った殺し方にバリエーションを持たせているのだと思っていた。『山田』や白金さん、今回草薙さんも加わったが、全て殺し方が異なる。しかしそれも、最初の焼死体が身元を隠すためのものであることを、カモフラージュするための迷彩に過ぎなかったということだ」

沙雪と御幸は、声を揃えてうーんと唸《うな》った。しかし、御幸はまだ何か納得いかなそうに俺に向かってくる。

「でも、身代わり身代わりって言いますけど……」御幸は口を尖《とが》らせた。「それって、どこの誰なんですか？　都合が良すぎるような……」

「その身元についても、もう見当がついている。T大学の学生、的場大樹《まとばだいき》だ。捜査一課の木下から提供された情報だ」

俺は木下から聞いた話をかいつまんで話す。桐山、坂東、望月には共有済みの話だ。

「ハウスキーピングのアルバイト……それが、罠《わな》だったってことですね？」

「面接に呼んだが、不採用にした学生が数人いるという話が特に気になったんだ。面接用の部屋を指定して呼び出しはするが、そこには誰も現れない。恐らく、遠くから学生を観察して、何かを見ているんだ」

「体格等の条件を見ていた……ってことですね」

御幸の言葉に、俺は頷《うなず》いた。

「そういうことではないかと思う。山田浩二と体格が似ていなければ、身代わりには使えないわけだから。部屋自体は、レンタルオフィスで、犯人たちが借りておいたものだろう。体格等の条件が見合えば、『この部屋に予約が入って、別の場所になった。今から案内する』とでも連絡して、もう一つ、押さえておいた本物の部屋に招けばいい」

「巧妙ですね」と沙雪。

仮とはいえ、面接のための部屋を借りるのは、山田の給料ではとても足りない。とすれば、金を出していたのはXに違いない。ここにも、Xの援助があった、あるいは、Xの言いなりになって山田が動いていた、と考えるのが妥当だろう。

俺は続ける。

「大学で網を張っておけば、山田浩二と同じ二十代の身代わりを見つけやすい……という意図もあったんだろう。そして、その大学生は、ハウスキーピングと称して、山田浩二の自宅で偽りの生活を送らされる。鉢植えへの水やりという指示は、住まなくてもこなせるが、冷蔵庫の中のものを腐らせないよう使ってくれ、という善意めいた依頼が上手い。冷蔵庫やキッチン、調理器具、食器などをまんべんなく使わせ、食事をさせれば、トイレにも行きたくなるだろう。当然、毛髪も、指紋も、自然な形で室内に残るというわけだ。あとは『本物の山田浩二』の指紋さえ出て来なければ、偽装は完璧《かんぺき》になる、はずだった」

「ともかく、山田浩二はそれだけの手間をかけて身代わりの死体を用意し、入れ替わっていたんですね。……ですが」彼女は続ける。「なんのために……？」

「そう」俺は頷いた。「それこそが問題なんだ」

「ちょっと待ってください……」望月が言った。「だって……それは、犯人が自分だって、バレないようにするためじゃないですか？」

「本当にそうか？」

望月が口をつぐんだ。

「考えてもみてくれ。山田とXが共犯関係にあったとして、彼らが共通の目的のもと、白金を殺したとする――それだけで、山田が疑われるだろうか？」

ああ、と森嶋が声を上げた。

「そうは、ならないだろうね」

「ここまで調べた限り、山田と白金さんに個人的な接点はありません。当然、捜査線上に浮かぶこともない。むしろ、入れ替わりのためのトリックを弄《ろう》し、多くの証拠を残すことで、山田は自分を容疑の圏内に置いてしまったんです」

身元確認が出来ないほど損壊された死体は、必ず、一つの連想を生む。その人物こそが、犯人ではないのか。身代わりであることがバレないように、身元が分からないようにしたのではないか。身元を隠すための工作が、結局、最もつまらない形で真相を明らかにしてしまう。

「だから」俺は続けた。「容疑を逃れるためとか――そういう動機で組み上げたトリックではないのだろう、と思います」

「というと？」と森嶋。

「正確に言えば、Xの目的はそうではない、ということです。Yこと山田は、山田を容疑圏外に置くために、身柄を隠す必要があり、身代わりを立てる必要があるのだと、Xに言い含められ、それを信じていたのかもしれない。そうでなければ、Xの計画にこれほど積極的に協力することはないでしょう」

「確かにそうですね」

沙雪が頷くのを見て、自分の説に自信が湧いてくる。

「であれば、Xの本当の目的は他にある……それこそが、何か、重大なカギに繫《つな》がっているのではないかと思います」

「答えはまだ、分からないんすか」

桐山の言葉に、思わずムッとする。しかし、痛いところを突かれたのは事実だ。

「私たちが潜入捜査をしている間に、永嶺さんたちも相当動いてくださっていたんですね……」

「ああ、お前らだけに任せっきりにしておくわけにはいかないからな」

「小鳥遊姉と妹にも、永嶺先輩の張り切りっぷりを見せてやりたかったぜ」

桐山がへらへら笑って言った。

「やあ、やっているね」

三笠が部屋に入ってきた。座っていた者も全員立ち上がり、「お疲れ様です」と発声する。まるで軍隊のように統率された行動だ。

「会議中に割り込んですまない。続けて」

「ちょうど良かったです。ここから先の話は、三笠課長にも真っ先に共有しておきたいので」

俺は咳払いをしてから続けた。

「山田浩二に対する疑惑が固まってみると、今度は別の疑問が湧いてきた。一体なぜ、白金将司さんは殺されたのか？」

「そうですね……山田浩二は自分を死者に見せかけるために、身代わりを立てる必要があった。でも、白金さん殺害には、別の動機があったはずですもの」

沙雪の言葉に、御幸が首を捻《ひね》る。

「白金さんも入れ替わっていたと考えちゃいけないんでしたっけ」

「白金さんは全身の血液を沸騰させるという、残酷な手段で殺されていたが、顔の識別は充分に可能だった。白金さんまで入れ替わっていたというのはあり得ない。

さて、白金さん殺しの動機は何か。その発想に至った時に、君たち潜入捜査チームから面接官を務めていた草薙さんの話を聞いた。草薙さんと白金さんには『ある繋がり』があると」

「ああ……」

沙雪の口からため息が漏れた。

「草薙さん自身がそう口にしていたのだから、犯人にだけ繋がりが分かるとか、そういう特殊なものではないということだ。誰の目から見ても、明らかな繋がりだったんだ」

「それで、二人の以前の所属部署を調べるように、と言われたんですね」

「ああ。予想通り、人事部のデータにはアクセス出来なかったようだが、他のデータから部署を突き止めてくれたのは幸いだった」

「その結果」沙雪は俯《うつむ》いた。「白金さんと草薙さんは原子力安全・統括部に以前所属していた……そういう繋がりがあることが分かったわけですけど……それがどうしたんでしょうか。それが動機になるんですか」

俺はその先を告げるのに気が重くなった。沙雪と御幸はもっと深いショックを受けるだろう。あるいは、『燃やす』のコトダマ遣いに復讐《ふくしゅう》を誓っている森嶋も。

だが、俺は先を続けた。

「ここで、山田浩二のストラップに話は戻ってくる」

「え？」

御幸が唖然とすると、望月はぶるっと体を震わせた。

「私も、最初に永嶺さんから話を聞いた時は耳を疑いました……信じたくない思いは今でもあります」

「俺だって永嶺先輩の言うことなんて信じたくはねえけど、筋が通ってんだからしゃーねえだろ」

桐山は悪しざまに言った。

俺は気を取り直して先を続ける。

「山田浩二のストラップは、高校生の時、福島県のボランティア活動に参加した際にもらったものだ。山田は二十八歳だから、二〇一一年当時は十六歳だったことになる。ボランティア参加は、東日本大震災の発災直後から二年後までの間。当時の名簿を調べる時間はなかったが、大方間違いなさそうだ」

俺はそれだけ言って、しばらく二人の反応を窺《うかが》った。

沙雪の方が、コンマ一秒早く目を見開いた。御幸は「あ」と口を開けた。

「原子力発電所」

「そうだ」俺は言った。「あれは山田浩二にとって、思い出のストラップだった。十年来のものを大事に取っておいたわけだからな。なぜ思い出だったかと言えば、彼にとってそのボランティアは、自分の人生観が変わる出来事だったからだ」

沙雪と御幸の顔は青ざめていた。死体の写真を見せられた時よりも、ずっと。

ようやく自分たちの対峙《たいじ》している敵の思惑を摑《つか》むことが出来——その思惑が、予想を超えた険しさを持っていたからだ。

「山田浩二とX——未詳1号は、原子力発電所の再稼働計画を強引に推し進める政府と洋生電力に敵愾心《てきがいしん》を持っていると推測される。最悪の場合——」

俺は一瞬ためらってから、その言葉を口にした。

「彼らの目的はテロだ」

「厄介なことになったね」

三笠は言う。口調には一切の揺らぎがなく、本心から「厄介」だと思っているのか定かではないが——柳眉《りゅうび》を歪《ゆが》め、憂うような表情を見せた。

「未詳1号がこれまで殺してきた人間は七人。早く止めないと被害者がもっと増える——でもそれはせいぜい、八人とか、九人になるのを止めようね、というものだった。数人、多くて十数人という単位の話だ。だけど、これで話はまったく変わってくる——」

彼女は額に手を当て、目の前を睨《にら》むような目つきになった。

「『燃やす』のコトダマにより、原子力発電所を襲撃する――もし、原子炉が爆発するようなことがあれば、その被害は、数百、数千では済まないぞ。死者だけではない。住むところを追われる人も、生活を壊される人もいる。政治・経済への影響も計り知れない」

三笠は、噛《か》んで含めるように言う。桐山、望月、沙雪、御幸ら、警察での日が浅い面々に、事態の重さを伝える意図もあるのだろう。

しかし、しんしんと降る雪のような三笠の声は、次第に、重苦しく肩にのしかかってくる。

薬が、俺はここにいるぞ、とジャケットの中で声を上げる。

ここからは、間違えられない。ＳＷＯＲＤは今この瞬間、正真正銘、国民の命を背負うことになったのだ。

「まずは、山田の確保に全力を尽くします」

俺は言った。

「山田の潜伏先は特定出来ました。Ｘの接触を待ち、一網打尽にします」


『未詳1号事件　※新しく書いた事項は太字、傍線は永嶺による。

・第一の現場
○被害者
山田浩二（28）　洋生電力工場従業員
↓正しくは、的場大樹（23）　T大学4年生。浪人し、20歳で入学。
白金将司（55）　洋生電力経理課**↑前所属：原子力安全・統括部**

○死亡状況
的場：全身に火を点けられ、死亡。
↓高校生の二宮と相田が、突如燃え上がる人影を目撃。
↓全身は炭化している。身元確認は損傷の少ない臓器と、自宅の毛髪等の照合による。
↓山田浩二のへその緒、および、毛髪の発見により、当該死体は的場のものと断定。
白金：全身から血液を吹き出し、死亡。眼球に点状出血。
↓全身の血液が沸騰し、殺害されたものか。

○証拠品
①ポリプロピレン：山田、白金両名の手首付近から
②セルロース：山田、白金両名の死体から
③赤リン：山田、白金両名の死体から
④ホッチキスの針：工場近くの物陰
①より、被害者二名は殺害まで監禁されていた可能性あり。
②〜④はブックマッチ由来のものか。ブックマッチは二〇二一年製造終了。
↓被害者の監禁場所を示す手掛かりか？
↓ローラー作戦により、喫茶店『ハーバリウム』が監禁場所と特定される。

○犯人像
二人組（工場の塀上に放置された小銭入れ〈ゼニー君〉の証言より）
一人は『燃やす』のコトダマ遣い（現場の状況、殺害方法を総合して）
もう一人は詳細不明↓もう一人もコトダマ遣いか？

○動機

山田：目立った動機なし。スマートフォンにダルマのストラップを付けていた（現場から発見されず）。

白金：殺害後、白金のカードキーにより、洋生電力のパソコンに不正アクセスのログあり。

↓どんなデータを持ち出されたかは社員全員が口を開かない。動機はこの線か？

↓小鳥遊姉妹、森嶋のチームで潜入捜査を実行。第三の現場　備考に仮説あり。

的場：山田の身代わりとして殺害。体格等の条件により選出された。

↓入れ替わりトリックは、かえって山田への疑惑を強める仕掛けに思える。

↓Xの動機は何か？

・過去の現場
二年前　江東区一家殺害事件
○被害者
本田友恵（44）
本田明彦（12）
本田ユリ江（72）
楢原保（26）：警察官
○死亡状況
友恵・明彦・ユリ江：自宅で死亡。全身に熱傷あり、焼死と判定。家屋も全焼した。
楢原保：警邏《けいら》中に『燃やす』のコトダマ遣いを呼び止め、コトダマで攻撃される。
↓全身に熱傷。緊急搬送後、搬送先の病院で死亡する。
○備考

森嶋航大研究員は、本田友恵の夫。苗字《みょうじ》は結婚時に本田に改姓し、事件後、元の姓に戻した。
・第二の現場
○被害者
なし
○状況
喫茶店『ハーバリウム』において、『燃やす』のコトダマ遣い（X）の共犯者（Y）と接触。

永嶺、桐山、坂東、沙雪、御幸が応戦。
○Yのコトダマについて
釘《くぎ》を浮かせる。
硬質化した桐山を浮かせる。
窓から飛び降りた自分を浮かせ、そのまま逃亡する。
仮説①：Yのコトダマは『軽くする』である。
仮説②：『軽くする』の効力範囲は約5メートルである。
留意事項：『真似る』のコトダマ遣いである可能性も疑い、警戒。Xも同様。
○Yの行動について
赤くて丸いものが付いたストラップを捜していた（ブックマッチ〈マッチャン〉の証言による）。

↓山田が所持していたストラップと同じものか？　監禁時に紛失？

備考：ブックマッチの位置：戸棚のかごの中。戸が開いていたので目撃出来た。
○証拠品
Yの使用車両を押収。ナンバー照会により、盗難車と判明。

Ｙの毛髪、指紋が発見される。
・第三の現場
○被害者
草薙孝義（46）　洋生電力セキュリティ統括部←前所属：原子力安全・統括部
○死亡状況
一酸化炭素による中毒死。顔が鮮紅色になっていた。

　第一発見者は同棲《どうせい》中の恋人（アリバイあり）。
○備考
白金と草薙は、同時期に原子力安全・統括部に所属していた。

↓草薙はＲ、Ｎ原子力発電所の再稼働計画に関わっていた。白金もか？

↓山田は福島県で東日本大震災の発災直後、ボランティア活動を経験する。犯人の最終目的がテロであり、原子力発電所の襲撃計画のための情報を得るべく、殺害された可能性がある。』

22　張込み

翌日、水曜日のこと。

夜になり、風が冷たくなってきた。おまけに、昼間まで雨が降っていたのでじめっとしている。俺は汗っかきなタチなので、どうせならカラッとしている方がありがたい。

　車の中の冷房を強くすると、桐山が横で露骨な舌打ちをした。

「永嶺先輩って暑がりっすよね」

「寒かったら止める。俺にはこの湿度が耐え難いんだ」

「別に悪いなんて言ってないっすけど」

連日夜通しの作業をして寝不足らしく、桐山はあからさまに機嫌が悪い。

俺はまた言い合いになりそうなところをグッとこらえて、言おうとした言葉を呑《の》み込んだ。

今は監視対象の張込み中だからだ。

俺と桐山はＳＷＯＲＤの覆面パトカーに乗って、アパートの出入りを監視している。

坂東と望月のペアは、裏口を見渡せる位置にレンタカーを停めて張込みを続けている。坂東は「あまり運転はしたくない」と最後まで渋っていたが、なんとか承諾してくれた。

いうまでもなく、山田浩二の潜伏先となる二階建てのアパートだ。

東京近郊にある工業地帯の一角で、同じ区画内に廃工場がある。このアパートは昔その工場を経営していた会社の持ち物らしい。

山田の部屋は、二階の２０１号室だ。

厳密には、ここは東京都の外であり、警視庁の捜査権限は及ばない。しかし、ＳＷＯＲＤはコトダマ遣いの犯罪に対してのみ、特例的に無際限の捜査権限を有する。そうは言っても、地元の所轄と協力するのが人情というものだろうが、そこは三笠課長が一手に引き受けて立ち回っているという。全く恐ろしいことだ。

山田浩二が共犯者Ｙであると看破した俺たちは、現場となった洋生電力の工場、喫茶店『ハーバリウム』近辺、山田浩二の自宅近辺の防犯カメラの映像を集め、彼の足取りを追った。防犯カメラ映像をしらみつぶしに確認する、極めて地味な作業である。

同時に望月には、工場や自宅に残っている『本物の山田浩二』の私物を中心とした「聞き込み」を行わせた。彼女ならではのネーミングに溢《あふ》れた調書の数々に目を通した俺は頭が痛くなったが、それでも収穫はあった。山田がよく訪れていた居酒屋を突き止めたのだ。彼はそこのトンカツを気に入っていた。一子相伝で受け継がれた、秘伝のレシピによるトンカツソースがウリの店で、そこでしか食べられないのだという。

渋谷区にある「ちなみや」という店である。

潜伏生活を続ける間、ずっと顔を伏せ、息を潜めているような真似は、素人にはそうそう出来ない。二年前に江東区一家殺害事件を起こし、潜伏生活を続けているとされる『燃やす』のコトダマ遣いならいざ知らず、山田浩二にはそんな根気はないと賭《か》けた。

「ちなみや」周辺の防犯カメラ映像を収集し、同時に張込みを続けたところ、成果があった。わずか一週間前のことだ。張込み中の俺と桐山が、山田浩二を見つけたのだ。

彼は好物だというトンカツをアテにビールを二杯飲んで帰った。酔っ払っていたためかこちらの尾行にも全く気付かず、俺と桐山は無事に彼の潜伏先を突き止めることに成功したのだ。

死んでいたはずの山田浩二が生きていた。これだけでも重大な発見だが、俺たちはあくまでも山田浩二を泳がせることにした。彼が主犯と接触するのを待ったのである。出来ることなら、一網打尽を狙いたい。

それに、山田を張っていれば、次の犯行も止められると考えていた。

現実には、草薙殺しが発生してしまったわけだが……。

「先輩」桐山が言った。「俺たちがこんだけ山田のこと見張ってるのに、草薙さんが殺されたってことは、山田は草薙殺しに関わっていないってことっすよね」

「ああ。あの犯行については、主犯が単独で行ったのだろうな」

一酸化炭素中毒死を引き起こすだけなら、『軽くする』のコトダマは必要ない。

「それって、深読みすりゃあ、こっちの動きが向こうにバレてるってことになるんじゃねえの?」

桐山の言うことにも一理ある。

「だが……現実に、山田にはまだ動きがない。潜伏生活に耐えられず、居酒屋に顔を出してしまった山田が、俺たちの動きに気付いてなお平然としているとは考えられない。それに、山田の側からXに、外出したことを告げることは出来ないだろう」

「俺が永嶺先輩に言われるみたいに、ガミガミ怒られそうだからっすか？」

「その通り。良く分かっているな」

俺が怒ると思ったのか、桐山は肩透かしだというような、意外そうな顔をした。

桐山は鼻を鳴らしながら、助手席に深くもたれこんだ。両手を頭の後ろで組み、いかにも退屈そうにしている。

「……森嶋さんのことですけど」

「ん？」

「怒ってましたね、相当」

俺はチクリと胸が痛んだ。

「ああ」

SWORD事務室で潜入捜査チームに俺の推理を伝え、犯人グループが反原発思想に基づくテロを企てている可能性があると言った後のことだった。

森嶋は「テロ」という言葉を聞いてから黙り込み、顔を紅潮させていた。様子がおかしいと思い、俺が声をかけたら、森嶋は感情を爆発させた。

――馬鹿にしている！

――人の家族の命を奪った殺人鬼が、今はそんな高尚な目的を抱いて行動していると？

森嶋はそう叫んでから、ばつが悪そうな顔をして、「頭を冷やしてくるよ」と言って部屋を出たきり戻ってこなかった。

桐山は森嶋のことを信頼している様子だ。彼の言葉が、よほど応《こた》えたのだろう。

「褒めてもらえるとでも思ったのか？」

あえて突き放した言い方をすると、「え？」と桐山がきょとんとした顔をした。

「山田の居所を摑《つか》んで、動機を突き止めたから、褒めてもらえるはずだ。そんな風に勝手に期待していたんじゃないのか？」

「そんなこと……！　ない……けどよ……」

桐山の語気は次第に萎《しぼ》んでいった。

俺は溜《た》め息を吐《つ》いた。

「犯罪の動機に、高尚も低俗もない」

桐山は目を瞬《しばたた》いた。

「森嶋さんの気持ちは痛いほど分かる。だが、犯人が高尚な目的で人殺しをしているとは、俺は欠片《かけら》も思わない。どんな理由であれ、人を殺したら人殺しだ」

桐山は不快そうに顔を歪《ゆが》めた。

「永嶺先輩って、本当にカタブツっすよね」

「言ってろ」

俺は言い捨ててから、ハンドルを二度、指で叩く。

「桐山」

「なんすか」

「山田確保の際、また戦闘になるだろう」

「あー、そっすね。あの『軽くする』ってやつ、厄介っすよねえ……相手の動きを封じないと、俺でもさすがにどうにもならねえっす」

その厄介さについては、三笠に言われてからも、ずっと考えていた。

——どうだった、敵は。強かったかい？

——桐山君と息は合ってきたかい？

俺たちはきっと分かり合えるはずだ。お互いに気に入らないことはあるが、二人の可能性を掛け合わせれば、勝機は見えてくる。

「俺に秘策がある」

桐山は興味を惹《ひ》かれたように、ガバッと身を起こした。

「聞くか？」

「もちろんっす」

俺は作戦の内容を伝えた。

実行するのは、その二日後のことだった。

23　思考の戦い

金曜日。

スズキと呼ばれていた男——山田浩二は、潜伏先であるアパートでまたしても情報収集に明け暮れていた。

——草薙孝義殺し……。

ホムラが洋生電力の社員、草薙を殺すことは、ダークウェブを通じてあらかじめ連絡を受けていた。スズキが調べた情報をまとめて送り、ホムラが標的を決定するまで随分時間がかかったものだが、「最終目的」を考えれば、慎重に動くに越したことはない。

なぜ今回は単独で動くのか——山田には不思議でならなかった。

六畳一間のアパートに籠《こ》もりきりで過ごしていると、緊張と退屈のあまりどうにかなりそうだった。潜伏生活に耐えかねて外出し、三冊百円で文庫本を買える古びた古書店で、適当にベストセラーを仕入れてみたが、全く内容が頭に入ってこない。今も警察が自分を追いかけているのではないかと思うと、気が気ではなかった。

嵐の前の静けさという言葉があるが、警察側の動きも、ホムラの動きも見えてこないので、薄ら寒い気分になった。

台所の横にある冷蔵庫の上から、小さな招き猫の置物が山田を見つめていた。文庫本を買った古書店の隣の骨董《こっとう》店で、安く売られていた陶器の置物だ。せいぜい七センチくらいの小さなサイズで、殺風景な部屋の彩りになるかと思ったのだが、結局は不調和のほうが目立っている。

剝《む》き出しの蛍光灯の下で、コップに麦茶を注いだ。買い溜《た》めておいた麦茶のパックも、もう戸棚にはない。どこかで補充しなければならないが、ホムラには、自分から指示があるまでは外に出るなと言われている……。

いや、自分はそれさえ守れなかったのだと、自嘲《じちよう》気味に笑った。十日ほど前、馴染《なじ》みの居酒屋「ちなみや」のトンカツを求めて外出し、その時に文庫本や招き猫を買ったのだ。

昼間窓を開けた時に入って来たのか、蛾が一匹、ひらひらと室内を舞っていた。

煩わしい気分になったが、動く気さえ起きない。

——自分の大義のためには、こんなところでぼんやりとしている場合ではないというのに……。

山田の中には、彼の頭を力強く押さえつけて来る、あのホムラという男への反発心があった。

しかし、山田の理想を実現するために、あの有能な男はなくてはならない。あの頭脳、あの残忍さ、あの大胆不敵さ。どれをとっても、自分には欠けているものだ。彼と出会ったことで、自分の計画は動き出したと言っていい。

――それに、あの『燃やす』のコトダマ！

――あのコトダマの強さは、自分には決してないものだ……。

ホムラは自分のコトダマの利用法を考案し、役立ててくれたが、そうでなければ自分のコトダマは地味なものだ。相手の行動を縛ることと、自分の逃亡に遣うのがせいぜいだ。

――なくてはならない、だが、煩わしい……。

飛ばしの携帯電話に着信があった。

ホムラからの連絡だ。

山田はすぐに飛びついた。

「もしもし」

『スズキだな』

スズキというのは、山田浩二の身分を捨てるにあたり、ホムラに用意してもらった偽名だった。「鈴木亨《すずきとおる》」というのがフルネームで、このアパートの契約などもその名義で行っている。戸籍なども調達したというが、どのように行ったのかは、あまり想像したくない。

「どうしたんだ、電話で連絡してくるなんて珍しいな」

『お前のアパートの近くまで来たんだが、ちょっとまずい状況になっている』

いつになくホムラの声が切迫感を帯びていて、山田の肺腑《はいふ》は冷え切った。

「まずいというのは……？」

『ＳＷＯＲＤの奴らだ』ホムラは言った。『お前、包囲されているぞ』

山田はふらついた。立ち眩《くら》みを起こしていた。

――ＳＷＯＲＤ……ＳＷＯＲＤだって？

数週間前、喫茶店『ハーバリウム』で接触したあいつらだ。やはり不安は当たっていた。車を残してきたのがまずかったのだろうか？

山田の頭の中で、幾つもの思考と後悔が駆け巡った。

ホムラの冷静な声が耳に届く。

『焦るな。こうなった以上は俺にも責任がある。そこから助け出してやるから、支度をして待っていろ』

「支度をするって言っても……どうするんだ？」

『身支度と、あとは靴の確保だ。気取られないようにそっとだぞ』

電話での応対ではあるが、山田は深く頷《うなず》いた。反抗するような素振りを見せながらも、心の底ではホムラに依存しきっているのだ。

『今から約三十分後、宅配ピザの配達員の扮装《ふんそう》をして、お前のところに行く。そこからはお互いのコトダマを遣って強行突破するしかない。いいな？』

「ホムラにしては、乱暴な作戦だな……」

『いいから支度しろ。三十分だ』

ホムラは一方的に電話を切った。

気取られるな、とは言われたものの、ホムラの言っていることが本当なのかは気にかかる。カーテンをめくって、窓の外をチラッと覗《のぞ》いてみた。

通用口のあるあたりに、車が一台停まっている。

山田はすぐにカーテンから手を離した。心臓がバクバクと鳴っていた。

――包囲されている、と言っていたよな。

つまり、車はあれ一台ではないかもしれない……『ハーバリウム』にいた面々が、そっくりそのまま、揃っているのかも。

バチンッ、と弾《はじ》けるような音が室内でした。ふと見ると、台所の蛍光灯の下に、迷い込んだ蛾の死体が落ちていた。

山田はトイレに駆け込み、胃の中身をぶちまけた。呼吸を整えてから、ホムラに言われた通り支度を始めた。

*

『カーテンが動いた』

電話越しに、坂東が早口に言った。

金曜日――。

俺、桐山、坂東、望月、小鳥遊姉妹の六人は、全員で張込みにあたっていた。俺と桐山は表に停めた車の中から、坂東と望月はアパートの裏手をレンタカーの中から監視し、小鳥遊姉妹は逃走経路にあたる道の先にある喫茶店の窓際の席を取り、監視についている。

それぞれ二人一組でがっちりとローテーションを組み、車を停める位置も細かく変えている。ちょうど、俺と桐山のペアが監視に入って、小鳥遊姉妹には数時間の休憩を取ってもらうタイミングだった。二人に連絡し、その場にとどまってもらう。

こんな時にもかかわらず、三笠は確か、お偉方と会食に行っているはずだ。金曜の夜には、顔を出さなければいけない会合があると聞いている。ＳＷＯＲＤという特異な組織を根付かせるために必要な根回しなのは分かっているが、せめて、何かあった時に動ける態勢ではいてほしい。

森嶋は潜入捜査に協力している間に溜まってしまったコトダマ研究所の仕事を片付けるといって、最近はSWORDに顔を出すタイミングもまちまちになっている。なんでも、SWORDメンバーについて研究したデータもレポートにまとめられていないので、コトダマの詳細も研究員に共有されていない状況だという。小鳥遊姉妹や望月のぶんに至っては数カ月単位の遅れだ。もっとも、張込みに協力してもらうわけにはいかないが。

「カーテンを開けようとした、という感じですか。それとも、カーテンをめくって、外を覗いた、という感じですか」

「後者だ。わずかにはためいて、すぐに戻った」

一瞬だけ瞑目《めいもく》する。

いつだ。いつ気付かれた。確かに、張込みはかなり長期間にわたっている。いつもアパートの傍に停まっている車を怪しんだとしても不思議ではない。

俺は車のハンドルを指で叩《たた》いた。桐山に目配せして、すぐにでも出られるようにしておけ、と訴える。

『体が触れただけなのかもしれないがね』

坂東が安心させるように言うが、その心は、口にしている言葉とは裏腹だろう――目の前で起きた異変に、坂東自身、高揚しているのが伝わってきた。

「いずれにせよ、飛び出す準備はしておきましょう。向こうがこちらの監視を察知したなら、今夜中に動きがあるかもしれない」

俺は電話を切って、桐山に内容を伝えた。

桐山は指をポキポキと鳴らした。

「よーやくっすか。リベンジを果たせるってわけですね」

「まだ分からない。逸《はや》る気持ちも分かるが、腰を据えていろ」

「へいへい。でも、惜しかったっすね」

桐山の言葉を不思議に思い、「何がだ」と聞いた。

「ほら、あいつ一歩も部屋から出なかったじゃないですか。トンカツの一件以来」

「ああ……少なくとも、俺たちが監視についてからは一切な」

「だから惜しいって言ったんすよ。違法捜査でもなんでもござれの永嶺先輩なら、あいつが外出してりゃあ、盗聴器の一つや二つ、仕掛けに行ったでしょ。もしそうしてたら、今頃、Xの正体も分かっていたかもしれませんよ」

口元を歪《ゆが》めて笑う桐山の態度は気に食わないが、そういう気持ちがないとは言い切れない。昔の悪い噂を聞かれているせいで、こんなことを言われるようでは先輩の威厳が保てない。

「……分からないものは仕方がない」

「そっすねー。またお得意の名推理で炙《あぶ》り出してくださいよ。先輩」

やっぱり、こいつのことは嫌いだ。

じりじりしながら監視を続けていると、カーテンが動いてから三十分ほど経った頃、新たな動きがあった。

白いバイクがアパートの前に停まったのだ。バイクには、大きめのジャンパーを着た人物が乗っている。ヘルメットを被《かぶ》っていて、シールドを下げたままなので顔は見えない。しかし、体付きを見るに男性ではないかと思われた。

男はバイク後部のボックスから平たい箱を一つ取り出すと、アパートの敷地内に入っていく。

「宅配ピザっすかね」

「のようだな……」

アパートには、山田浩二の他に三人の住人がいる。山田以外の誰かが頼んだとしてもおかしくはない。しかし、坂東がカーテンの動きを察知した直後の出来事だ。関連付けたくもなる。

車のパワーウィンドウを下げる。外から、カン、カン、と規則正しい足音が聞こえてきた。アパートの外にある階段を上る音だ。

つまり、男の目的地は二階。

俺は記憶を辿《たど》った。二階の入居者は、201の山田浩二の他、203に一人。203の方が階段から遠く、201は階段を上ってすぐだ。

つまり、足音がすぐ止まったなら。

カン、カン。鉄の階段を上る足音が続く。それが、ザッ、とコンクリートの音に変わる。

もう一度、ザッ、と音がして、それで止《や》んだ。

インターホンが鳴る。

俺は桐山に目配せして、車のドアを開けた。桐山もすぐさま助手席から飛び出す。

坂東たちに電話をかけ、コール音だけ鳴らしてすぐに切った。これで意図に気付いてくれるだろう。

扉が開いて、閉まる音。間隔が短い。配達員なら、必ずしも中に入れる必要はない——外で受け渡したなら、開いて、閉まるまでにタイムラグがあるはずだ。

俺と桐山は、階段の下に張り付き、突入のタイミングを窺《うかが》った。桐山は階段の一段目に足をかけた位置で、俺は拳銃《けんじゅう》を構え、201の扉の方を見た。まだ動く気配はない。

坂東と望月が裏口の傍で待機するのが見えた。

緊張感が漲《みなぎ》る数分間。

俺と桐山は、足音を立てないよう慎重に階段を上り、突入準備を済ませた。

「すまない！　ホムラ！」

ホムラ。

初めて聞く名前だが、その響きから直感した。

山田浩二は今、主犯と接触している。Xは、この扉の向こうにいる。

俺と桐山は目で合図しあって、同時に突入した。

＊

インターホンに応じた。やって来た男はピザの配達員の恰好《かっこう》をしており、宅配ピザの箱も持っていたが、雰囲気は異様だった。部屋に入ってもなお、ヘルメットを深々と被り、シールドまで下げていたからだ。

彼は部屋に入ると、ようやく息をついたというように、ヘルメットを一度脱いだ。

そこには、よく見知ったホムラの顔があった。

「ホムラ……！」

山田は安堵《あんど》感に包まれた。

「感動の再会はあとだ」

ホムラは唇に指を当てた。

宅配ピザの箱の中には、当然、ピザなど入っていなかった。拳銃が二丁と覆面が一つ。拳銃は一丁ずつ持ち、覆面は山田が着けた。

「この部屋を『燃やす』。必要なものは持ったな？」

ホムラは言いながら、ジャンパーのポケットからミネラルウォーターのボトルを取り出す。彼がいつも持ち歩いている、ラベルレスのものだ。蓋《ふた》を開け、口をつける。こんな時でも、お気に入りの水以外は飲みたくないようだ。

「ウエストポーチに入るものだけにした。あとは全部置いて行くよ」

「よろしい」

そう言ったホムラの目が、和室の座卓の上に置かれた文庫本と、冷蔵庫の上の招き猫に留まった。

その瞬間、彼の顔が歪んだ。

まずい——。

「外に出たな？」

山田は胃が縮み上がるのを感じた。ホムラが顔を歪めるのは、強烈な怒りの感情を抱いた時だ。彼は、なぜこの隠れ家が突き止められたのか、ずっと不思議に思っていたに違いない。それが自分の不始末の結果であったことが、今バレてしまったのだ。

山田はホムラと向かい合うようにして立ち、手をあたふたと動かしながら言った。

「ご、ごめんホムラ、でもどうしても買い足したい必需品があって……その、近くにあった店から……」

口から出まかせだったが、正直に、居酒屋に行ったと言えば殺されるのではないかと思った。全身から汗が噴き出る。不倫の証拠を突き付けられた浮気夫のような気分で、後悔と恐怖がないまぜになっていた。

「すまない！　ホムラ！」

山田は叫んで、頭を思い切り下げた。

はあっという溜め息が聞こえて顔を上げると、ホムラがヘルメットを被っていた。

「まあいい。今後は――」

その瞬間だった。

背後で、バン、と扉が開く音がした。

「警察だ！」

叫び声が聞こえる。

ホムラは素早く動き、腕をやや左に向けると、拳銃を一発発砲する。

山田は振り返った。

極限まで高められた集中力の中、突入して来た二人の顔を克明に捉《とら》えていた。

――あの二人だ！

喫茶店『ハーバリウム』で対峙《たいじ》した、あの二人。

ホムラは山田の体を抱え、同時に、山田の後ろで炎を炸裂《さくれつ》させた。部屋の中に火の手が上がる。

そのまま、窓の外に飛び出す。

山田はアッと思う暇もなく、地面に叩きつけられた。

「そこは『軽くする』だろう！」

耳元でホムラが素早く叱責《しっせき》する。頭が追いつかない。またしても「すまない」という言葉を吐いた。

落ちた瞬間にケガをしたようだ。右足に痛みがある。しかし、立ち止まっている暇はなかった。

「近くの廃工場に車が用意してある。そこまで走るぞ」

ホムラがまた囁《ささや》いた。

『軽くする』を遣い、ホムラの体を抱え、同時に自分の足を庇《かば》った。宙を蹴《け》るように進んだ。

背後から、ぐおん、と凄《すさ》まじい音が聞こえた。

嫌な予感がして高く跳んだ。自分の足元を、喫茶店でも見たあの電撃の刃《やいば》がかすめていった。振り返ると奴がいた。電気の斬撃《ざんげき》を飛ばしてくるあの男が――。

――くそっ、くそっ。

山田は心の中で何度も毒づいていた。

窓から、あの二人組がそのまま飛び降りてくる。思わず驚いたが、手から風を出すあの女性が、下で控えていた。風でそのまま、ふわりと二人組を受け止め、地面に降ろす。彼らはすぐに、山田たちの追跡に加わった。

ホムラは山田の耳元で囁いた。

「俺が応戦する。お前は自分と俺を『軽く』しつつ、とにかく走れ」

ホムラはフルフェイスヘルメットを被ったままだ。しかし、狙いは外さない。

冷静に、自分の手から帯状の炎を出して、それを鞭《むち》のように振るう。追っ手を牽制《けんせい》していた。

電撃の男も、突入して来た二人も、迂闊《うかつ》には近寄れない様子だ。

廃工場に辿り着いたのは、もちろんホムラと山田が先だった。

「解除しろ！」

ホムラが恫喝《どうかつ》するように言い、山田はすぐに『軽くする』を解除した。

着地した瞬間、右足にまた痛みが走る。捻挫《ねんざ》程度だろうが、迎え撃つには状態が悪い。

その場に倒れ込む。『軽くする』を急激に遣ったので、汗も動悸《どうき》も止まらない。手が震えて、拳銃を取り落としてしまう。

ホムラがすかさず言った。

「車をここまで回す。少し待っていろ」

ホムラは山田の手に拳銃を持たせた。

「応戦する時は、相手に『軽くする』を遣って動きを封じろ。そこに拳銃を撃つんだ。これならお前でも戦える」

目から鱗《うろこ》が落ちる思いだった。確かにそれなら、自分でも充分に戦力になる。

ホムラが消えてから、山田はゆっくり立ち上がった。

廃工場の中は寒々とした雰囲気だった。天井が高く、五メートルほどはある。

山田はなんとか足を引きずりながら立ち上がる。

——ホムラが来るまでの辛抱だ……。

バラバラと足音が聞こえた。

二人が廃工場に入ってくる。

喫茶店で迎え撃ったのと、同じ二人。

あの電撃の男はいない。遠距離攻撃がないなら、こちらに分がある。

山田は拳銃を構えた。

「動くな！」

全く同じタイミングで、精悍《せいかん》な顔つきをした黒髪の男が拳銃を向けて来る。

チンピラっぽい金髪の男の方は、フーッ、フーッ、と荒い息を吐いている。こちらは、拳銃を持っていない。

しかし、確かあの金髪は、何か体の見た目が変わっていたはずだ。とすれば……。

黒髪がじりじりと山田に近寄ってくる。

「山田さん。素人が撃ったところで当たるもんじゃない。抵抗するのはよせ」

自分の正体はやはりバレている——動揺は思ったよりも少なく、むしろ、殺意が研ぎ澄まされるのを感じた。

「来るな！　来るんじゃない！」

山田はそう口に出しながら、内心は逆のことを思っていた——もう少しだ！　もう少し傍に来い！

なぜなら、彼の『軽くする』の効力範囲は五メートル。相手がその圏内に入ってくれば、さっきホムラに聞いた手が遣えるのだ。

じりじりと、居合切りの間合いを詰めるような緊張感が二人の間に走った。

そして、五メートルに達した瞬間。

——今だ。

山田は念じながら黒髪を指さした。

黒髪の体が浮く。

「ぐっ」

黒髪が呻《うめ》き声を上げた。山田はすぐさま引き金を引いた。

黒髪は両手で拳銃を構えていたが、すぐに右手を離し、指を鳴らした。

——奴もコトダマ遣いなのか！

山田は目を閉じ、顔を覆った。しかし、体に何も衝撃はない。薄目を開けて様子を見る。

黒髪が浮いたままなのは変わりないが、彼にはケガ一つなかった。

代わりに、彼の背後の壁に、弾痕《だんこん》がうっすらと見えた。

——そういう能力か。

恐らく黒髪のコトダマは、対象物と対象物の場所を『入れ替える』ものなのだろう。彼は銃弾と自分の体の位置を『入れ替え』た。だから銃弾が素通りしたようになったのだ。

「よそ見してんじゃねえよ！」

山田の近くに金髪がやって来ていた。

金髪の肌はその時まで血色の良い肌色だったが、次の瞬間、まるで宝石のようなゴツゴツしたものになった。

あわやというところで、自分に『軽くする』を遣って後ろに飛びのく。

金髪の腕が床に叩きつけられた。床のコンクリートがひび割れる。

――こいつは自分の体を『硬くする』のか！

山田は内心青ざめた。金髪の攻撃を喰《く》らうのはヤバいと確信した。

山田が後ろに飛びのいたので、黒髪に遣っていた『軽くする』は解除される。効力範囲外だ。

また、居合切りのように間合いを測る。

――奴の効力範囲は何メートルだ？

残る銃弾は五発。いくら『軽くする』で動きを封じられるとはいえ、さっきのように『入れ替える』のコトダマを遣われては効果がない。

――黒髪に撃つのは駄目だ。奴に撃つ銃弾は、もちろん奴に接近していく。効力範囲を割り出せない。

とすれば……。

山田は素早く動き、黒髪と距離を取った。

そして横に顔を向け、指さしながら叫ぶ。

「ホムラ、こいつからだ！」

「何ッ⁉」

金髪は言葉を発し、自分の硬質化を解いてしまう。さらには、山田が叫んだ方向に敵がいると勘違いし、よそ見してしまった。

山田は『軽くする』を遣わず、すぐに銃弾を放った。

「グッ！」

金髪はその気配を察したのか、咄嗟《とっさ》に身をよじって銃弾をかわそうとする。しかし、左肩に命中した。

「ぐああッ！」

山田は黒髪との距離を見た。

黒髪はコトダマを遣って金髪を守らなかった。この距離では遣えなかったということだ。

――七……いや、六メートルか？

山田は自分の効力範囲が決まっているために、距離に対する感覚が鋭敏になっていた。

――違う。さっき俺が黒髪に『軽くする』をかけたのとほぼ同じ距離。五メートル！　奴の効力範囲も五メートルだ。

そうと分かれば話は早い。黒髪と金髪を五メートル以上引き離し、金髪から殺せばいいのだ。

その頃には、ホムラも加勢してくれるはずだ……。

それに、今ので分かったこともある。金髪は、ずっと体を『硬く』しておけるわけじゃない。弾は効いたのだ。喋《しゃべ》ることで、硬質化が解けるのか。いや、それとも呼吸が関係しているのか？

――いいぞ。

山田は少しずつ、冷静さを取り戻してきた。『ハーバリウム』で接触したことにより、自分の『軽くする』の効力範囲も見抜かれ、情報戦の見地で不利に立った――これまで、それが山田にとって最大の不安要素だった。

しかし、今や解消した。

これで五分五分だ。

「余裕って顔してんじゃねえぞ！」

カッとした様子の金髪が、更に大振りの攻撃を放ってくる。

足にケガを負っているので、あまり自由は利かないが、よく見ればかわせない攻撃ではない。

「黒髪のお前！　お前のコトダマは防御にしか役に立たない！　金髪のお前の攻撃は大振り過ぎて当たる気もしない！　持久戦に持ち込んだら勝敗は明らかだな！」

山田は饒舌《じょうぜつ》にまくしたてた。

「好き勝手言いやがって！」

金髪がますますいきり立った。

「それに――」

山田の発想はさらに膨らんだ。彼は軽やかなステップで黒髪の懐に飛び込み、その体に拳銃をくっつけた。

「この距離で撃たれれば、お前もさっきの曲芸は出来まい？」

だが、山田はあえて引き金を引かなかった。この状況も、山田と黒髪の位置を『入れ替え』られるなら、簡単に危機を脱することが出来る。銃弾は残り四発。無駄撃ちするわけにはいかない。

「確かに、銃弾と自分の位置を替えるようなわけにはいかないだろうな。だが、俺のコトダマは防御にしか向かないっていうのは、どうだろうな？」

黒髪は指を鳴らした。

次の瞬間――。

山田の目の前に、金髪の姿があった。あの宝石のような拳《こぶし》を振りかぶっている。

「うおっ⁉」

山田は素早く飛びのいた。

金髪の拳が床に叩きつけられる。

顔から血の気が引く。

五分五分、どころではない――。

情報戦の点ではイーブンだ。だが、今問われているのはコンビネーション。能力と能力の掛け合わせで生まれる、可能性の戦いだった。

山田は軽く絶望しつつ、顔を上げる。しかし、意外な光景が広がっていた。

「おい桐山！　初回できっちり仕留めやがれ！　秘策だと言っただろうが！」

「永嶺先輩がだらだら喋ってっから、タイミングが分かんなかったんでしょーが！」

山田の心臓はなおも暴れていたが、同時に、目の前の光景に呆《あき》れる思いもあった。

――どうしてこいつらは、こんな状況でも喧嘩《けんか》しているのだろう。

山田は次の策を捻《ひね》り出そうとしていた。

――このコンビ、仲は悪いが、強い。

24　可能性の戦い

山田はSWORDの二人組――桐山・永嶺という名前だと分かった――と一定の距離を保ちながら、必死に策を巡らしていた。

桐山は『硬くなる』能力。

永嶺は『入れ替える』能力。

どちらも他愛のない能力のようだが、コンビネーションを発揮すると驚異的な強さだった。

――くそっ、ホムラの奴は、まだ助けに来ないのか？

山田は二人を牽制《けんせい》しつつ、工場の入り口辺りに視線をやるが、ホムラが来る気配はない。車さえ来れば、この場から逃げ出せるというのに。

「どうした？　向かって来ないのか？　威勢がいいのは口だけのようだな」

山田は挑発的に言った。拳銃《けんじゅう》を向け、いつでも引き金を引けるようにしている。

「あぁん？　てめぇ、言わせておけば……」

桐山はまるで猛犬のようにこちらを威嚇しているが、飛び掛かってくる気配はない。見た目や話しぶりこそ単細胞タイプだが、相棒の方が手綱を締めているということか。

「そうだ、桐山。その距離を保て」

永嶺は右手を構えている。指を鳴らす前の形だ。

こちらの効力範囲も、恐らく見抜かれている。

ホムラが来る前に勝負を決めるつもりだろう。山田の思考はなおも高速で回転していた。

『硬くな』った桐山の攻撃は驚異的だが、大振りな攻撃なので恐るるに足りない。山田の『軽くする』のコトダマでいつでも体勢を崩せる。

警戒すべきは、桐山と永嶺のコンビネーションだ。永嶺の『入れ替える』によって、永嶺と桐山の位置が『入れ替』わった瞬間の奇襲——あの攻撃には、不意を衝《つ》かれた。

桐山の攻撃は、一度でも喰《く》らえば致命傷を負うだろう。だが、あの大振りな攻撃が続くのであれば、充分に反応出来る。

——桐山は肩を負傷している。呼吸するタイミングを見計らってもう一発撃ち込めれば、勝負を決められるはずだ。

桐山に銃口を向ける。

彼の体は硬質化していた。前傾姿勢になって、いつでも飛び出せるような恰好《かっこう》だ。桐山と山田の間には、腰の高さくらいの作業台がある。

呼吸の瞬間を捕まえる……。

指を鳴らす音が聞こえた。

その音と同時に、山田の視界が塞《ふさ》がれる。彼の前に何かが立ちはだかる。

壁だ。壁としか言いようがなかった。

木の壁が、自分の前に現れた――。

ゾッとする予感が込み上げ、自分の体を『軽くする』。

次の瞬間、木の壁が破壊される。

壁の向こうから、硬質化した姿の桐山が現れた。

空中に浮遊すると、状況がよく分かる。

山田の視界を塞いだのは、木製のパレットだった。

フォークリフトで物を運搬する際、アーム部分を差し込んで用いる板の台である。そのパレットを、山田の目の前に立てたのだ。

桐山の後方に立つ永嶺を見やると、彼の傍に作業台があった。先ほどまで、桐山と山田の間に位置していた作業台である。

「へっ、今のは危なかっただろ?」

桐山が硬質化を解いて、ニヤリと意地悪そうな笑みを浮かべる。

「隙を作ってやったんだ、しっかり決めろ!」

永嶺の怒号が飛ぶ。

――そうだ。奴のコトダマは、人間だけが対象じゃない。物の位置も『入れ替える』ことが出来る。永嶺と銃弾が『入れ替わる』のを見たのだ。当然予想出来るではないか……。

酸欠になりそうな頭で、山田は懸命に次の手を考えた。

「必死だな！　だが、これならどうだ！」

永嶺の声が飛ぶ。

山田は即座に警戒した。だが、永嶺も迂闊《うかつ》である。わざわざ声を出して、自分から位置を知らせてくれるのだから。

彼は思ったよりも山田の近くに来ていた。山田は身構える。五メートル圏内に入っているかもしれない。自分が相手を『軽くする』より先に、『入れ替え』が飛んでくるかも――。

だが、永嶺は指を鳴らさなかった。

拳銃を構え、撃ってくる。

コトダマに意識を奪われ過ぎた。山田は宙を蹴《け》り、後ろに飛びのく。

その時、山田の背中が何かにぶつかった。

工場の壁だった。天井に近い部分の壁面に、自分の背中が接している。

――追い詰められた！

しかし、色々なことが腑《ふ》に落ちる。パレットで視界を塞ぎ、後ろに飛びのかせたのも、このための布石だった。永嶺はわざわざ大声を出して自分の位置を知らせてから、拳銃を撃ってきた。

あれも変だ。

――全ては、この位置に自分を追い込むため……。

だが、山田はギリギリのところで、五メートルの範囲から外れていた。永嶺を中心に半径五メートルの半球を描いたとすると、ちょうど、工場の天井近く、隅の部分がカバー出来ない。直方体の物体を、半球でくりぬいて、残る部分。そこに、山田はいた。

追い詰められているのには変わりないが、ここにいれば、永嶺の『入れ替える』のコトダマは届かない。警戒すべきは銃弾だけだ。

床の近くで、バキィッと激しい音がした。ふと見ると、桐山が手当たり次第に辺りの物を壊し、大量の塵《ちり》や埃《ほこり》が舞い散っていた。

視界が煙る――。

「桐山、とっとと傍に来い！」

「うるせえ！　分かってるって！」

永嶺の謎めいた指示が飛ぶ。桐山を近くに？　一体、何を――。

工場の外から、ゴオオッ、と地鳴りのような音が鳴り響く。

山田は本能的な恐怖を感じた。

ただ漠然としたものではない。根拠があった。彼は、その音を聞いたことがあったのだ。

「まずい！」

山田は思わず叫んだ。

――奴ら、この空間に俺を追い込むのが狙いだったんだ！

山田は大急ぎで『軽くする』を解除する。途端に、山田の体は自由落下し始めた。

次の瞬間――。

工場の壁が破壊され、電気の斬撃《ざんげき》がほとばしる。

山田の視界の端に、工場の外に立つ、男の姿が見えた。喫茶店『ハーバリウム』で対峙《たいじ》した際、電撃を飛ばして来た、あの男の姿だった。

工場の端っこは、斬撃によってめちゃくちゃになっている。『軽くする』を解除するのが遅れていたら、致命傷を負っていただろう。

――危なかった。だが、奴らの計画は恐らく二段構え！

山田がそう思う間もなく、山田の体は何かに引っ張られた。

永嶺の『入れ替える』だ。

山田は瞬間のうちに、永嶺たちの計画を全て理解していた――。

彼らはまず、山田を追い詰めて工場の上隅に追いやる。そこは五メートルの効力範囲の外だが、上隅の部分は、あの雷男の斬撃で叩《たた》ける。これで山田が再起不能になれば、良し。しかし、そうならなかった場合でも、山田が斬撃から逃れるには、『軽くする』を一旦《いったん》解除するしかないのだから、五メートルの半球の中に落ち込まざるを得ない……。

そこで、永嶺は山田と自分の位置を『入れ替え』、永嶺の近くに待機させた桐山に、殴らせるというわけだ。

――そうはいくか！

桐山にも仲間に対する情というものがあるはずだ。直前まで、目の前にいるのは仲間である永嶺なのだ。そう思い切りよく、拳《こぶし》を振れるはずがない。

だったら隙はある！　『入れ替える』の転移後、即座に、自分の体を『軽くする』！　そうすれば、奴らの策は不発だ！

この結論まで、わずかコンマ数秒。

だが、現実は予測を上回っていた。

『入れ替える』の転移が終わり、山田の視界が開けた時――。

「へ？」

彼の目の前に、ギラリと光る、凶暴な拳があった。

胸部に凄《すさ》まじい衝撃を感じた瞬間、山田は意識を失った。

25　未知の殺人

山田が目を開けると、無機質な白い天井が見えた。

潜伏先として使っていたアパートのものではない。

――なんだ……？

体を動かそうとすると、胸部に激痛が走った。肋骨《ろっこつ》が折れているのかもしれない。

次第に、山田は現状を理解し始めた。自分は、ＳＷＯＲＤの連中に負けたのだ、と。あの硬質化男に、入れ替え男に、あるいは雷男に。

――俺は、負けたのだ。

「目が覚めたか」

病室の扉がスライドして、見知った顔が現れた。永嶺だ。

「桐山には加減しろと言ったんだがな。ただ、あいつは人の話を聞くような奴じゃないんだ。正直、やりすぎたよ」

「……あんた、俺が怖くないのか？」

「警戒はしてるさ。でも、それ以上に忍びないね。悪いとは思っているが、お前には聞きたいことがあるんでな。治療も手厚くさせてもらったから、勘弁してくれよ」

永嶺の声は低く、重いので、ともすればこちらを威圧するように感じられるが、その表情は存外柔和だった。こちらを油断させるのが目的なのだろうか。山田は、まだ内心の警戒を解かなかった。

「いいのかよ。俺を拘束しておかなくて。『軽くする』を遣えば、こんなところ、すぐにでも逃げ出せるぜ」

「病室の外に見張りを置いている。第一、お前もそのケガではろくに動けないだろう？」

——悔しいが、認めざるを得ない。

山田は何も言い返せない自分が不甲斐《ふがい》なかった。

彼はふと思いついて、口を開く。

「一つ聞かせてもらってもいいか」

「なんだ？」

「廃工場でのことだ。俺は雷男の斬撃《ざんげき》を避《よ》けるために、自分に遣った『軽くする』を解除した。お前の『入れ替える』の効力範囲に入って、俺は嵌《は》められたわけだ」

「ああ」

「だが、あの桐山って奴の拳《こぶし》は速すぎだ。俺はあの時、直前まで桐山が拳を向けているのは味方のお前だから、そんなに思い切って拳を振れないと思ったんだ。それなら、自分に『軽くする』をかけ直して、逃げる余地があると。だが叶《かな》わなかった……なぜだ？」

「それは——」

「永嶺先輩を殴るつもりで殴ったからっすよ」

戸口を見ると、そこに桐山が立っていた。ラフなTシャツ姿で、金髪頭をぼりぼりと掻《か》いている。銃弾を受けた左肩には包帯が覗いている
「デキる先輩なのは認めてますけど、言い方もやり方も気に食わねえんで。永嶺先輩が『入れ替え』に失敗して、俺が先輩を殴っちまっても、俺一人で充分でしたし」

フン、と永嶺が鼻を鳴らした。

「よく言う。最後の一発以外は、大振りなだけで、ろくすっぽ当てられなかったくせに。言っと

くがな、もし相手との距離を読み違えて、山田と俺の位置を『入れ替え』出来ない場合でも、俺とお前の位置を『入れ替え』れば済むことだ。お前の拳は無様に空を切ることになる」

「先輩にそんな余裕ありましたっけ？」

目の前に捕獲した犯人の一人がいるというのに、そんなことには構わず、永嶺と桐山は言い合いを始める。

山田は途端に、おかしくなって、笑い始めた。

「あんだよお前。何笑ってんだ？　体が痛くておかしくなったか？　あ。あと、こんなTシャツ着てんのは、お前に左肩撃たれたせいだからな。一丁羅のスーツ、ダメにしちまった。だからぶっちゃけ悪いとは思ってるけど、お互い様な」

桐山の無神経な言葉とボヤキにも、笑いが込み上げた。

「あんたたち、最悪のコンビだな。最悪だが、息は合っている」

ふうっと山田は息を吐いた。パンパンに膨らんだ風船がしぼんでいくような、小気味の良《い》い吐息だった。

「俺たちはまったく駄目だった。俺があいつの支配下に置かれて、息を合わせるなんて考えもしなかった……」

山田はハッとした。

「なあ、ホムラはどうなった？」

「ホムラというのは、お前と組んでいたあの男……『燃やす』のコトダマを遣っていた男だな？」

「そうだ」

「形勢が悪いとみると、お前を置いて逃亡した。お前を逃がさないのが先決だったから、こっちも深追い出来なくてな。完全に見失ったよ」

――本当だろうか。永嶺が嘘をついているかもしれない。実際は、ホムラももう捕らえられていて、あえて「奴は逃げた」と嘘をつき、裏切らせようとしているのかも。

山田の脳裏に、一瞬、そんな思考がよぎる。しかし、彼は軽く首を振って、それを打ち消した。

「だろうな」山田は言った。「ホムラはそういう奴だ……役に立たないとみれば、すぐに切り捨てる」

永嶺は何も言わなかった。ただ、耳を傾けてくれているのは分かる。山田は言葉を継いだ。相手が警察官なのは分かっていたが、あの長く辛《つら》い潜伏生活のせいで、誰かに話を聞いてもらいたくなっていた。

「俺達は、良《い》いパートナーにはなれなかった。俺があいつの言いなりになって、ただ唯々諾々と命令に従うだけ……あいつの操り人形だった。しかし、俺にはそれさえこなせなかったんだ」

永嶺はベッドの傍の丸椅子に腰かけた。

「どうしてその男……ホムラと行動を共にしていた？」

「あいつのコトダマが必要だった。俺のコトダマは、所詮《しょせん》、相手を妨害したり、逃亡したりに遣うのがせいぜいだ。理想を叶えるには、力が必要だった」

「ホムラは二年前、江東区で一家殺害事件を起こした前歴があると思われる。そのことは知っていたか？」

口の中が急速に乾いて、言葉に詰まった。

「知らなかった」

山田は小さく首を振るが、それさえ体に障った。

「だが……思い当たるフシはある。あいつは人を殺すのをなんとも思っていないようだった。白金と、俺の身代わりに使ったあの大学生を殺した時も、心を痛めたような様子はなかった。それを見て、こいつに逆らえば、俺も殺されると思ったんだ」

「ホムラとはどこで知り合った？」

「ダークウェブを通じてだ。メッセージは全て数分後には消去される。痕跡《こんせき》を辿《たど》るのは不可能だ。ざまあみろってんだ」

「なんだと、お前」

桐山がいきりたつのを、永嶺が手で制した。

「お前はまだ、ホムラを売る気はない。そういうことだな？」

「当たり前だ。俺がこうなった以上、奴には俺たちの本懐を遂げてもらう必要がある」

「相手は、お前を裏切ったのに？」

「関係ない。全て覚悟の上だ」

「強気だな。三件の連続殺人、その共犯者。罪は重いぞ。中にはお前自身が手を下したものもあっただろうしな」

体が跳ねた。山田はどうしても自分で自分の反応を抑えることが出来なかった。

「なんの、ことだか」

「かまをかけただけだが、当たったみたいだな」

永嶺がニヤリと笑うのを見て、しまった、と臍《ほぞ》を噛《か》む。

「第一・第二の殺人、その片方、白金将司殺しについてだ。全身の血液が沸騰したような死にざま……あの死体を見てから、ずっと奇妙に思っていた。ホムラがいかに『燃やす』をコントロール出来ようと、あそこまで繊細な作業が可能だろうか、と。

しかし、お前が『軽くする』のコトダマを遣っていると分かった時……別の仮説が生まれた。なぜなら、お前のコトダマは対象について無重力状態を生み出せるからだ」

桐山が首を捻《ひね》った。

「それが、なんだっていうんすか、先輩」

「全身の血液が沸騰して絶命する……今、もう一度このフレーズを聞けば、お前も思い当たることがあるんじゃないか、桐山？　空想科学の本で読んだ、荒唐無稽《むけい》な話を」

桐山はハッとした顔を見せる。

「まさか、アレっすか？　宇宙服を着ないで宇宙に行った時、人がどうなるか、っていう……」

「そうだ。工場には真空状態を作り出すための真空室があっただろう。そこに無重力状態を作り出せる山田のコトダマが加われば、疑似的な宇宙空間を作り出すことも可能なのではないか。まあ、宇宙に投げ出された人間が本当にそうやって死ぬかは正直怪しいところだが……」

実際には、血液の沸騰や体の破裂なんて事態に至る前に、窒息死の方が先に起こるだろうと言われている。しかし、毛細血管の破裂と、全身への青あざは、起こり得るのではないかという見解もある。眼球の点状出血も、その一環と考えることが出来る。

「そう考えて、鑑識に調べてもらったら、真空室からルミノール反応も出たよ。拭ったようだが、そのくらいで血痕を消し去るのは不可能だ」

桐山はしばらく啞然《あぜん》としてから、フン、と鼻を鳴らした。

「いや、そうだとしても、あり得ないですって、そんなの。それだったら、『燃やす』のコトダマを巧《うま》く遣えたって方が、よっぽど説得力が――」

「いや……その通りだ」

桐山の言葉を遮って、山田は言った。

桐山が目を丸くしている。山田はようやく胸につかえていたものが取れた気がした。誰かに気付いてもらいたかったのだ。

「ホムラはどうしても、俺に一人、殺させたかった。ただ殺人の片棒を担がせるのではなくて、俺のコトダマで人を殺させたかったんだ。あいつは、真空室を使うアイディアを、むしろ喜んで提案してきたよ。自分の『燃やす』で血液を沸騰させてもいいんだが、本当に宇宙空間に放り出された人間がどうなるか見たい、と嬉々《きき》として提案してきた」

「うえ」

桐山が舌を突き出した。

「……そうすることで、共犯関係から逃れられないようにしたんだな」

永嶺の言葉に、山田は目だけで頷《うなず》いた。

「あいつはそういうところには異常に頭が回る、狡猾《こうかつ》なやつだったよ。俺のコトダマを遣った最も単純な殺し方は、対象を『軽く』して、高いところに持ち上げてから、コトダマを解除して、墜落させるって方法なんだが、ホムラの残虐趣味はそれでは満足しなかった。それで、俺のコトダマを遣った最も残虐な殺し方として、疑似的な宇宙空間による殺人を、思いついたんだ」

永嶺は唸《うな》り声を上げた。

「自分で推理しておいてなんだが、半信半疑だった。まさか、本当にそうだったとは」

「本当に宇宙空間そのものと同じ条件が揃ったら、血液が沸騰して、人体も破裂していたかもしれないけど、そこまではいかなかったね。ポンプで造った人工的な真空状態だし、中途半端になったんだろう。それでも、殺すには充分だった。ホムラは殺害方法をなるべく伏せたかったみたいで、真空室内の血痕を拭った後、東側の工場の搬入口まで移動させた」

山田はこれが自供になると分かっていたが、どうでも良かった。むしろ、肩の荷が下りた気分だった。白金を殺して以来、彼の無惨な死にざまが瞼《まぶた》の裏に焼き付いて、離れなかった。そういう意味では、永嶺が真相に辿り着いてくれたことで、山田もようやくそこから解放されたのだ。

だが、山田はまだ迷っていた。

——ホムラがもし……俺を切り捨てておいて、それで終わらせる気ならどうする？　俺が捕まったことで諦《あきら》めて、最後の目的を果たすことを断念したとしたら……。

そうだとしたら、救われない。

ホムラの出方が分からない以上、もう口を噤《つぐ》むべきだろう。特に、自分たち二人の最終目的が、どこにあるか、という部分については……。

「本当にそうかな？」

「え？」

永嶺の言葉に、顔を上げる。

「ホムラが、血を拭いたくらいでルミノール反応を欺けないことを知らなかったとは到底考えられない。殺害方法を伏せたいから死体を移動させたというのは間違いだろう。俺にはむしろ、いずれ看破されることまで織り込み済みの仕掛けに見えるがね」

山田は内心動揺した。やはり、ホムラは自分を切り捨てるつもりだったのか？

永嶺は咳払《せきばら》いをした。

「さて、山田浩二君。今からもう一つ質問をする。答えたくないなら、答えなくてもいい。だが、もうホムラが捕まるのは時間の問題だ。正直に打ち明けることをオススメする」

永嶺の喉仏《のどぼとけ》が上下した。彼は、ゆっくりと口を開いた。

「君は反原発思想に基づいて、この一連の事件を引き起こした。ホムラとの繋《つな》がりというのは、その思想だろう。違うかい？」

山田は唇の端を噛んだ。口汚い言葉が出てきそうになるのをグッとこらえてから、おもむろに口を開いた。

「反原発と言うが、じゃああんたは、原発推進派なのか？」

永嶺は二度瞬《まばた》きをした。

「答えられないだろ」山田は愉快になって思わず笑い声を立てる。「無理もない」

「どういう意味だ？」

桐山が突っかかってくるが、山田は答えなかった。

「いずれにせよ、君たちの絆《きずな》が『反原発』の旗印であるなら——やはり、最終目的はテロで間違いないだろう。どこを標的にするつもりだ？」

「帰ってくれ」山田は言った。「あんたらと話すことは何もない」

——結局、こいつらも分からずやだ。話を聞いてもらいたくて、色々と話してしまったが、やっぱり自分の味方はホムラだけなのだ。

山田は再び心を閉ざした。

「何を……！」

桐山が握った左拳を振り上げた。傷が痛んだのか、顔をしかめる。

「桐山！」

永嶺が怒号を飛ばした。

桐山は叱られて気まずくなった子供のように口を尖《とが》らせて、チッと舌打ちをした。

「今日のところは引き揚げるぞ」

永嶺が山田を振り返った。

「山田さん、今はゆっくり眠って、じっくり考えてほしい。話すべきか、あるいは話さざるべきか。その選択次第で、大勢の人が死ぬことになるんです」

病室の扉がパタンと閉じられた。

──つまらない捨て台詞だ。

夜の静かな気配が、山田を包み込む。うとうとしながら、頭の片隅で、永嶺の言葉を反芻《はんすう》していた。

いつの間にか、山田は眠りに落ちていた。

26　記者会見

翌日、事態は大きく動いた。

犯人が昨夜、ＹｏｕＴｕｂｅ上で声明を発表したためだ。

動画の内容は以下の通りである。

彼はまず、動画上で「ホムラ」と名乗り、自らがコトダマ遣いであること、白金将司を含む三件の殺人事件を起こしたのは自分であることを明かした。

そして彼が最後に放った言葉は、日本中を震撼《しんかん》させた。

『我々の目的は原子力発電所を標的にしたテロを起こす事である』

動画の中の人物は、ボイスチェンジャーを使い、声を変えていた。覆面を被《かぶ》っていて顔は見えない。

『私は嘆いている……今の日本人はみな、沈黙する悪人たちである。かつて感じたはずの原子力への恐怖をもう忘れて、他人を踏みつけにして生きている。そして、それになんの痛痒《つうよう》も感じていない。君たちは、痛みを思い出すべきだ』

その人物は手の平の上に小さな炎を浮かべた。その炎は、どこかゾッとするような冷たい感じがあって、一目でＣＧではないと分かった。

『私はコトダマに選ばれた者。私のコトダマは「燃やす」。この炎は、革命の焔《ほむら》だ。君たちに痛みを思い出させる報復の焔だ。決行は五月五日。今年のGWはゆったり休めるなどと、ゆめゆめ思わないことだ。それまでに、せいぜい痛みを思い出すがいい』

この元動画そのものは、サイトの規定により、程なく削除されたが、SNSを中心にデータが拡散され、日本中が大騒ぎになった。SNS上で、デマも含めて様々な憶測が飛び交い、ホムラの身元の特定をしようとする「探偵」たちがぞろぞろと現れ、反原発派が自らの主張のために引用した。少し遅れて、マスコミもこの流れに追いつく。元動画がないため、SNSから吸い上げたデータを繰り返しテレビに流し、警察OBや原子力発電所の専門家をコメンテーターとして招き、コメントを求めた。政府側の専門家は誰もが、原子力発電所の安全性を強調し、再稼働計画にかねてから反発を抱いていた活動家たちは、これを機会に声を張り上げた。コロナ禍が明け、GWの旅行計画を立てていた人たちが、次々と予定をキャンセルし、ホテル——特に、原発がある土地の周辺——の経営が危機に瀕《ひん》しているというニュースも、盛んに報じられた。

たった一つの動画が、日本中を混乱と恐怖に陥れたのだ。

そして、その中心にいたのが、SWORDである。

SWORDという部署の設立と理念自体は、三笠の宣伝によって広まっており、人口に膾炙《かいしゃ》していた。しかし、それだけに、なぜSWORDがホムラという危険人物を放置しているのか、捜査状況はどうなっているのか、激しい突き上げが来ることになった。

SWORD事務室において、俺たちは各種の問い合わせへの対応に追われていた。

「こんな状況で、どうやって捜査するっていうんすか？」

桐山がスマートフォンを投げ出しながら、口を尖《とが》らせた。

「桐山君……もうちょっと、落ち着こうよ」沙雪が疲れ切った表情で言った。「永嶺さんなんて、五月五日、誕生日なんだよ」

「どうして知っている？」

「課内メッセージの登録名。名前に０５０５ってくっつけてるじゃないですか」

沙雪は素っ気なく答えた。

そう、五月五日――それこそが、ホムラの指定してきたXデーだった。

「みんな、慌てないで」

三笠が部屋に入ってくる。

「どこに行っていたんですか？」

「記者会見の準備。もう、ここまで来たらさっさと出て行くしかないよ」

「記者会見の資料、出来ました……」

御幸がプリントアウトした書類を三笠に渡す。三笠はにこりと微笑んで、「ありがとう」と言う。

「しかし、やられたね」三笠が言う。「今やホムラのことで話題は持ちきりだ。そして、ホムラのテロが成功するものと、みんな決めてかかっているような雰囲気だよ」

彼女はその大きな目を瞬《しばた》いた。

「面白くないね」

――そうきたか。

それでも、口元には余裕のある微笑みを浮かべてはいるが、やはりこの人は「女王様」だ。自分の意に沿わない事態が起こるのは、面白くない――そういう感想になるのだろう。緊張や恐れ、推定被害の大きさからくる動揺などは、この人にはない。

「しかし、なぜなんだろうね」

「はい？」

「私たちもちょうど、犯人の目的は原発へのテロだと推理したところだったから、ホムラの声明は、その推理を裏付けた形になる。でも、ホムラとしては、そんな裏付けなどしてやる義理はないだろう？」

俺は黙り込んだ。

「前々から疑問に思っていたんだよ。漫画やアニメの中の怪盗は、どうして予告状など出すんだろうね？」

「それは」桐山がフフン、と鼻を鳴らした。「ロマンっすよ」

「ロマン、か。うん、いいね。あのホムラって男は、そういうものに一番興味がなさそうだけれど」

さすがに三笠は冷静だった。声明がもたらした余波に気を取られて、そんな疑問にさえ気付けずにいた。

「まあ、今は置いておこうか。とにかく、やられたなら、こっちもやり返さないとね」

「え？」

「あの」沙雪があたふたと遮った。「な、何をするつもりなんですか？」

「あはは。そんなに心配しなくてもいいよ」

そう笑いながら、三笠は記者会見の会場へ向かった。


会見場には、多くの報道陣が詰めかけていた。

俺と沙雪、御幸の三人が、三笠と共に会見場に向かい、他の面々は中継映像を見ることにした。

ＳＷＯＲＤの面々の顔は割れていないが、報道陣にまとわりつかれると面倒くさい。ある程度経験のある俺と、会見の資料作りを担当した小鳥遊姉妹が傍に控える。

三笠が入って行くと、フラッシュが一斉に焚《た》かれる。

三笠はまず、資料を使って淡々と、ホムラの犯行と捜査状況について、三十分ほど報告を続けた。ペンが走る音とシャッターの音が、断続的に響く。熱心に事件を追いかけていたメディアなら、ここまでは聞いたことのあるはずの話題だった。

続いて、質疑応答に移る。

通り一遍の質問に一通り答えた後、それは起こった。

前の質疑が終わり、再び、多くの手が挙がるが、三笠は前から二列目にいた男性記者を指名する。

「あ」

沙雪が隣で小さく声を出す。

「どうした」

「ＳＷＯＲＤ設立の前段階から、ずっと三笠課長を叩《たた》いていたネットメディアの記者です。ああ、質疑応答の時には注意するように言っておいたのに……」

見ると、男性記者は腕章をつけており、所属はすぐ分かるようになっている。沙雪からされた注意を忘れたのか。いや、あの人に限ってそんなことはなさそうだ。公平性を示すために、あえて指名したか？

司会からマイクを渡されると、記者は立ち上がり、意地悪そうなねちっこい口調で、所属と名前を言った。

「チームのメンバーは全員がコトダマ遣いで構成されているといいますが、とても信じられません。世界に百人しかいないコトダマ遣いを、日本の警察組織が七人も独占した、などということは、あまりにも非現実的な話です。そもそも、その七人は信用のおける人物なのでしょうか。聞いた話では、元々警察官でなかった人物もいるとか、いないとか。原子力発電所へのテロが予告された今、そんな胡乱《うろん》な人たちに、私たちの命を預けられるとは、とても思えませんがねえ」

この場に桐山がいなくて良かった。すぐにでも殴りかかっていただろう。

しかし、三笠には動揺がない。

微笑を浮かべ、むしろ、敵を優しく受け入れようとしているかのようだった。

「じゃあ、少なくとも私がコトダマ遣いであることを証明してみましょうか」

「はい？」

記者はまだ、手渡されたマイクを持っていた。すっとんきょうな声が、会見場全体に響き渡ってしまう。

「では振り返ってごらんなさい。Ｓ新聞の間宮《まみや》記者がいらっしゃいますよ」

まさにその瞬間、扉が開いた。

遅れてやってきた間宮が会見場に入ってきたのだ。彼はこっそり中に入ろうとしていたのだろう、会場中の視線が自分に注がれているのに気付いて、体を跳ねさせた。

間宮も含め、しばらく会場中の記者が呆気《あっけ》に取られていた。冷静だったのは、俺たちＳＷＯＲＤの三人だけだ。

記者たちの心の隙間に、ぴたっと入り込むように、三笠の声が響き渡る。

「これは私のコトダマ『読む』によって予知したものです。私はあくまでも予知夢を見るだけで、いつ、どの時点で自分が目にするものというところまでは分かりませんが、会見場の様子を見れば、シチュエーションは特定出来ます。あとはこのタイミングで入ってくる記者さんがどこのどなたなのか、あらかじめ特定しておけば、こうして予知に役立てることが出来る、というわけです」

煙《けむ》に巻かれたと思ったのか、一人が叫んだ。

「だから、なんだというんです！　くだらない手品を見せただけじゃないか！」

「では、これを犯罪捜査に応用すればどうでしょう？」

三笠の一言で、会見場は再び、水を打ったように静まり返った。

「捜査における今後の展開を、私は『読』める、ということになります。未来の犯罪、次の被害者、捜査の進捗《しんちょく》、誰が捕まるか。予知夢はアトランダムにしか見られず、努力次第で未来は変えられるとはいえ、情報戦の点で、私は常に犯人に対して優位に立つことになります」

会見場内に、ただ自信に満ちた三笠の声だけが響き渡る。

「断言します。私たちSWORDは、ホムラの次の標的を見抜くことに成功していると。予知夢でSWORDの面々が『その場所』に集まっているのを見たからです。『その場所』については、社会的影響力を鑑《かんが》み、あえて公言しませんが、私たちSWORDには特定出来ています。

ホムラよ、せいぜい臍《ほぞ》を噛《か》め。君は、私たちの『読』みの前に敗北する」

三笠はそう宣言すると、半ば強引に記者会見を終わらせた。

「ちょ、ちょっと待て！　どこか分かっているって、どういうことだ！」

「お得意のハッタリじゃないのか⁉」

追いすがる記者たちの声にも、三笠は微笑むばかりで、答えない。

「さ、ホムラに奪われた分の注目は取り戻すことが出来たかな？」

SWORD事務室に戻ると、三笠は嬉《うれ》しそうに言った。心なしか、肌がつやつやしているように見える。

「もう、本当に勘弁してください……」御幸がため息をついた。「台本にないことばっか喋《しゃべ》るし、挑発はするし……」

「お姉ちゃんに賛成……もう……ずっと胃が痛かった……」

「なんだよ小鳥遊姉妹、だらしねーのな」桐山がケタケタと笑った。「俺は痛快だったぜ。ホムラの野郎にも、あのムカつく記者にも、あのくらいのことは言ってやらねえとな」

チラッと見た限りでは、SNS上での反響は賛否両論だった。「正義のコトダマ遣い」によるパフォーマンスを痛快に感じた向きもあれば、そのクサさまで含めてからかいの的にし、三笠をペテン師呼ばわりする者もいた。三笠の容姿ばかりを取り上げ、綺麗《きれい》だの、芸能人よりいかしてるだの、くだらないことを言っている輩《やから》もいる。報道メディアの反応はこれからだが——どのみち、似たり寄ったりだろう。

しかし、厳然と一つの事実は残った。

SWORDはホムラに真っ向から宣戦布告したのだ。

三笠の目的が、これを好機と、SWORDの名を売ることにあったのなら、その狙いは大成功だろう。ホムラ一色だったトピックスが、今はSWORDがわずかに上回っている。

「しかし、本当なんですか？」

「ん？」

俺が聞くと、三笠は小首を傾げた。

「場所が分かった、という話ですよ」

「ああ……まだ、場所そのものは特定出来ていない。ただ、夢を見たのは確かだよ」

「特定出来ていない、というのは？」

坂東が聞く。

「外観などの特徴から、該当する場所を割り出すのが大変だからね」

「ああ、なるほど」

「だから、やっぱり重要になるのは、山田浩二の証言だ」

俺は頷《うなず》く。

昨日は口を閉ざしてしまったが、根気よく話を聞くしかない。三笠が夢の内容を解析するのと同時進行で、説得にあたらなければならないだろう。

「しかし、大丈夫なのでしょうか」

「何がだい、永嶺君」

「三笠課長は、『SWORDが次の標的を特定した』と大々的に宣言しました。しかし、三笠課長の見る未来は、人の努力次第で変えることも出来るそうですね。会見を見たホムラが、標的を変える可能性もあるのでは？」

俺はかなりクリティカルな進言をしたつもりだった。しかし、三笠は自分の椅子に深く腰掛けて、余裕のある態度を崩さなかった。

「ホムラは過剰なまでの自信家だ。むしろ、真っ向から受けて立ってくるんじゃないかな。そういう心配には及ばないよ」

「その自信はどこから来るんですかぁ……」

御幸はそう漏らすが、心なしか、少し安堵《あんど》したような表情をしている。三笠の言葉には、それだけ説得力があった。

「さて、問題は、山田浩二をどう落とすか、だ」

山田は今も警察病院に入院中で、こちらの取調室を使うことが出来ない。桐山が必要以上のケガを負わせたからだ。

しかし、山田以外の手掛かりは失われてしまった。彼が潜伏していたあの部屋は、ホムラの炎によって全焼してしまった。燃え切らずに残った家電の類《たぐい》はあるが、あの潜伏先を用意したはずのホムラの痕跡《こんせき》は綺麗《きれい》さっぱり失われてしまった。

ロカールの原則……。

人や物が犯人と接触すれば、必ず微細証拠物件の交換が行われる。微細証拠物件は犯人に繋《つな》がる最大の手掛かりだ。

しかし、それを全て燃やされてしまっては……。

「俺、馬鹿だからあいつの話が分かんなかったけど、あいつにめちゃくちゃ馬鹿にされてるってことは分かりましたよ。あいつをぶちのめしたのは俺なのによ」

俺は桐山を睨《にら》み付けた。

「お前が不用意に刺激するからあんなことになったんだろ。途中まで上手くいっていたのに」

「なんだと。あれは永嶺先輩が踏み込むのが早すぎたせいでしょ？」

「君たち」坂東が静かだが、迫力のある声で言った。「喧嘩《けんか》は他所《よそ》で出来ないかね？」

心臓がキュウッと縮むような感じがして、俺は黙った。桐山も同時に黙った。

はあ、と坂東が深いため息を吐《つ》いた。

「仕方ない。私が出よう」

「え？」

「これでも取り調べの経験はあるからね。やり方は心得ているよ」

坂東は立ち上がった。自分の机の上に身を乗り出して、何かの書類の束を取り、俺に差し出す。

「三十分後に出る。永嶺君、それまでの間、これに目を通しておいてください」

俺は手元の書類をめくった。

「これは……」

「まずはその記録と向き合っておくこと。時間は充分に取れないけどね。あとは、警察病院までの道すがら指示するよ。永嶺君には、私の言う通りに動いてもらいたい」

「それは構いませんが……」

「坂東さん、俺は？」

「君は待機だ、桐山君。相手を必要以上に刺激されては困るからね」

桐山は肩を落とした。

「じゃ、ちょっと席を外すよ」

「坂東さん、一体どこへ？」

坂東は目だけでこちらを振り返り、言った。

「コンビニ」

坂東が早足で部屋を出て行くのを、俺と桐山は茫然《ぼうぜん》と見送った。

「なんすか、あれ……」

「さあ」

「望月、何か聞いてるか？」

「え？　いえ、私も、何も……」

望月は手をもじもじとさせる。小鳥遊姉妹も、特に心当たりはないようだ。

手元にあるのは、山田の身代わりに殺された大学生、的場について調査した資料だった。

俺は資料をめくりながら言った。

「これに一体なんの手掛かりがあるのかも分からないし」

<201号室概略図>

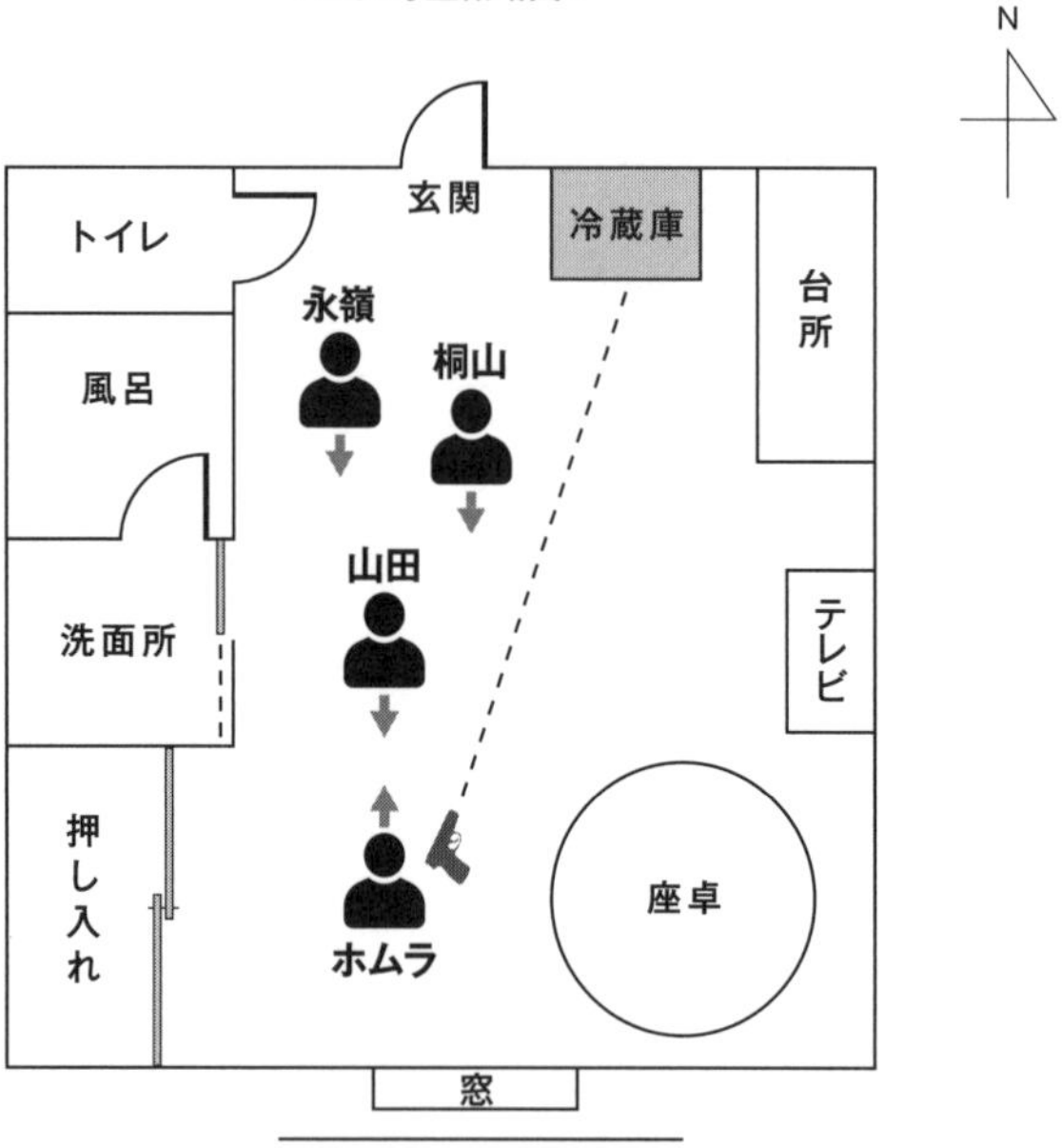

「俺にもなにがなんだか」

桐山は匙《さじ》を投げ、椅子に座ってふんぞり返る。

今日、森嶋はこちらに顔を出していない。コトダマ研究所にも、仕事が殺到しているらしい。それというのも、ホムラが昨晩あげた動画で、『燃やす』のコトダマ遣いであると名乗ったからだ。スケールの大きい犯罪の常で、コトダマ研究所には、様々な情報が大量に寄せられている。『燃やす』のコトダマ遣いとみられる男と会ったことがある、職場のあいつがそうではないか――。森嶋たちは、真偽のほどが定かではなくても、こうした相談事や情報に一つ一つ対応しなくてはならない。

――しかし、そんなところからホムラは現れないだろう……。

それをうすうす分かっていながら、仕事として対処しなければいけない。森嶋のストレスはいかほどだろうか。今度はこちらから、地元の銘菓を持っていくべきなのかもしれない。

「あ、そういえば」

望月がポケットから紙片を取り出した。

「永嶺さんに頼まれていたやつ、渡し忘れていました」

「あ、ああ」

俺は折り畳まれた紙片を受け取り、開いた。

山田が潜伏していたアパートの、２０１号室の図面が描かれている。不動産会社に頼んで取り寄せた間取りに、焼け残った家電や家具などから、生活空間をイメージして再現してもらったものだ【図参照】。

その図面には、鉛筆で「座卓」「冷蔵庫」などの文字や、図形が書き込まれている。座卓は、食事をする時はテレビの前に置くのだろうが、普段は横に寄せているということだろう。

当時、俺と桐山、山田、ホムラが立っていた場所も、図面にプロットしてもらっている。これは俺たちが突入した瞬間の立ち位置を示したもので、俺の記憶に基づくものだ。山田は、ちょうどホムラと向かい合うような形となっていたので、俺たちに背を向けている状態だった。

「永嶺先輩、なんだよそれ」

「山田の潜伏先に突入した瞬間のこと、覚えているか？」

「あ？」

桐山は、あー、と間延びした声を出した。

「確か……あれっすよね。俺たちが突入した時、山田と、あともう一人いた。あれがホムラだったんすよね。でも、バタバタだったから、あいつのことなんてほとんど覚えていないっすよ。ヘルメットを被っていたから顔は分かんなかったし、ジャンパーの中に詰め物でもしてりゃ体型も誤魔化せるし。せいぜい、男だろうなってことくらいしか」

「違う」俺は首を振った。「人相や特徴は問題じゃない。あの時の奴の動きが気になるんだ」

「動き？」

俺は座っている桐山の前に立つと、拳銃《けんじゅう》を構える仕草をした。

「あの時、ホムラは拳銃を構え、一発撃ってきた」

「ああ……あれにはビビったっすね。なんとか当たらずに済んだけど」

「あいつは」

俺はそう言ってから、グッと胸を反らすようにし、拳銃を向ける角度を変えた。

「こんな風に胸を反らせて、正面から少し左側に銃口を向けて撃っていたんだ」

桐山が首を捻《ひね》った。

「それが？」

「おかしいと思わないか。あんな風に撃ったら、俺たちには絶対に当たらない」

「攻撃じゃなくて、あれだったんでしょ。当てるつもりはなくて……」

「威嚇射撃か？」

「そうそれ！」

桐山が指を鳴らした。俺は首を横に振る。

「いや、そうではないだろう。威嚇射撃なら、上や下に向けて撃つのが相場だ。それに、ホムラは一発だけ撃った。焦って威嚇するのが目的なら、俺たちが部屋に踏み込んで、飛び掛かろうとした時、もう一発撃っても良かったはずだ」

「うーん」

桐山が唸《うな》り声を上げると、小鳥遊姉妹が揃って首を捻った。こんなところまで動きが揃うとは、やはり双子だ。

俺は畳みかけるように言う。

「そもそも、ホムラはあの後すぐ、俺たちに向けて炎を放ってきたじゃないか。そのせいで、あの潜伏先のアパートの部屋は全焼してしまった。なぜ、最初から炎ではなく、拳銃を使ったんだ？　単に俺たちを牽制《けんせい》し、逃亡時間を稼ぐだけなら、いきなり炎を放った方がよっぽど効果がある――」

「だーっ！」

桐山が叫び出した。

「もう、なんなんすか、グチグチグチグチ。永嶺先輩はいちいち細かいんすよ！」

「なんだと？」

「いいでしょ！　一人くらい威嚇射撃を左に逸《そ》らして撃つやつがいても！　どうせ大した意味な

んてないっすよ……！」

桐山はそう言って、ぷいとそっぽを向いてしまう。対山田の尋問について、自分だけ蚊帳《かや》の外にされたのが気に食わないのかもしれない。妙に気が短かった。

俺はこの疑問の先に、何かがある気がしていた。

たとえば、ホムラが炎を出す条件に関連しているのかもしれない。限定条件を特定する材料になるだろうか。ホムラは何か準備をしてからでないと、炎を出せないのではないか。だから最初は炎ではなく、拳銃で攻撃する必要があった。

しかし、ではその「準備」とはなんだろうという段になると、今の俺には何も思いつかない。

もう一度、図面に視線を落とす。

ホムラが立っていた位置に、指を置く。

そしてそのまま、俺たちから見て左側、ホムラから見れば右側に体を捻った時の弾道をイメージする——。

図面を指でなぞった先には、四角い図形があった。「冷蔵庫」の文字が書かれている。

もう少し体を捻れば、台所があるが、そちらではなさそうだ。体の角度が足りない。

「桐山、あの時、冷蔵庫の方に何かなかったか、覚えていないか？」

「覚えてないっすよ。目の前の相手に必死でしたもん」

桐山が唇を尖らせた。

無理もない。

——一体なぜ、あの時、ホムラは胸を反らし、射線を逸らしたのだろう……。

その謎が分かれば、全てが解き明かせる気がしていた。

俺は、坂東に渡された資料をめくりながら、頭の片隅では、あの一発の銃弾の謎を追いかけていた。

27　信念の戦い

山田が痛む体でなんとか昼食を摂《と》ったところで、次の来訪者が現れた。

二人組だ。一人は永嶺。もう一人は——。

「やあ、元気にやっているかい」

「あ」

山田の口から自然と声が出る。

あの雷男だった。

——斬撃《ざんげき》を飛ばして来た時は、白髪の剣豪といった感じで、あんなに鬼気迫る風貌《ふうぼう》に見えたのに……こうして見ると、背も低くて、いかにも冴《さ》えないオヤジじゃないか。

山田は、彼のことを怖がっていた自分を少しばかり恥じた。

雷男は、坂東と名乗った。

「桐山君がやりすぎたみたいだね。若い者は血の気が多くていけないよ、どうも……」

ニコニコと笑っている坂東は、いかにも無害そうで、どうにも調子が狂う。

坂東はサイドテーブルの上にチョコレートの菓子を置いた。中にアーモンドが入っているもので、山田も食べたことがある。

「……なんですか」

「ん？　何って、ほら」

坂東は自然な動きで、ベッドの横の丸椅子に腰かけた。

「差し入れ。病院食ばっかりじゃ、気が滅入《めい》るでしょう。去年、私も胃の手術で入院してね……あんなふうに薄味で、色味にも乏しい食事は、どうにも嫌だよ。食べる楽しみが少なくてね……」

刑事がこんなことをしていいのか、と思うが、脇で見ている永嶺は完全に放任している。桐山の時とは大違いだ。

山田は菓子に手をつけなかった。

「昨夜《ゆうべ》、ホムラと名乗る男が犯行声明をネット上にアップロードした」

坂東が言った。

その瞬間、山田は胸の高鳴りを覚えた。

——遂に、計画は最終段階に入ったのだ！

それだけで、山田は満足だった。山田を切り捨ててなお、ホムラは目的を遂げようとしている。そのことだけで胸が温かくなり、救われたような気持ちになった。

「見てみるかい？」

坂東がタブレットを開き、促してくる。山田は内心恥ずかしさを感じながらも、勢いよく頷《うなず》いた。食いついていると思われたくなかったが、それ以上に、ホムラの姿を一目でも見たかったのだ。

『私はコトダマに選ばれた者。私のコトダマは「燃やす」。この炎は、革命の焔《ほむら》だ。君たちに痛みを思い出させる報復の焔だ。決行は五月五日。今年のGWはゆったり休めるなどと、ゆめゆめ思わないことだ。それまでに、せいぜい痛みを思い出すがいい』

声はボイスチェンジャーで変えられ、覆面をしていたが、彼が手の平の上に浮かべた炎を見た時、山田は直感で分かった。「ああ、これはホムラだ！」と。あの熱くも冷たい炎は、彼ならではのものだった。

動画が止まる。

山田は頭のぼうっとするような感覚を味わっていた。演説を聞いているうちに、ホムラと出会ってからの日々が思い出されていたのだ。

山田の夢は今、ホムラに託された。

――大丈夫、彼ならやり遂げてくれる。

山田はそう確信した。

「ふふ……」

坂東が笑った。

「何がおかしい」

山田はカッとなり、思わず反応してしまう。

「いや、どうもおかしくてね。君も昨日、ここにいる永嶺君から聞いただろう。ホムラは二年前、江東区一家殺害事件で、四人家族のうち三人を残虐に殺害している。警邏中の警察官も一人、命を落とした。今回の事件でも、既に三件。ま、君がやらされた白金将司さん殺しを除けば、二件ってとこだが……」

坂東はわざとゆっくりと喋《しゃべ》っている様子だった。山田は焦《じ》れて言った。

「あんた、何が言いたいんだ」

「この男は六人もの人間を殺した殺人鬼だってことさ。その殺人鬼が、こんな風に御託を並べて、反原発がなんだ、原子力の恐怖がなんだと言っている。それがどうにも、ちゃんちゃらおかしくてね……」

「なんだと！」

山田はベッドを叩《たた》き、立ち上がりかけた。しかし、胸部に痛みが走り、思うようにいかない。

坂東は肩を揺すって笑った。

「まあまあ山田君、落ち着いて」

「これが落ち着いていられるか！　クソッ」山田は悪態をついてから言った。「じゃああんたに聞くが、あんたは原発推進派なのか？」

「どういう意図の質問かな」

山田はフンと鼻を鳴らした。

「そら見ろ、あんたにも答えられない。そこにいる奴も同じだったぞ。まあ無理もないさ。あんたらだけじゃない。この日本でのうのうと生きている、あんたを含めた大半の日本人は、誰にも答えられないだろう」

坂東はじっと黙って、山田の言葉に耳を傾けているように見えた。山田は得意になって、語り続ける。

「あんたたちはみんな、推進派でも反対派でもない、ただ沈黙するばかりの群衆だ。日夜電気を使った便利な暮らしを享受し、そうしている間にも、原子力発電所で働き、あるいはその近くで暮らし、苦しめられている人々の存在に気付いていない。気付いていないならまだしも、気付いていて、知らないフリをしている人もいる」

山田の語りにはますます熱が入った。

「あんたたちはもう、東日本大震災を忘れたのか！」

永嶺と坂東は答えない。

「俺は高校生の時、福島県に行った」

「知っている。だから君は、あのダルマのストラップを大事にしていたんだよね」

坂東の言葉に頷く。

「福島第一原子力発電所の事故によって、ふるさとに帰れなくなった人がいた。被曝《ひばく》の恐怖に苦しむ人がいた。農作物や海産物が売れなくなるのではと、日々の暮らしに悩む人もいた。事故の対応に追われ、最前線で戦った技術者や労働者たちもいた。俺には何も出来なかった。せいぜい、目の前の小さなことを手伝うだけだった。

俺は自分の非力さを感じた。だけど俺と一緒に行動していた大学生は、充実したような顔をして、満足そうに帰って行ったよ。就職活動で話すネタが出来たとでも思ったんじゃないか？　だったら、あいつも沈黙する群衆の一人だ。善人のフリをしている分、余計にタチが悪い」

山田は自分の口調がますます荒くなってしまっているのを感じたが、止めることが出来なかった。一度堰《せき》を切ったように出てきた言葉が、とめどなく溢《あふ》れて止まらない。

「あんたたちはニュース映像で何度も見たはずだ。あの事故の状況、被災地の光景。国もしばらくの間は、発電所の運転を停止したり、代替エネルギーを模索したり、色々やっているように見せかけていた。でもそれも全て欺瞞《ぎまん》だ。あの時の痛みと恐怖を忘れたかのように、原子力発電所の再稼働計画を進めている。現に、とっくに再稼働したものもある。廃炉問題も、使用済み核燃料の問題も解消しないうちに、だ」

山田は坂東を睨《にら》んだ。

「知らないでしょう？」

坂東は何も答えなかった。

「再稼働計画が動いている原子力発電所の中には、テロ対策の不備や放射性廃棄物の処理問題で、地元住民が反対しているところもある。俺に言わせれば賢明だね。原発で働かされるブルーカラー労働者や、その近くに住む住人を除けば、全員知らんぷりさ。この間なんか、原発の再稼働をした途端に、洋生電力の収益が上がったのがニュースになって、電気代が安くなるかもなんて言われていたよ。それこそ、ちゃんちゃらおかしくて涙が出たね……」

これだけ言っても、坂東と永嶺は何も言わない。

——日頃から何も考えていないからだ。こんな奴らに、俺とホムラの理想を断たれてたまるか……。

「テロの一つくらい、起きた方が良《い》いんだ。あの恐怖を、痛みを、思い出すべきだ！　そうでないと、みんな目が覚めない……」

山田は一度に喋り過ぎたからか、頭がぼうっとするのを感じた。

「おい、こいつをもらうぞ」

山田はそう言って、サイドテーブルの上に置かれたチョコレート菓子の箱を取り、乱暴に包みを開ける。口の中に一つを放り込んで嚙《か》み締めると、チョコレートの甘い香りと、アーモンドの香ばしい匂いが鼻の奥に抜けた。

「私はね」

出し抜けに坂東が口を開いた。

「君の言うようなことを、日頃、考えないで過ごしている。それは事実だ。私たちの生活には考えることが多すぎて、日頃から大きな問題を考えていられない。君の言っていることは、理屈の上では大変正しい。それはよく分かる。誰かが言わなければいけないことだというのも、よく分かる」

「そら見ろ」

山田が勝ち誇ったように言うのを遮るように、坂東が立ち上がった。

「だがね、私は君の知らないことを色々と知っているよ」

「あ？　何を言って――」

「そのチョコレート菓子はね、君たちが殺したあの大学生の好物だった」

突然、山田の腹の中で、今食べたチョコレートが熱を帯びたように感じられた。取り返しのつかない、毒を飲んだような気分だった。

「彼の名前は、的場大樹君という。君は、自分が殺した相手の名前を覚えていたかい？」

「俺は殺していない」山田の声は震えた。「手を下したのはホムラだ」

「自分が殺したのは、白金将司さんだけだと言いたいんだろう。実際に殺したのは、そうかもしれない。だが、同じことだ。君の中には、的場君を殺した時の記憶が、ハッキリと残っているはずなんだから……」

山田の脳裏にあの時の記憶が蘇《よみがえ》る。

夜を背景に、全身を炎に包まれて、苦悶《くもん》に踊る男の影絵芝居……。

炎を纏《まと》った踊り手……。

蛋白質《たんぱくしつ》の焼ける臭い……。

「的場君は大学進学のために上京してきた大学四年生で、荻窪《おぎくぼ》のアパートに暮らしている。君たちが提示した怪しげなバイトを引き受けるくらいには金に困っていた。君たちは、彼が君の元の家で寝泊まりすることを期待していたようだが、実際には、鉢植えに水をやり、家の掃除をし、冷蔵庫のものを使って昼飯を作り、あの部屋で食べると、すぐに自宅に帰っていた。なぜか。彼は自宅近くの飲食店と個室ビデオ屋でのアルバイトも掛け持ちしていたからだ。親からの仕送りをもらっているが、それも学費や教科書代なんかでそっくり消えてしまう」

坂東は淡々と的場の生活を語る。その生活は、山田が目にしたあの死にざまからは、あまりに遠い。

「君が今食べたチョコレート菓子を、近所のお菓子の卸売店でセールになった時に買い込んで、冷蔵庫の中に保管しておくのが、何よりの楽しみだ。バイトで疲れて、気持ちが暗くなった時に、一箱ずつ開けて、その日は好きな動画配信でも見て楽しむ。彼の家の冷蔵庫を見たら、横に一列ずらっと、その箱が置かれているんで驚いたよ。他には卵と調味料がちょっと置いてあるくらいで、あとはタッパーの中に作り置きのカレーがあった。作り過ぎて、翌日にでも食べようと思っていたんだろう」

その『翌日』を奪ったのは自分たちなのだ、と山田は思った。

山田は的場を拉致《らち》した日の、怯《おび》えきった彼の目を思い出していた。あの目が、時を超えて、自分を射抜いているように感じた。

「洗濯物が廊下のかごの中にたくさん溜《た》めてあってね。洗濯機は部屋の中にないんだ。だからかごの近くの壁には、『絶対に木曜日にはランドリーに行く!』と大書されたメモが貼られている。ああして自分に言い聞かせないと、面倒くさくて、コインランドリーに行けないんだろう。的場君が生きていれば、次の木曜日にはあのかごの中はすっかり空になったんだろう」

山田の家にも洗濯機はなく、コインランドリーに通う生活だったので、的場の気持ちは痛いくらいに分かった。だから、ホムラに用意された潜伏先二つともに洗濯機があって、驚いたものだった。

「彼の夢は、生涯を連れそう伴侶《はんりょ》と出会い、幸せな家庭を築くことだった。平凡な夢と君は笑うかい?」

「だから、なんだっていうんですか」

山田の声は自分でもびっくりするほどしわがれていた。急に何十歳も年を取ってしまったような気分だった。

「だからね、君はやり方を間違えたんだ」

坂東は山田の目を正面から捉《とら》える。

「君の言っていること自体は間違ってなどいない。誰かが考えなくてはいけない、解決されるべき問題だ。君の怒りも分かる。だけど、君は人を殺したんだよ」

坂東はチョコレートを指さしながら言った。

「君は、私たちのことも的場君のことも『沈黙する群衆』としてひとくくりにして、その声も聞かないまま、的場大樹という一人の青年を殺したんだ。このチョコレートを食べるのが小さな幸せだった一人の青年をだ」

山田は何も言えなかった。急に、胃の中から何かが逆流してくるのを感じた。

「山田君。君は『テロの一つくらい、起きた方が良い』と言うが、それはつまり、君が福島県で見てきた、原発の傍で苦しむ人々を、自分の手で生み出しても構わないということだね？」

「俺は――そんなこと――」

「今ホムラを止めなければ、彼はもっと人を殺すだろう。それどころか、何百、何千、何万という人が生活を壊される。住む場所も追われるかもしれない。それでもいいのかい？」

「黙れ……俺には関係ない……」

「関係ない？　いや、これは君のせいだよ」

坂東の言葉の冷たさに、山田は震えた。

「今ならホムラを止められる。私たちの実力は君もその身で感じたはずだ。だけど、それも彼の標的が確定されてこそ、だ。君はその情報を持っている。でも、それを私たちに渡さない。だから人が大勢死ぬんだ」

「屁理屈《へりくつ》だ。今度こそ、殺すのはホムラじゃないか。俺のせいなんかじゃ……」

山田の言葉に反論は飛んでこなかった。坂東は黙って聞いている。ただ、山田をじっと見つめていた。何よりも山田自身が、彼の主張を信じていないことを、見抜いているような目だった。

「こんな話で良ければいくらでも聞かせてあげよう。白金将司さんの人生の話を。草薙孝義さんの夢の話を……」

山田はベッドに深く沈み込んだ。声が震えるのをなんとか抑えながら、山田は言った。

「話します……」山田は両手で顔を覆った。「全部話しますから……」

＊

俺は驚いていた。

――本当に、坂東さんの言っていた通りになった。

山田の顔が興奮で赤くなったり絶望で青くなったりする間、坂東は身じろぎもせず、ずっと彼のことを見つめていた。恐ろしい地獄の審判を見ているかのようだった。

ここまで来る道すがら、坂東は永嶺に言った。

――君は山田の質問を真正面から受け止め過ぎだ。そういう真面目さは君のいいところだが、それでは山田のようなタイプは落とせない。要するに、相手の話を聞き出したうえで、相手の土俵に乗らないのがコツだ。

坂東に言われた時は、まだその意味がよく分からなかったが、こうして目の前にするとハッキリと分かる。坂東は、山田の思想や思いそのものは受け止めながら、実はそれに対してはなんら反論をしていない。坂東は、山田の思想や思いそのものは受け止めながら、実はそれに対してはなんら反論をしていない。互いの主張だけをお互い声高に言い合い、しかし、そもそも土俵が違うので議論にはなっていない。

汚いと言われれば、それまでだろう。だが、現実に山田は口を割った。

「標的は、R原発です」

最初に、山田は結論を言った。

「今現在、洋生電力の管内で再稼働計画が進行しているR原子力発電所……俺とホムラは、最後にそこを叩く予定でした。R原子力発電所に狙いを定めたのは、再稼働計画を進めているから、俺とホムラの主義主張に適《かな》っているというのもありましたが、テロリズム対策の脆弱《ぜいじやく》性が指摘されていた施設だからです。つけいる隙があるんじゃないかと思った」

山田は淡々と喋り出した。さっきまでの得意そうな調子はなく、ゆっくりと、思い出すように喋った。俺と坂東は黙って耳を傾けた。

「二人のコトダマ遣いが集まっているとはいえ、原子力発電所を相手にテロを起こすには、建屋内部の図面や情報が必要でした。

白金将司と草薙孝義を殺したのはそれが理由です。白金将司を殺害したのは、カードキーを奪い、洋生電力本社のネットワークに侵入するため。これは白金家にあったリモート勤務用のパソコンから行うことが出来ました」

不正アクセスログを会社が検知したのは、そのタイミングだろう。この時、前所属である原子力安全・統括部の資料を抜かれており、そこに原発の情報や図面等が含まれていたのだとすれば、会社側が沈黙を守ったのも頷ける。

「次に草薙孝義を殺したのは、彼が原子力安全・統括部にいた頃、テロリズム対策の再検討会議に参加する職員だったからです。彼の個人フォルダには、その時保存したきり、消さずに残っていた資料が大量にありました」

「セキュリティ関係の部署に勤めているのに、自分のことは杜撰《ずさん》だったんだな」

永嶺が思わず感想を漏らすと、山田は口元を歪《ゆが》めた。

「さあね。いずれにせよ、俺たちにとっては僥倖《ぎょうこう》だったんだ……」

「そうかい」坂東が言った。「それで、君たち二人でR原子力発電所を襲う時は、どういう計画だった？」

「え、いや、その検討はこれからやるはずだったんだ……図面や、テロリズム対策の再検討会議の資料は、全部ホムラのところにある。それを元に、ホムラの『燃やす』と、俺の『軽くする』を遣って、襲撃する計画を立てるってことだった」

俺はカッと顔が熱くなるのを感じた。

「嘘をつけ。あんな声明を出すくらいだぞ。もう計画なんて固まり切っていたはずじゃないか」

山田は叱られた子供のようにビクッと体を跳ねさせた。

「し、知らない。俺はもうこれ以上は何も知らないんだ。本当に……」

彼はぶるぶると首を振った。

「俺はあのアパートに籠《こも》りっきりで、ホムラからの連絡を待つばかりだったんだ。あんたたちと『ハーバリウム』で接触するまでは、別の潜伏先にいたんだが、そこでも同じだ。連絡してくるのはいつもあいつの方からで、俺は待つだけ……待つだけだから、情報を集めたり、事件のニュースばかり見てしまったり、息の詰まる日々だった……」

「その時点で、共犯関係を解消しようとは思わなかったのか」

「もう俺は、的場を身代わりに殺して、山田浩二としての身分を捨てた人間だし、白金将司を実際に手にかけてしまっている。悔しいけど、俺にはホムラしか頼れる相手がいなかったんだ……実際、あいつから連絡が来ると、救われたような気分になった」

なぜホムラは、山田と的場を入れ替えるトリックを弄《ろう》したのかという疑問があった。今、その謎が解けたように思う。

他との繋がりを断ち、孤立させ、自分に依存させる。

身分という名刺を奪うことによって、名無しの存在――「スズキ」にすることで、心のよりどころを失わせる。凶悪なマインドコントロール。ホムラは完全に支配型の犯罪者だ。そんな相手が、自分の手駒を奪われてじっとしているだろうか……。

いや、だからこそ、あんな声明を出して挑発してきたのかもしれない。こっちの手駒を奪ったからには、全面戦争だ、と。

不意に、俺は気になった。今までも心のどこかに引っ掛かっていたのだが、山田の言葉を聞いて、記憶が蘇ってきたのだ。

「そういえば、あの日、俺と桐山がお前の潜伏先のアパートに飛び込んで行った時だが……」

「ああ……」

「お前は確か、ホムラに大声で謝罪していたな。『すまない！　ホムラ！』と。あれは、一体何を謝っていたんだ？」

山田は気まずそうに視線を逸《そ》らした。

「……ホムラの言いつけを守らず、外出した時があったんだ」

「トンカツを食べに行った時か」

山田は苦笑した。

「すごいな。みんなお見通しだ。いや……やっぱりあの時の外出のせいで、あんたたちにも足取りを摑《つか》まれたのかな」

俺と坂東は、あえてそれには答えなかった。山田は続ける。

「トンカツを食べに行った帰り、俺は古書店と骨董《こっとう》店に寄って、買い物をしたんです。退屈を紛らわすために、文庫本を数冊と、少しでも部屋の彩りになればって、小さな招き猫を買いました。その二つを見咎《みとが》められて、外に出たのかって、責められたんです」

「それで、『すまない！　ホムラ！』と言ったんだね」

なるほど、それなら納得がいく。

と思ったが、山田は何か考え込むように、口元に手をやって俯《うつむ》いた。

「どうかしたかい？」

坂東が促すと、「いや……」と山田は小さく首を捻《ひね》った。

「あの時、ホムラは『外に出たな？』と言って、凄《すご》く怒ったんです。それはもう、すごい顔で……でも、その怒りが、今から考えるとおかしい気がして」

「なぜだ」俺は聞いた。「本人を目の前にして言うのもなんだが、お前が潜伏生活に耐えられず、外に出たから俺たちに潜伏先を特定されたんだ。あの部屋を用意したのはホムラなんだから、文庫本や招き猫が部屋にないことも知っていた。だから、その二つのアイテムを見た瞬間、お前が外に出たことに気付いた。それだけのことじゃないか」

山田は気を悪くしたような素振りもなく、じっと考え込んでいたが、やがて首を横に振った。

「いや……それでも変だった。考えてみれば、本や招き猫だって、通販で買ったものかもしれない。外に出たとは限らないじゃないか」

「それはそうだが、ＳＷＯＲＤに潜伏先が特定されたことを踏まえれば、お前が外に出たはずだと、ホムラはあらかじめ推測していたのかもしれない」

「だったらなんで、実際に会う前に怒らなかったんだろう」

俺は言葉に詰まった。

「当日に電話があった。あの時に、居場所がバレた理由に心当たりはないか、詮索《せんさく》することは出来た。でも、そうしなかった。なのに会ってあの二つのアイテムを見た瞬間、烈火のごとく怒ったんです」

「そうなると……ホムラは全く別の理由で怒ったが、咄嗟《とっさ》に『外に出たな？』という言葉で誤魔化したのかもしれないな。外出の件は、君も気にしていると分かっているから、突っついておけば、怒りの理由を誤魔化せる」

「ああ……そうだとすると辻褄《つじつま》が合いますけど、でも、だったらなんであんなに怒ったんでしょう……」

山田はボソボソと繰り返すばかりで、疑問の答えは出せそうにない。俺はじれったくてたまらなかったが、同時に手応《てごた》えもあった。

――これは、初めてホムラが見せた隙なのではないか。

ホムラはその炎によって、あのアパートに残っていたはずの物的証拠を全て消し去ったと思っていた。しかし、ホムラは確かに残して行ったのだ。言うなれば「心理の足跡」を。

秩序型、支配型の連続殺人鬼が、一瞬だけ冷静さを欠き、怒りを露《あらわ》にした。そこには必ず理由がある……。

だが、その理由がなんなのか、俺にはまだ分からなかった。

分からないまま、決戦の時は迫ってくる。

スマートフォンが鳴る。沙雪からだ。

俺は病室の外に出てから、電話に出た。

「どうした？」

『以前、永嶺さんから依頼されていた照会の結果が出ました。幽霊ビル同然で、放ったらかしにしていた物件のようで、担当者は慌ててましたよ』

「なんだったかな」

『喫茶店「ハーバリウム」についてです。管理会社への照会で明らかになったのですが――契約者は、楢原裕二《ゆうじ》、五十二歳だと分かりました』

瞬間、息が止まる。

マスターのなっちゃん……。

「楢原って、まさか」

『その、まさかです』沙雪が言った。『二年前、江東区一家殺害事件において、「燃やす」のコトダマ遣いに声をかけ、全身を燃やされて殺された警察官――楢原保の、父親です』


『未詳1号事件　※新しく書いた事項は太字。

・第一の現場
○被害者
山田浩二（28）　洋生電力工場従業員
↓正しくは、的場大樹（23）　T大学4年生。浪人し、20歳で入学。
白金将司（55）　洋生電力経理課←前所属：原子力安全・統括部
○死亡状況
的場：全身に火を点《つ》けられ、死亡。

　↓高校生の二宮と相田が、突如燃え上がる人影を目撃。

　↓全身は炭化している。身元確認は損傷の少ない臓器と、自宅の毛髪等の照合による。

　↓山田浩二のへその緒、および、毛髪の発見により、当該死体は的場のものと断定。

白金：全身から血液を吹き出し、死亡。眼球に点状出血。
↓全身の血液が沸騰し、殺害されたものか。
↓真空室と山田の『軽くなる』の組み合わせにより実現された。
○証拠品
①ポリプロピレン：山田、白金両名の手首付近から
②セルロース：山田、白金両名の死体から
③赤リン：山田、白金両名の死体から
④ホッチキスの針：工場近くの物陰
①より、被害者二名は殺害まで監禁されていた可能性あり。
②〜④はブックマッチ由来のものか。ブックマッチは二〇二一年製造終了。
↓被害者の監禁場所を示す手掛かりか？
↓ローラー作戦により、喫茶店『ハーバリウム』が監禁場所と特定される。
○犯人像
二人組（工場の塀上に放置された小銭入れ〈ゼニー君〉の証言より）
一人は『燃やす』のコトダマ遣い（現場の状況、殺害方法を総合して）
もう一人は詳細不明↓もう一人もコトダマ遣いか？
○動機
山田：目立った動機なし。スマートフォンにダルマのストラップを付けていた（現場から発見されず）。
白金：殺害後、白金のカードキーにより、洋生電力のパソコンに不正アクセスのログあり。
↓白金の個人フォルダから、R原発に関する資料を抜く。次いで草薙からも。

→小鳥遊姉妹、森嶋のチームで潜入捜査を実行。第三の現場　備考に仮説あり。
的場：山田の身代わりとして殺害。体格等の条件により選出された。
→入れ替わりトリックは、かえって山田への疑惑を強める仕掛けに思える。
→Xの動機は何か？
→**犯人は山田を孤立させるために入れ替わりトリックを弄したものか。**

・過去の現場
二年前　江東区一家殺害事件
○被害者
本田友恵（44）
本田明彦（12）
本田ユリ江（72）
檜原保（26）：警察官
○死亡状況
友恵・明彦・ユリ江：自宅で死亡。全身に熱傷あり、焼死と判定。家屋も全焼した。
檜原保：警邏《けいら》中に『燃やす』のコトダマ遣いを呼び止め、コトダマで攻撃される。
→全身に熱傷。緊急搬送後、搬送先の病院で死亡する。
○備考
森嶋航大研究員は、本田友恵の夫。苗字《みょうじ》は結婚時に本田に改姓し、事件後、元の姓に戻した。

喫茶店『ハーバリウム』の契約者は檜原裕二（52）、檜原保の父親であると判明。

・第二の現場
○被害者
なし
○状況
喫茶店『ハーバリウム』において、『燃やす』のコトダマ遣い（X）の共犯者（Y）と接触。

永嶺、桐山、坂東、沙雪、御幸が応戦。
○Yのコトダマについて
釘《くぎ》を浮かせる。
硬質化した桐山を浮かせる。
窓から飛び降りた自分を浮かせ、そのまま逃亡する。
仮説①：Yのコトダマは『軽くする』である。
仮説②：『軽くする』の効力範囲は約5メートルである。
留意事項：『真似る』のコトダマ遣いである可能性も疑い、警戒。Xも同様。
○Yの行動について
赤くて丸いものが付いたストラップを捜していた（ブックマッチ〈マッチャン〉の証言による）。

↓山田が所持していたストラップと同じものか？　監禁時に紛失？

↓山田が落としてしまったストラップであり、福島県でのボランティアの際に入手した。

↓山田の本物の指紋が遺《のこ》っているので、回収する必要があった。

備考：ブックマッチの位置：戸棚のかごの中。戸が開いていたので目撃出来た。
○証拠品
Yの使用車両を押収。ナンバー照会により、盗難車と判明。

Yの毛髪、指紋が発見される。

・第三の現場
○被害者
草薙孝義(46)洋生電力セキュリティ統括部←前所属：原子力安全・統括部
○死亡状況
一酸化炭素による中毒死。顔が鮮紅色になっていた。

第一発見者は同棲《どうせい》中の恋人(アリバイあり)。
○備考
白金と草薙は、同時期に原子力安全・統括部に所属していた。

↓草薙はR、N原子力発電所の再稼働計画に関わっていた。白金もか？

↓山田は福島県で東日本大震災の発災直後、ボランティア活動を経験する。犯人の最終目的がテロであり、原子力発電所の襲撃計画のための情報を得るべく、殺害された可能性がある。

・第四の現場
○被害者
なし
○状況
山田の潜伏先であるアパートの201号室において、山田・ホムラの両名と交戦。

↓交戦の結果、山田を確保。山田の証言により、ホムラの目標がR原発と確定。

ホムラが放った炎によって、201号室内は全焼。家電などがわずかに残るのみ。

〇山田の証言から
ホムラとはダークウェブを通じて出会う。ホムラにより、メッセージは全て削除。
ホムラは常にサングラスをかけ、ラベルレスのミネラルウォーターを持っている。
↓ミネラルウォーターの銘柄、特定不可。ボトルの形から絞り込みが可能か？
〇備考
ホムラはわずかに体を反らし、銃を発砲した。その射線には冷蔵庫がある。威嚇射撃か？
↓山田はトンカツを食べに出かけた際、文庫本と招き猫を購入。それを見られて、外出をしたとして、ホムラは異常な怒りを見せた。「心理の足跡」はなぜ残されたのか？』

28　想定

五月五日。

ホムラの指定したXデー。

R原子力発電所はものものしい警戒態勢に包まれていた。

ここがホムラによるテロの標的となっている——この事実を知っているのは、警察ではSWORDのメンバーと機動隊、コトダマ研究所の森嶋をはじめとする職員、自衛隊、R原子力発電所の関係者、県知事と自治体の防災課長。以上である。地元住民やマスコミに対しては箝口令《かんこう》が敷かれているためにこの程度で済んでいるが、万が一リークでもされれば今以上の大騒ぎになるだろう。

今もなお、ホムラが出した声明の余波を受け、日本中で「どこが標的になるのか？」という推測・憶測が飛び交っている。原子力発電所の傍から、自主的に避難し、親類の家に身を寄せているものも多いという。

どこが狙われるか分からない——それが、日本中に恐怖をもたらしていた。

数日前から、機動隊の隊長と自衛隊員、そして発電所所長の言い争いは続いていた。彼らはR原子力発電所の敷地内にある免震棟に集まり、徹底的な議論を交わしている。侃々諤々《かんかんがくがく》の大論争である。

「ホムラという奴の正体は摑《つか》めないのか？　相手は思想犯なんだろう。反原発の署名活動とか、そういうところからあたれないのか」

「昨今はプライバシーにうるさいですからね。それに、警察に協力なんかしちゃくれませんよ。第一、R原子力発電所の再稼働反対署名に名前があるとは限りませんよ」

「結局、二週間では何も片付かなかったということだな」

「本当に原子炉に爆弾を落とされても被害がないと言い切れるのか？　この発電所は、そもそもテロ対策の脆弱性《ぜいじやく》があって、標的になったんじゃないのか」

「いいえ、それはあくまでも、ＩＤカードをチェックする装置の不具合で……システムは抜本的に見直し、改修したので問題ありません」

「大問題じゃないか！　職員のフリをして、設備内に入られたらどうなる！　現に、ホムラという男は殺害した相手のＩＤカードを奪い、洋生電力のネットワークに侵入しているんだぞ！　同じ手を使われてみろ……犯人はどこでも攻撃し放題じゃないか！」

「いえ……ですから……仮にそうなった場合でも……周辺に影響のないようにいたしますし……」

「今はそういう、役所向けの答えを聞きたいんじゃないんだよ。どのようにその攻撃を防ぐか、という話なんだ！」

ちなみに、県知事や地元県庁の防災課長は、最初だけこの会議に参加していたが、「ここが標的であることは間違いないと思われるが、地元住民には知らせないでほしい」と言われては、避難を呼びかけるわけにもいかず、次第に席を外すようになった。もしかしたら、「知らない方が都合が良《い》い」という判断が働いたのかもしれない。

結局、現場で出来ることを、警察と自衛隊、発電所の職員で練るしかなかった。

この原発が標的だというところまで絞り込んでも、具体的な手口については分からないままだ。山田も、その点は聞かされておらず、何度聞きに行っても、答えは変わらなかった。山田は、坂東との面会以来、坂東相手には心を開いているようなところがあった。山田が嘘をついているとは思えない。

だから、対策はいくら立てても足りなかった。三十名態勢の機動隊、そこに自衛隊を加え、最後にSWORDから六名。たったこれだけの人員で発電所全体をカバーしなければならない。

幸い、再稼働前であり、職員の数は多くない。Xデーである今日に至っては、所長と一部の職員以外は、そもそも敷地に入らせなかった。これで、IDカードがどうのという問題は生じないはずだった。

俺はその成り行きを見守りながら、不安になった――混乱を避けるため、どこの原子力発電所が狙われていると推測しているか、公表はされていない。三笠課長の記者会見でも、そこは開示されなかった。しかし、同じような混乱が、日本中の原子力発電所で起きているのではないだろうか？　自分のところだったらどうするのか――原発で働く全ての労働者や、原発の近くに住む人々は、そんな不安を抱えながら、このXデーを迎えたのではないか。

それを想うだけで、胸が痛んだ。

恐らく、大多数の日本人は、なんの罪の意識もなく電気を使うことだろう。山田の言った、

「沈黙する群衆」として。俺も今SWORDの一員としてここに立っていなければ、今日も普段通りに捜査に勤《いそ》しんでいたのかもしれない。

全て、仮定の話だ。考えても意味はない。だが、山田の言葉の意味が、病室で放った彼の必死な言葉の意味が、ようやく胸に沁《し》み込んできたように感じた。

人殺しの言葉だ、と俺は胸の中で打ち消した。だが、彼は一面で真理を突いている。

――あんたたちはもう、東日本大震災を忘れたのか！

――テロの一つくらい、起きた方が良《い》いんだ。みんな、あの恐怖を、痛みを、思い出すべきだ！

それでも。

それでも、山田の言葉の通りにするわけにはいかない――俺はやる気を奮い立たせた。

山田とホムラの手は、まだまだ、都会に住む「沈黙する群衆」の首根っこを押さえていないかもしれない。それには本当に、このR原子力発電所でテロが起きる必要があるのかもしれない。

だが――。

原発で働く人や、その近くに住む人々を、不必要に苦しめるのは、もうごめんだ。

ジャケットがいつもより軽く感じる。もう、薬の存在を感じることもない。

目指すべき敵を、俺は見据えているからだ。

海岸沿いに建つR原子力発電所は、今日も海風を浴びながら鈍色《にびいろ》に光っている。雲の切れ間から太陽が覗《のぞ》いていて、空気も爽《さわ》やかに感じられる。こんな日でなければ、素晴らしい気候と言えただろう。

「天候には恵まれませんでしたね」

小鳥遊沙雪の言葉に、俺は苦笑しながら頷《うなず》いた。

数日前、ミーティングの時に俺はみんなに伝えていた。もしXデーに雨が降ったなら、俺たちは一つ、賭《か》けに勝ったことになる、と。

――相手は火を扱う『燃やす』のコトダマ遣いだ。対峙《たいじ》するなら雨の日が望ましい。

「二日前の予報では雨だったんだがな。あてが外れた」

「残念です……」御幸が口にした。「少しでもアドバンテージが欲しかった……」

「うう……つまり負けってことですか……戦う前から……」

望月は今にも泣きそうな顔をして言った。SWORDに加入した時は、ここまでの大事になるとは思っていなかったようで、完全にテンパっている。

「はっは」坂東が腹を揺すった。「始まる前から勝敗を判断してはいけないよ。有利な条件が一つ消えただけ。それに、雨が降っていると私の電撃は遣いにくくなる。こちらのメリットも一つ確保出来たよ」

「まあ、雨なんて関係ないっすよ。とにかく相手をぶちのめすだけです」

桐山が自分の手の平に拳《こぶし》を打ち付けた。パン、と小気味の良《い》い音が響き渡る。

俺が黙り込んでいると、坂東が言った。

「何か心配事かい？　永嶺君」

「あ、いや……」

俺は首を横に振った。

「ここまでくればSWORDの総力戦でホムラと戦うしかないですが……ほら、三笠課長はこの場にいませんし」

三笠は今も、マスコミ関係の対応を一手に引き受けている。SWORD関連でもう一つ大きな動きがあるのは、コトダマ研究所の方だ。森嶋研究員がメインで動き、『燃やす』のコトダマ遣いに関連する真偽不明の情報の数々を捌《さば》き、三笠に報告を上げている。

仄聞《そくぶん》した話では、「自分は『燃やす』のコトダマ遣いである」と名乗る男まで現れたという。本当にその通りなら、森嶋の家族を殺した危険人物なのだから、森嶋を近付けるべきではなかったが、森嶋自身の申し出でその男の事情聴取を行ったという。森嶋は「動画の中のホムラと体格が似ても似つかないし、どうせ偽者だよ」と同僚に言い、仕事を引き受けたということだった。

——みんな、それぞれに頑張っている。

俺はその思いを新たにし、もう一度気合いを入れ直した。

しかし……。

本当に……ホムラはここに、現れるのだろうか？

一度疑念が萌《きざ》すと、なかなかそこから抜け出せない。妄想めいた考えであるというのは分かっているが、何か自分たちが、途方もなく大きな罠《わな》に囚《とら》われているような気がした。

「——永嶺君」

坂東の声で我に返った。

「申し訳ありません。考え事をしていました」

「いや。ただ、心配事があるなら聞いておこうと思ってね。一体、何が気になっている？」

坂東は柔らかい笑みを浮かべていたが、目だけは鋭かった。この人には隠し事が出来そうにない。

だから、俺は一切合切、手札をさらしてしまうことにした。

山田の潜伏先でホムラと対峙した時、相手は左に逸《そ》らし拳銃《けんじゅう》を撃ったこと。

ホムラは山田に対して理不尽な怒りを発露したこと。

いずれも、ホムラの正体に——少なくとも、何か重大な秘密に——繋《つな》がっている気がした。

「それに、『ハーバリウム』のマスターのことも気になります」

「榴原……二年前に死亡した警察官の父親、という話だったね」

「ええ。事件に無関係とは思えません。ホムラが選んだ監禁場所が、たまたま、二年前に自分が殺害した警察官の父親が経営している店だった……偶然というには出来過ぎています」

「本人に会うことは出来たのかい？」

「いえ。それが結局、消息は分かりませんでした。一年ほど前に店は閉めているようですし、常連客にも何人かあたりましたが、いずれも住所や連絡先は知らなかった。しかし、閉業する前、体が悪くなったのでやめる、と口にしていたと」

「ふむ」

「念のため、森嶋さんにもあたりました」

「二年前の事件に関して言えば、二人とも、被害者遺族という繋がりがあるからかい」

「ええ。しかし、会ったことはないという答えでした。そちらの線も、ダメです。結局何も分からずじまいで」

ホムラは知っていたのだろうか？　あそこが、榴原の店であったことを。

知っていて、計画に組み込んだなら、凄《すさ》まじい悪意だ。

それ以外にも、漠然とした不安がある。

「上手くいきすぎています」

「いきすぎている、とは」

「山田の潜伏先の特定から、彼の身柄確保、そして彼からこの発電所が標的だと聞き出すまでの、この一連の流れです。おかげで、今この発電所には警備が敷かれている。三笠課長の『読む』によって、ここが標的だと確認することさえ出来た。でも――」

「その一連の流れそのものが、『出来すぎている』と感じられるんだね、永嶺君には」

ハッ、と桐山が笑った。両手を広げ、馬鹿にしたような仕草をする。

「上手くいっていない時は機嫌最悪なのに、いざ上手くいってみりゃ文句垂れるなんて。メンドクサすぎっすよ、永嶺先輩」

桐山の発言に、今日は怒る気にもなれなかった。

――俺の、考えすぎなのだろうか。

「永嶺君、悪いが」坂東は首を横に振った。「君の疑問全てに、今この場で答えを出す方法はなさそうだ」

「そうですね」

「だが、今日でようやく決着がつくはずだ。この一カ月の間に三人もの命を奪ったホムラとの戦いにはね」

「はい」沙雪が重苦しく頷いた。「草薙さん、あんな風に殺されてしまって……」

「沙雪、しっかりして……」御幸が寄り添った。「ホムラがあそこまで……不完全燃焼まで意図的に起こせるなんて、思わなかったよね……」

炎を自在に操る――それこそが、この警備計画を立てる際にも最大の問題点だった。ホムラがその能力をどのように遣ってくるのか、最後まで予想がつかないのだ。

消防車は三台待機しているが、『燃やす』のコトダマによって発生した炎をそれで消し止められるのか、実験結果がない。最後はコトダマの出力限界との我慢比べになるのだろうか。

あるいは、爆発物を使い、爆破テロに及ぶ可能性もある。一切の発火装置を使わずに、自分の能力だけで自在に爆破を起こせるのだから。既に発電所内の全ての設備が検《あらた》められ、爆発物が設置されていないことは確認されているが、投下でもされたら勝ち目はない。

ＳＷＯＲＤをはじめこの場にいる警察官にとっては、ここにいること自体、命懸けの選択だった。

「でも、その『不完全燃焼を狙って起こす』って部分が、俺にはよく分かんねえっすよ」

桐山が謎めいたことを言うので、「どういうことだ？」と問い返す。

「いや、なんだったか、一酸化炭素？　でしたっけ。それが毒になって、草薙さんは死んだんでしょ。それが毒だっていうなら、適当にその毒を作って、直接吸わせればいいじゃないっすか。火の勢いを調整して、不完全燃焼を狙うなんていう七面倒くさいことしなくても……」

「一酸化炭素を作って吸わせるって……簡単に言うが、そんな、カクテルを作るみたいにいかないんだぞ――」

口ではそう言ったが、桐山の言葉が、なにか俺の想像力を刺激した。

作る――そんなことが可能だったとすれば。

「あれはなんです？」

近くで、機動隊の隊長が原発の所長に質問をしていた。

隊長が指さしているのは、鈍色の立方体のような建屋に穿《うが》たれた、二つの穴だった。

「ああ、あれは『ブタの鼻』です」

「なんですか、それは」

「緊急時、原子炉を冷却するイソコンが起動した時、あそこから蒸気を吹き出すんです。それでイソコンが起動しているかを確認するんですな。蒸気が出てくるその様子が、東日本大震災の時には――」

「待ってください」

隊長が所長の説明を遮る。

「第一の殺人で、的場の死体が一瞬で燃え上がった際、目撃者の二宮は、きらりと光が横切るのを目にしたと口にしています。つまり、『燃やす』においては、帯状に炎を放つことも出来るということでしょう。『ブタの鼻』から蒸気が出るということは、あそこは中に——」

所長の顔がサッと青ざめた。

攻撃経路の見当がついたのだ。その反応も妥当である。

しかし、俺はまったく別の思考に飛んでいた。

201号室から逃げるホムラと山田を追う時も、ホムラは帯状の炎を放っていた。だが、その帯状の炎の軌道は——。

次の瞬間、あっ、と俺は叫んだ。

そうだとすれば、辻褄《つじつま》が合う。

しかし、そんなことが本当に可能だろうか？

顔から血の気が引いていくのを感じた。

可能だ。

むしろ、全ての手掛かりがその方向を指している。

「嵌《は》められた」

「え？」

「みんな、今すぐここを離れるぞ。俺たちはホムラに完全に嵌められたんだ」

桐山があんぐりと口を開けていた。

「ま、待ってくれ永嶺君。君は一体何を言っているんだ」

坂東が俺の腕を掴む。

「ここには機動隊や自衛隊まで、大勢いるんだぞ。その中心にいるのが我々だ。向こうは納得していないかもしれないがな——ともかくだ、そんな我々が、自分から持ち場を離れるわけにはいかんよ」

道理だ。組織に生きる人間として、その理屈は理解出来る。だが、四の五の言ってはいられなかった。俺たちは、とんでもないペテンにかけられたのだ。

俺は、声が震えるのを抑えきれなかった。

「ホムラは『燃やす』のコトダマ遣いではありません」

「なんだって?」

「動機もテロなどではありません。もっと別の——執念に満ちた動機です」

坂東は目を瞬《しばたた》いた。

「みんな早く、車に乗ってくれ」俺は言った。「このままでは手遅れになる……」

29 真相

R原子力発電所から本庁に戻る車の中。

助手席に坂東、後部の四席に桐山、望月、小鳥遊姉妹がいる。桐山は青筋を立てて怒っていた。

「永嶺先輩! 俺納得いかねーっすよ! こうしている間に、ホムラが原発に現れたらどうするんすか!? 誰も守れねえじゃないっすか!」

「それこそが罠《わな》だったんだ! 俺たちSWORDのメンバーをR原子力発電所に縛り付けておくことが!」

俺はカーナビの表示を確認した。高速道路を使っても、警視庁まで四時間以上かかる。この間に手遅れにならなければいいが――。

「ダメです、三笠課長、繋《つな》がりません……」

御幸がスマートフォンを握りしめながら言った。青い顔をしている。俺の行動が信じられないという顔だ。

「ここは一つ、永嶺君を信じてみないか」

坂東が落ち着いた声で言った。

「ホムラの狙いは原発ではない――そう聞いてみると、私にも幾つか心当たりがある気がする。万が一の時は、私が責任を取ろう。私の首なんぞでなんとかなるかは分からないがね」

坂東が一人でフフンと笑う。続く者はおらず、しんと沈黙が落ちる。

「さあ、永嶺君。話してみなさい。みんなも、それで納得いかなければ戻ればいいだけの話さ」

俺は呼吸を整えた。頭の中を整理するために酸素が必要だった。

「……ホムラの計画の全てが、この瞬間のために組み立てられているからだ。まったく惚《ほ》れ惚《ぼ》れするよ。捨て石の置き方も、ミスディレクションのやり方も完璧《かんぺき》だ。まんまと騙《だま》された。今は腹が立ってしょうがない」

「あっ、あの」望月が勢い込んで言った。「ここまで来たら、永嶺さんの出した結論を信じます……だから、どうしてそういう結論になるのか、ちゃんと聞かせてほしいです」

俺は頷《うなず》いた。

「それでは順を追って説明しよう。まずはホムラの使ったトリックについてだ。彼は――俺にはその正体も見えたので、『彼』とあえて言ってしまうが――自分は別のコトダマを持っているにもかかわらず、『燃やす』のコトダマ遣いのフリをしていたんだ」

「どうしてそんなことを?」

沙雪が声を上げた。

「その動機……なぜ、別のコトダマ遣いを装ったのかについては、後で話すことにしよう。まず、ホムラの本当のコトダマは何か、そして、そのコトダマを遣って、どのように『燃やす』のコトダマ遣いのフリをしていたのか話していくことにしよう」

「ホムラの真の能力がどれであれ、その能力はこのリストの中にあるはずだね」

坂東はタブレットで「S文書」を呼び出し、コトダマの名前が揃ったリストを開いた。

「ホムラの行動について整理しましょう。彼がこれまで『燃やす』のコトダマを遣って行ってきた——と思われていた行動はどんなものか？

一つ。山田の身代わりとなった的場大樹君の体を一瞬にして燃やし、炭化するまで焼いた。これには目撃者がいる。

二つ。彼は自分の手の平の上に炎を出し、弄《もてあそ》ぶような仕草をよくしていた。これには山田という目撃者がいる他、犯行声明を発表した動画でも同じパフォーマンスを披露している。

三つ。草薙さんを一酸化炭素中毒により殺害した。

四つ。山田の潜伏先の部屋を燃やし、俺たちの前で炎を放って牽制《けんせい》するような動きを見せた。

以上だ」

バックミラーの中の沙雪が、うーんと柳眉《りゅうび》を歪《ゆが》めた。

「考えてみると、ホムラが『燃やす』を遣った機会は少ないんですね。あ、永嶺さんの推理通りなら、『燃やす』じゃないのか……」

「そう。わずかこれだけ。四つのマジックを行うことで、犯人は『燃やす』のコトダマ遣いであると、俺たちに信じ込ませることが出来る。では、そのコトダマとは何か？　さっきの桐山の言葉が手掛かりになった」

「え、俺？」

桐山はすっとんきょうな声を上げた。

「三つ目。草薙さんの一酸化炭素中毒死がカギだ。もし、火を使わずに一酸化炭素だけを作り、それを直接体に投与したとすれば？　そんなことが出来る能力とは——」

「ああ……」坂東が嘆息した。「一つだけある。『化ける』だね」

「化ける？」

桐山が言った。坂東はタブレットを後部座席の四人に渡す。

「あった……」

御幸が見つけたようだ。俺は頭の中でＳ文書の記述を思い出す。

化ける：エネルギーを消費せず、化学反応を引き起こす。

俺は一度、変身能力であると勘違いした桐山相手に、このコトダマの特徴を解説したことがあった。

「水素と酸素を燃焼させると水になるように、二種類以上の元素を化学反応で結合させることを化合するという。水の例でいえば、『化ける』のコトダマ遣いは、燃焼というステップなしに、空気中の水素と酸素から水を量産出来ることになるんだ。反対に、水を電気分解して水素と酸素を得るような反応が分解だ。犯人は電気や実験装置を使わず、水さえあれば無尽蔵に水素と酸素を取り出せる。同じように、炭素と酸素を反応させてしまえば、一酸化炭素を被害者に吸わせることも出来る」

「んな馬鹿な」桐山が口から唾《つば》を飛ばした。「だったら、そのコトダマでどうやって炎を操ったっていうんですか？」

「『化ける』で起こせるのは化学反応だ。代表的には化合と分解だ。山田は、ホムラが常にミネラルウォーターのボトルを持ち歩いていたと話していた。カギはその『水』だったんだ――ホムラは、水から酸素と水素を取り出していた」

『燃やす』という能力に最もそぐわないはずの水が、実は、ホムラにとって必要不可欠なものだった――実に意外な構図ではないか。

「そうすれば、自在に炎を操ることも可能、ってことですか？」

望月が珍しく大きな声を出した。

「山田の潜伏先から逃げていくホムラと対峙《たいじ》した時、奴の炎の軌道が見えた。その軌道は、ホムラが逃げていく軌道と、ぴったり一致していなかったか？」

「あ……」

「つまり、ホムラは袖《そで》に隠したボトルから、水を素早く分解し、酸素を放出しながら『導火線』を描いていた。水素の量を多くすれば、爆発を起こすことも可能だろう」

「見えない導火線……」

御幸が言った瞬間、「あーっ」と沙雪が声を上げた。

「二宮君の言葉の意味が分かりました。炎が的場君を包む直前、キラッと小さな光がよぎったって……」

沙雪の言葉がみんなを絶句させた。彼女の言葉が車内に浸透するのを待ってから、俺は続けた。

「そう。その光こそが、御幸の言う『見えない導火線』――彼が火をつけた酸素の軌道なんだ。コトダマが『化ける』だったと考えてみれば、他にも符合することがある。たとえば、俺たちが工場を訪れた時、錆《さ》びた鉄塔が倒れ掛かってきて、あわやという事態になったことがあった

――」

「ああ、あの、説明もなしに俺を鉄塔の下に放り込んだアレですね。『硬くなる』が少しでも遅かったら、俺死んでましたよ」

　桐山の怒りはなおも新鮮だった。俺は苦笑しながら言った。

「それについては、謝る。だが重要なのは、鉄塔が錆びていたという事実、それも、倒れてくるほど激しく錆びていたことだ。そして小銭入れの証言から、あの近くにホムラが立っていたということも思い出してもらいたい」

「ゼニー君です」と望月が言った。

「つまりだ」俺はあえて無視して続けた。「ホムラはミネラルウォーターから高濃度の酸素を集め、『見えない導火線』を作った。その時、周辺に集まった高濃度の酸素により、急激に鉄塔の酸化が進行したんだ」

　ああ、と御幸が声を漏らした。

「だから、錆びていた……」

「待ってくれ」坂東はぴしゃりと言った。「永嶺君の説明は、私の『心当たり』を解消してくれるものだ。しかし、大きな穴がある。いや、『化ける』が果たしてそこまで出来る能力なのか、というそもそもの疑問もそうだが……君の説明を信じるとしても、越えられない大きな壁がある」

「それは？」

「『化ける』は燃焼等のエネルギーを必要とせずに化学反応を起こす――ということは、そもそも火を必要としないコトダマだ、ということになる。だとすれば、『化ける』のコトダマを持っていたとしても、火は起こせないじゃないか。君の言う酸素のトリックで、１を１００にすることは出来ても、0を1にすることは出来な――」

坂東はそのまま言葉を切った。運転しながら横目に見ると、みるみる顔が青ざめていくのが分かる。

「お気づきになりましたか」

「そうだとすれば……いつから、ホムラはこの『絵』を描いていたことになる？」

「最初からです。最初から、SWORDという組織ごと踊らされていたんですよ」

俺は腹の中で暴れる悔しさをこらえるだけで精いっぱいだった。

「二人とも待ってください」沙雪が言った。「また私たちだけ置いてけぼりにされています！酷《ひど》い」

「坂東さんが言う、0を1にする方法……これはコトダマによっては出来ない。山田のコトダマは『軽くする』で確定しているから、彼の力を借りたのでもない。では、どうすればいいか。種火を使うしかない」

「種火……？」と御幸は怪訝《けげん》そうに言った。

「そう。彼はその1を、自分のコトダマによって100にしていたんだ」

「でも、そんなものを使っていた形跡は、どこにも……」

「あったじゃないか」

「どこに？」と桐山。

「証拠品の中に、堂々と紛れ込んでいただろう。赤リン、が」

バックミラーの中の御幸の顔が青ざめた。

「でも……それは……だって……ブックマッチがある喫茶店『ハーバリウム』を示す手掛かりで……」

「みんなそう思い込まされたんだ。誰だって、『燃やす』のコトダマ遣いがマッチを必要とするとは考えない。しかし、あれは正真正銘、犯人が遺《のこ》した手掛かりだったんだ。ホムラが現場でマッチを必要とした──ということのね」

「で、でも、赤リンからブックマッチを思い付いた私たちは、実際に喫茶店『ハーバリウム』を特定し、そこで山田さんと接触したんですよ」

「そう。ホムラの巧妙なところはそこなんだ。赤リンは犯人の正体に繋がる真の手掛かりである。しかし、そこに偽の手掛かりとしての別の解釈を被せたんだよ。俺たちが『ハーバリウム』を見つけ、山田と接触したことで、この『別の解釈』はますます本物らしく見える」

「つまり、あの接触自体が──？」

俺は頷いた。

「ホムラによって仕組まれた『偶然』だった可能性がある。事実、山田はホムラからの連絡を受け、ストラップの回収に向かわされたという話だった」

「そんな！　赤リンの手掛かりを誤魔化すためだけに、あの監禁場所も設定したっていうことですか？　たったそれだけのために、そこまで──」

沙雪は早口で言ってから、茫然《ぼうぜん》とした様子で口を開けていた。

「たったそれだけのために、そこまでやる奴なんだ──それにホムラの狙いは、これだけではない」

「一つ聞きたい」坂東が言った。「ホムラが赤リンの偽解釈をもっともらしくするために、喫茶店『ハーバリウム』のカードを用意した、というところまではいい。だが、それなら『ハーバリウム』にストラップを落としておけば、それで万事済むじゃないか。犯人と喫茶店を結ぶ線は、それで一丁上がりだ。なにも、危険を冒してまで山田に拾いに行かせる必要はない。現に、それで私たちと接触し、追跡されることになった」

「そうだそうだ、永嶺先輩の説は矛盾している」

桐山は、もう自分で考えるのも難しいのだろう。ただ坂東のツッコミに追従して騒いでいた。

「それも、ホムラの狙いを考えれば明らかです。ホムラは、山田が捕まっても構わないと思っていた。いやむしろ、捕まってほしかったんですよ」

「何だって？」と坂東。

「山田が的場を身代わりとして殺した、という話をした時、ホムラはどうしてそんなことをさせたのか、という議論になりましたよね。答えは、山田の身分を奪い、孤立させ、自分に依存させるためだった。つまり、自分を信奉させていた。あの疑問も、最終的にはここに繋がっていたのです。

気付きませんか？　ホムラが張り巡らせた偽の手掛かり――その中でも、最も大きな偽の手掛かりは、山田という人間そのものです」

30　犯人

カーナビを見る。目的地まであと三時間二十分。これでは間に合わない――。

さっきから仕事用のスマートフォンに鬼のように通知が来ている。現場にはなんの説明もしないで離れたのだから、叱責《しっせき》も仕方がない。俺の話を聞きながら、坂東が各所への連絡をしていた。坂東は一貫して俺の味方だった。それがありがたかった。

「一つ聞いてもいいすか」

桐山の言葉に頷《うなず》く。

「前に、『真似る』ってコトダマの話、してくれましたよね」

「ああ」

「ホムラが持っているのは、そのコトダマ、って考えちゃいけないんすか？　そいつが『化ける』を持っていた奴を殺して、奪ったのかも」

「二つの根拠でその可能性は否定出来る。一つは、ずっと傍にいた山田というコトダマ遣いを殺していないこと。もしホムラが『真似る』のコトダマ遣いなら、山田を殺して能力をコピーし、自分の物にしてしまった方が、計画の進行には役立ったはずだ。まあもちろん、山田には別の重要な役割があったから、殺さなかったということなのかもしれないが……」

「もう一つは？」と坂東。

「『真似る』の重大な欠陥、そのものですよ。コピーするには、相手を殺さなければならない」

「はあ？　さっきから同じことを繰り返すだけじゃないっすか」

桐山は頭をガリガリ掻《か》いてから、苛立《いらだ》たし気に言った。

「だーっ、もう。すんなりとは教えてくれそうにないっすね。永嶺先輩、さっきの話もまだ途中じゃないっすか。

どうして山田が最大の『偽の手掛かり』だったなんて言うんすか？」

俺はしばらく吟味《ぎんみ》した。確かに、そちらの話から攻めていった方が、全体像が理解しやすいだろう。

俺は舌で唇をぺろっと舐《な》めてから、続けた。

「山田を確保し、彼の話を聞いた時、俺たちはどんな情報を手に入れたか——それを冷静に辿《たど》ってみれば、その意味が分かるだろう。

一つ。ホムラは『燃やす』のコトダマ遣いであること。山田はホムラがコトダマを遣うところを最も間近に見ていた人間だ。山田の目からマッチを隠すことが出来れば、山田はホムラのコトダマの正体を疑いもしないだろう。

二つ。ホムラと山田、二人の繋《つな》がりは反原発の思想であり、二人の目的はR原子力発電所に対するテロであること」

「……そっか。ホムラは、私たちが山田さんを尋問して、その目的まで辿り着くと踏んでいた……」

御幸がぽつりと呟《つぶや》いた。

「山田は、二人は『反原発』の思想によって繋がっていたという旨の主張をしているが、それは山田の誤解にすぎなかった。ホムラは同じ目的を持っているフリをして、山田を傀儡《かいらい》としていたにすぎない」

突然、助手席からパン、という音が聞こえた。坂東が自分の太ももを叩《たた》いた音だった。

「……利用した、ってことだな。あの青年の純粋な思いを……」

山田と最も深いところで対話したのは坂東である。俺はその激しい調子に驚いていたが、怒りを抱くのも無理はなかった。

「……そう思ってみると、ホムラの行動も腑《ふ》に落ちます。『ハーバリウム』に山田を寄越《よこ》したという行動もそうですが、廃工場に山田を追い詰めた時も、車を取ってくる、と山田に伝えてそのまま助けに来ていません。来る素振りさえなかった。ホムラほどの人間なら、SWORDが潜伏先を監視しているという状況から、あらかじめ山田の外出の一件を知っていてもいいはずなのに、電話ではお咎《とが》めもなかったようです。山田による真空室での殺人も、血痕を拭き去り、死体を搬入口に移すという御座なりな偽装のみで糊塗《こと》している。こうした全てが、『山田が捕まっても構わなかった』からだとすれば、辻褄《つじつま》が合うことになります」

「……山田さん、かわいそう」

御幸がぼそりと言った。この一連の凶悪犯罪の共犯者にかける言葉としては、甘すぎるようにも思えた。

「でも、ホムラの動機がテロではなく、そして、コトダマが『化ける』だとすれば、動機は――」

沙雪が言うのを遮って、俺は続ける。

「動機の問題は置いておく。まずは、犯人を指摘しようか。

山田は最後に一矢報いた。ホムラの正体を暴く手掛かり――言ってみれば『真の手掛かり』を、ホムラに遺《のこ》させることが出来たんだ。山田は自覚していないだろうけどな……」

「真の手掛かり……？」

「もちろん、ホムラが山田の潜伏先で彼と対峙《たいじ》した時、強烈な怒りを露《あらわ》にしたこと――この『心理の足跡』こそが、彼の致命傷だったんだ」

「ああ、それ、永嶺先輩ずっと気にしていましたよね。一体それがなんだっていうんすか」

桐山は鼻の穴をほじった。

「山田という人間を操り、ＳＷＯＲＤの捜査の方向性をも誤導し、ここまで完璧《かんぺき》ともいえるゲームを続けてきた犯罪者。彼は完全主義者だ。そんな男が怒りを露にするのはどんな時か？　ヒントは、彼が直前に見たものにある。彼は、座卓の上の文庫本と、冷蔵庫の上の招き猫を見た」

「だから、それは山田が外出した時に買った物でしょ。それを見て、外出の一件を悟って怒る――」

「えっと、桐山君、それは違うんだって」望月がボソボソと言った。「ホムラはそこまで見越して、山田さんを泳がせて、捕まえさせようとしていたんでしょ。山田さんが潜伏生活に耐えられなくて外出するのも、織り込み済みってことでしょ」

「あ、そっか……」

「そう。彼が怒った理由は別にある。そもそもその理由で怒るなら、彼が潜伏先に置いていないはずの文庫本を目にした時点のはずだ。文庫本が置かれていた座卓は沓《くつ》脱ぎの正面。嫌でも目に入るはず。一方、招き猫は冷蔵庫の方を振り返らないと目に入らない。俺は、この招き猫こそ、ホムラが怒った理由であるとみている」

「なんでそんなことが言えるんですか」

「直後、俺達が突入した時、ホムラは招き猫に向けて発砲したからだ」

「あ？　……ああ！」

桐山が運転中の俺に向けて手を差し出した。俺は「胸ポケットの中」と言った。桐山は躊躇《ちゅうちょ》せず俺の胸ポケットを探り、目的のものを取り出した。

「この間、望月から渡されていた紙……これのことっすよね！　ホムラは部屋の中の冷蔵庫の方に銃口を向けていた……」

「正確には、冷蔵庫の上の招き猫を狙っていたんだ！」

沙雪がポンと手を鳴らした。

「でも、どうしてそんなこと……」

望月が首を捻《ひね》ったのを見て、俺は思わず笑みがこぼれた。しかし、楽しいものではなかった。どうしても口元が歪《ゆが》んでしまう。

こんな単純なことにも気付けなかったことが、悔しかったからだ。

「それには望月、お前が関連している」

「え、ええっ、私ですか！」望月はあからさまに怯《おび》えた。「だ、だって私、あの時は現場に近付いてもいないですよ……」

俺は頷いた。

「犯人が招き猫を狙撃《そげき》した理由は単純だ。招き猫を残しておけば、望月が『聞く』によって招き猫から証言を取ってしまうからだ」

「え……？」

「ここまでくればホムラが怒った理由も理解出来る。

あの潜伏先はホムラが用意した。彼には当然、家の中にあるものが分かっている。全て火を放てば燃えるもの、あるいは、燃え残っても望月の手に載らないほど大きいものしか残しておかなかったはずだ。文庫本は計画外だが燃えるので問題はない。

だが、招き猫は別だ。招き猫は陶製で燃えない上、望月の手の平の上に載るサイズだ。これでは、招き猫からホムラに繋がる情報を『聞』き出せてしまう。それは、ホムラにとって致命的だ。

これまで完璧に積み上げてきた自分の犯罪を、たった一点で、ひっくり返してしまうほどの重大な瑕疵《かし》だ。だから怒った。目の前の山田に、共犯者の気紛れな行動に因って、自分の犯罪を台無しにされたからだ」

「そ……それっておかしいです！」望月は果敢に言った。「だって、コトダマの内容やその限定条件については、限られた人しか知らないはずです。特に私の『聞く』の限定条件、手の平に載る物、という条件は、ごくごく一部……SWORDのメンバーやその関係者しか知らないはずじゃないですか――」

そこまで言って、望月は言葉を失った。パクパクと酸素を失った魚のように口を開けたり閉じたりしていた。

「その通りだ。これが『真の手掛かり』だと断定出来る理由もそこにある。望月の能力の限定条件という、限られた人間しか知らない情報に基づいた手掛かりは、その情報を知る人間にしか残せないものだ。そして同時に、そんな手掛かりを残すことは容疑者の範囲を著しく狭めることになる。だから、これは犯人の偽装が入る余地のない、『真の手掛かり』なんだ」

森嶋は仕事が溜まっており、ＳＷＯＲＤメンバーについてのレポートを出せていないと、四月中旬の時点で話していた。つまり、望月の限定条件については、コトダマ研究所の他の研究員も知らなかったことになる。

「そんな……馬鹿な」

望月よりも一足早く、坂東は結論に辿り着いたようだ。

「そう思えば、ゼニー君の証言も腑に落ちる。望月が『聞く』で聴取する内容……手の平サイズの小物の証言は、犯人にとって、認識出来ない防犯カメラのようなものだ。どうやっても、うっかり顔を映してしまったり、重要な手掛かりを残してしまうこともある。喫茶店『ハーバリウム』のブックマッチ、『マッチャン』の証言から、山田がストラップを回収していたことを突き止めたようにね」

マッチャンが山田を目撃出来ていたのは、戸棚の戸が開いていたからだ。山田がもし『聞く』の存在を知っていたなら、戸を閉めておいただろう。

「しかし、ゼニー君はパーカーを着た男……ホムラと思われる人物の顔を、全く見ていなかった。フードを深々と被《かぶ》り、一切顔を見せなかった。もっと言えば、ゼニー君はホムラの手元も見ていないんだ。決定的な証拠である種火のマッチを持っている、その手元をね」

「じゃ……じゃあ、ホムラはその時点で、ゼニー君の視線を意識していた、ってことですか？」

「そうだ。つまり、ゼニー君の目は、ホムラにとって『認識出来ない防犯カメラ』ではなかった。塀を乗り越える時点で、小銭入れを見つけた彼は、意識して種火のマッチを映さないようにしたんだ。おまけに、ゼニー君の存在は、ホムラにとって都合が良かった。ホムラと山田の会話をゼニー君に『聞』かせ、いち早く捜査陣に『犯人は二人組』という情報を与えることが出来た。山田を捜査陣に引き渡すことがゴールであるホムラにとって、山田に目を付けさせるのは早ければ早いほど良い。だからだよ――それほどまでに、望月の能力に尻尾《しっぽ》を摑《つか》まれないよう気を遣ったのに、最後の最後、招き猫に裏切られた。それが、彼のアキレス腱《けん》だった」

俺はこの先を続けるのが怖くなり、一旦《いったん》言葉を切った。呼吸を整えてから口を開く。

「ここまでくれば、犯人の条件は明らかだ。犯人は、望月の『聞く』のコトダマとその限定条件を知っていた人物。

ここにいるSWORDメンバーはあの日、アパート周辺に張込んでおり、ペアで動いていたのでアリバイもある。変装してアパートに現れることは出来ない。

三笠課長も同様だ。彼女はその日警察上層部と会食に行くと話していた。必要とあれば裏付けも取れるだろう。これもアリバイ成立だ。

そうすると、残るのは一人だ。その人物は捜査の動きが分かる立場にいたし、山田だけでなく、俺たちの捜査の方向性をも操ることが出来た」

桐山がおずおずと言った。

「俺……思い当たることあるっす。山田浩二が生きていると分かって……SWORDの事務室での会議中、山田浩二の写真がスクリーンに映った時、俺、永嶺先輩の後ろにいるその人の顔を見ていたんすよ。その瞬間、その人は、山田の方を見ていなかったんす。だってそいつ……山田ってその時点では、その人の大切な人を殺した奴かもしれないし、少なくとも、殺人に手を貸している奴なのに……あの時、なんの興味もなさそうだった」

沙雪が首を横に振った。残念そうに、眉《まゆ》が下がっていた。

「ずっと……疑問でした。どうして別のコトダマ遣いのフリなんてするんだろうって。でも、それが理由だったんですね」

——仄聞《そくぶん》した話では、「自分は『燃やす』のコトダマ遣いである」と名乗る男まで現れたという。

あの話こそ、本線だったのだ。その時、ホムラの宿願は叶《かな》ったのだから。

思えば、白金将司・的場大樹殺しから、草薙孝義殺しまでの間、日数が空きすぎていた。あれは、被害者の選定に時間がかかったとか、白金のフォルダから抜いたデータを調べるのに時間がかかったとか、そんな理由ではなかった。犯人も、潜入捜査という大役を仰せつかってしまったのだ。彼はどうにかその仕事の隙を縫って、草薙を殺しに行ったのだろう。草薙を殺すというアイディアは、彼が潜入捜査チームの一員だからこそ思い付いた——。

俺は息を吐いた。

「……もう分かっただろう。ホムラのコトダマが『真似る』ではあり得ない理由が。『真似る』で『燃やす』をコピーするには、『燃やす』のコトダマ遣いを殺す必要がある。しかし、ホムラの最終目的は『燃やす』のコトダマ遣いを殺すことだったんだ。それが目的なんだから、『燃やす』をコピーしているわけがない。パラドックスだ」

犯人の動機を思うと、胸が詰まった。

大義のために人を殺すことが出来る者がいる。テロも、その大義の一つとして数えられるだろう。彼らにとっては、紛れもなく正義であり、聖戦なのだから。

だが、一人一人のちっぽけな人間が、いつも大義に身を捧《ささ》げられるとは限らない。

坂東が山田にしてみせた話と同じだ——人間臭いと言われようと、卑俗と言われようと、なんの悪いことがあろう？

俺には、テロが動機と言われるよりもよっぽど、ホムラの動機は切実で、揺るぎないものに思えた。

喉《のど》につっかえたものを呑《の》み込むようにして、その先を続けた。

「ホムラの正体は、森嶋研究員だ。

そして、彼の動機は家族を殺した『燃やす』のコトダマ遣いへの復讐だ」

31　勝利

ホムラ――森嶋はほくそ笑んでいた。上々の成果だと思っている。

その証拠に、彼は鍵束《かぎたば》に指を突っ込んで、ぐるぐると回していた。鼻歌まで歌いながら、コトダマ研究所の廊下を歩いている。「ホムラ」の対応に追われ、一部の職員は出勤していたが、もう全員帰った。聞き咎《とが》められる気遣いはない。

背中をグッと反らし、体の凝りをほぐす。今日もコトダマ研究所は雑務の山だった。真偽のほども定かではない『燃やす』のコトダマ関連の話を捌《さば》いていき、SWORDの三笠に報告を上げる。地味で、つまらない仕事――それも、「ホムラ」である彼には、その大半が根も葉もない大嘘だと分かっているのだ！

だが、最後の最後、ようやく真実が現れた。

その男はみすぼらしい身なりをしていた。無精ひげが顔一面に生え、何日も風呂《ふろ》に入っていない臭いがした。

――本当だって！　俺が本物の『燃やす』のコトダマ遣いなんだ！

――あのホムラって奴は大嘘つきさ……！　だって、俺が本物なんだから。だったら、あいつはどうやって炎を出してるかって？　はっ、知るかそんなもん！　どうせ、くだらないトリックだろ……。

そう。くだらないトリックだよ、本物君。聴取しながら、森嶋は心の中で呟《つぶや》いていた。それも、君などには真似も出来ないようなトリックでね。

鍵束の回転が止まる。

森嶋の足は、ある部屋の前で止まった。

『燃やす』のコトダマ遣い……彼が入っている部屋だ。

鍵を差し、そっと回す。

森嶋の目的は最初からこれだった。

最初というのは、コトダマ研究所に入った、まさにその瞬間のことだ。

＊

家族を殺されてから数カ月後——彼は『化ける』のコトダマに「選ばれた」。

しばらくは「どうして俺に」という困惑ばかりが募った。妙な注目を浴びたくなくて、能力のことを隠した。どのみち、昔の職場は精神科の診断書を取って休職していた時で、実家に帰り、人となるべく関わらないように過ごしていたから、問題はなかった。

遣い方の分からない能力に、しばらくは戸惑った。空気中の水素と酸素から水を出すとか、そんなしょぼくれた手品にしか遣えない。コトダマに選ばれたことなど忘れて、普通に生きようとも思った。

事件以来、火を扱うのが怖くなった。しかしある日、息子との約束を思い出した。秋に、落ち葉を集めて焼き芋を作る——俺が子供の頃母がよく作ってくれたのだ。それを聞いて、息子が羨《うらや》ましがった。だから、必ず次の秋に焼き芋を作ってやる、と約束したのだ。火を扱えない自分に、もう出来るはずもない。そう思いつつも、さつま芋を買って、枯葉を集めてしまった。なんとなく、息子との約束を果たしたかったのだ。

集めた枯葉に火を点《つ》けようとした時——不意に、彼の心に悪魔が囁《ささや》いた。力の遣い方を思い付いてしまったのだ。水を分解して酸素と水素を取り出し、酸素の濃度を調整して、見えない導火線を作る。ペットボトルを持ち、狙った軌道通りに飲み口を動かしていくのが、最もイメージに合った。

そうして作った導火線に火を点ける。

マッチの火がほとんど一瞬のうちに枯葉に伝わり、炎が上がる。

炎があまりにも強くて、枯葉の中の芋は消し炭になった。知らず知らずのうちに、酸素の濃度が濃くなりすぎ、強すぎる炎になってしまったのだ。初めてのことなので、加減が難しかった。

この時初めて、地味なコトダマではあるが、利用しがいのある能力だと思った。力を持てば遣いたくなるのが、人の必然である。

——この能力さえあれば……。

森嶋が願ったのは、家族を殺した『燃やす』のコトダマ遣いを見つけ、捻《ひね》り潰《つぶ》すように、虫けらのように殺すことだった。彼の家族がそうされたように。

目的を見つけてからは、体が軽くなった。実家を離れ、一人で暮らして、なるべく人との関わりを断ってコトダマの技術を修練した。彼は空気を意のままに操れるようになり、芋を消し炭にしたあの導火線の魔法をさらに磨いた。彼の技術は向上し、あの時よりも強い火をおこせるようになった。きっと、人も消し炭に出来るほどに。

武器は手に入れた。あとは、どうやって『燃やす』のコトダマ遣いを見つけ出すか、だった。

あの事件を起こした犯人は未《いま》だ捕まっていない。警察が無能であるからだが、今となっては好都合だった。見つけ出せれば、自分がそいつを殺すことが出来るのだから。

あの時の『燃やす』のコトダマ遣いは亡くなっていて、既に他の誰かに転移した可能性もある。しかし、それはないと森嶋は直感していた。あの事件以来、『燃やす』が絡むような事件は世界中見渡しても起きていない。能力を持てば、遣ってみたくなるのが人の性《さが》だ。だから、今事件が起きていないのは、元の持ち主がその力の強大さに怯《おび》え、力を遣うことをやめたからだろう。もしくは、森嶋の家に強盗に入って、奪った金品によって、充分生活出来るようになったからだろうか。

森嶋は、まだこの世のどこかに、あの日の殺人者が生きているはずだと確信していた。

とすれば、あとはどのように捜すかである。そこまで思考を進めた時に見つけたのが、コトダマ研究所の求人だった。

警視庁と連携して、コトダマ遣いたちの特性や能力の限界を研究する仕事。あの無能な警察たちと手を組むのは癪《しゃく》だったが、これなら内側に入り込んで、コトダマ遣いの情報を仕事として集めることが出来る。何もしなくても、向こうから情報がやってくるのだ。これほど好都合な職場はない――。

こうして、彼はコトダマ研究所の求人に申し込み、その職を得た。

しかし、やがて我慢の限界が来た。

俺は、僕は、私は――コトダマに「選ばれた」人間なのだと、傲岸不遜《ごうがんふそん》に振る舞うコトダマ遣いたち。まるで自分たちが神にでもなったと勘違いしているようだった。彼らと日々接していると、心が摩耗していくのを感じた。脅迫的な言動を向けられることは日常茶飯事だった。

――お前らみたいな一般人、その気になればいつでも殺せるんだぜ？

八人を殺したコトダマ遣いにそんなことを言われた時も、森嶋の心は冷え切っていた。いざとなれば殺せるのは彼も同じことだった。ただ、『燃やす』のコトダマ遣いを殺せると思った時、自分も、この屑《くず》と同じような目をしていたのかと思うと、いたたまれなかった。

こうしたコトダマ遣いへの対応も森嶋の心を磨《す》り減らしていったが、なお怒りを覚えたのは、コトダマ遣いを巡る制度の矛盾だった。

コトダマ遣いを殺せば、この世のどこかにそのコトダマを受け継いだ人間が現れる。そんな危険を冒すよりは、捕まえたコトダマ遣いを、寿命まで保護しておく方が望ましい——そうした考えのもと、罪を犯したコトダマ遣いにも人並みの待遇を与えて、研究所に部屋を用意する。その待遇は、明らかに刑務所のそれよりも優れていた。

——まったく、国もありがたいくらい馬鹿げた制度を作ってくれたもんだぜ。

——だってそうだろ、森嶋さん？　人を殺してもなお、ここにいりゃあ、ある程度の生活が出来る。外には出られねえし、ネットは使えねえが、美味い飯が食え、暖かい部屋で漫画を読んで過ごせる。そりゃそうだよな。普通のコトダマ遣いだって入れる施設だ。刑務所のように作るわけにはいかねえ。

——だけどさ、こうは思わねえか？　ただ人を殺すより、コトダマ遣いになってから殺す方が得だ。だから、再三言っているだろ、俺たちは「選ばれた」んだ……。

八人殺しはそう言った。何度殺してやろうと思ったか知れないが、来たるべき復讐《ふくしゅう》の時に備えて殺意を噛《か》み殺した。

研究のためだから。コトダマ遣いの犯罪者を生かしておくのは、必要悪だから。コトダマについてより良く理解することが、将来的な犯罪の抑止にも繋《つな》がるから。

そんな「きれいごと」に守られた犯罪者たちを見るたびに、森嶋は、コトダマ遣いに殺された家族を想い、はらわたが煮えくり返った。目の前の屑一人叩《たた》き潰せないような「きれいごと」に、なんの意味があるというのだろう？

その矛盾が、森嶋には耐え難かった。もう辞めてしまおうと思った。研究所に入って数カ月経っても、『燃やす』のコトダマ遣いに関する情報は飛び込んでこなかった。どうせ、復讐など果たせるわけもない……。

しかし、目の前の矛盾を見つめ続けるうち、森嶋の心に、また悪魔が囁きかけた。この矛盾を、あえて利用することは出来ないだろうか？　もし、今どこかに息を潜めている『燃やす』のコトダマ遣いが、自分から名乗り出たくなるような状況を作ってやれば——。

森嶋はその発想に手応《てごた》えを感じた。『燃やす』のコトダマ遣いを、この日本から炙《あぶ》り出すのだ。

同じ頃、森嶋は、何気なく立ち寄った喫茶店『ハーバリウム』で運命の再会を果たす。

楢原裕二。

あの事件で、警察官である息子を失った男だった。

再会した森嶋たちは一時、打ち解けた。店の閉店後に二人で会い、思い出話を交わした。あの犯人が許せない、という話をたびたびした。そのたびごとに、心の中の火は大きくなっていった。接点を知られると面倒なので、永嶺には「会ったことがない」と嘘をついたが、楢原の存在は森嶋にとって大きな支えになっていた。

一年前、楢原は体を壊し、店をたたむことになった。

病状が悪化し、亡くなる寸前、森嶋は楢原に会いに行った。森嶋は胸がいっぱいになった。五十二歳では若すぎるが、若いうちにかかることも珍しくない難病なのだという。最期は家で迎えたいと、病院から家に帰ってきた。その家で、楢原は言った。

「悔しいなあ、森ちゃん」

自分が常連によく「なっちゃん」と呼ばれていたからか、楢原は森嶋のことをそう呼んだ。

「悔しい。俺が死んで、この世にあいつが生きてるかもしれねえことが、俺は悔しい」

森嶋は、自分がコトダマの力に目覚めたことを打ち明けた。

楢原は驚いたように目を見開いた。

「俺は復讐するよ」

「どうやって」

「計画は頭の中にあるよ。のうのうと生きているあいつを、この日本から炙り出す」

楢原はしばらく黙ってから、くしゃっと、優しい表情を浮かべた。

「森ちゃんは、あいつみたいな、化け物にはならねえよな」

「ならない」

「じゃあ、使ってくれ、あの店。役立ててくれ。どうせほとんど幽霊ビルで、管理会社も放ったらかしだ」

「うん」

「じゃあ、頼んだぞ」

楢原は目を閉じ、そのまま亡くなった。

息子を亡くして以来、家族もいない。ただ、被害者遺族という繫《つな》がりしか持たない森嶋に看取《みと》られ、静かに逝った。

森嶋はその対処に悩んだが、結局、楢原の遺体を車に乗せ、山中に掘った穴の中に遺棄した。

死体はまだ見つかっていない。

楢原の店は、監禁場所に使うアイディアがあった。楢原はいずれ、捜査圏内に入ってくる相手だった。その時、犯人として少しでも疑われるような位置にいてもらいたい。

森嶋に、時間を与えるために。

『燃やす』のコトダマ遣いは、江東区一家殺害事件を起こして以来、完全に潜伏していた。今どこで何をしているのか、杳《よう》として知れない。相手もコトダマ遣いの研究施設による待遇を知っていながら、出てこないということは、逃げ切れると踏んでいるか、あるいは自由の方が大切だと思っているのだろう。

そのパワーバランスを、逆転させることが出来ないか。

筋書きはこうだ。『燃やす』のコトダマ遣いを騙《かた》って、大きな犯罪を起こす。声明も出し、大きな罪が自分に濡《ぬ》れ衣《ぎぬ》として被《かぶ》せられようとしていると知らせる。この時、パワーバランスは逆転する。

だからでっちあげる罪は、一家殺害よりも重いものでなくてはならない。そこで思い付いたのが、テロだった。

この計画を思い付いた途端、森嶋の心は軽くなった。復讐心にもう一度火が点《つ》いたのだ。やることが明確になり、自分の前には一本の真っすぐな道があった。どす黒く、奈落《ならく》へと続く復讐の道が。

なりふり構ってはいられなかった。森嶋は、大切なものをその男に奪われたのだから。自分の全存在をかけて、この作戦に臨まなければならない——。

そのために、森嶋は心を鬼にした。冷酷非道な男を装った。それはもはや自己暗示に近かった。ダークウェブを通じて出会った山田という青年の存在が、森嶋に新たな活力を与えた。重要だったのは二つ。一つ目は、彼が『軽くする』というコトダマの遣い手であったこと。二つ目は、電力会社が経営する工場に勤め、反原発思想を強く抱いていることだった。

あいつにテロの濡れ衣を着せる——中心となるその発想に、山田という青年はぴったり嵌《は》まった。まるで、パズルのピースのように。そこを起点に大きな嘘を練り上げた。原子力発電所を最終標的とした犯罪計画——。

そのためには、山田という男を完全に自分の手駒にする必要があった。ある程度、山田を捜査の目から逃れさせておく必要もある。そこで、山田という男の身代わりとなる大学生を探し、そいつを殺した。山田を守るためだと彼には言い聞かせてあるが、実際には、山田の身分と居場所を奪うことで、森嶋に精神的に依存させるためだ。それに、『燃やす』のコトダマ遣いを装うのに、「焼死体」というパーツはふさわしかった。

山田には悪いが、極論、原子力発電所を標的としたテロを謳《うた》わなくても、森嶋の望みは叶《かな》ったのだ。それが大きな犯罪であり、多くの人間が死ぬ可能性のあるものなら。山田の話には心から共感出来る部分もあったが、積極的に賛同はしかねた。彼の見方は正しい一面ではあるが、あくまでも物事の一面に過ぎないと思いながら聞いていた。森嶋は根本のところで技術者だったのだ。だから森嶋は、山田には申し訳なく思っている。さも同志のような顔をして、山田の話を聞き、彼を騙《だま》していた。

——**山田は、大義のために人を殺せる人間だ。**

テロリズムに身を捧《ささ》げられる人間は、多かれ少なかれそうだ。自分の領分を越えた「大きな動機」のために、人を手に掛けることが出来る。

森嶋には出来ない。

——**俺はただの人間だ。俺は俺のためにしか、人を殺せない。**

あとは、『燃やす』のコトダマ遣いが原子力発電所を標的にしたテロを起こそうとしている

――このシナリオを、警察に信じさせるための一押しが必要だった。そのためにも、森嶋は山田を利用した。捕まれば、山田は警察の前で全く同じ話を繰り返すだろう。森嶋にも聞かせてみせた話。彼の原動力となっているあの思想を。山田は自分の考えを信奉している。本物の信奉者を、誰が疑えるだろう？

最も近い距離で、森嶋が能力を行使するところを見て――そして、一ミリの疑念も抱かず、思想を語ることが出来る。山田を介してこの二つの情報を送り込むことで、警察は森嶋の描いたシナリオを完璧《かんぺき》に信じるだろう。

山田を共犯者に引き入れるにあたって、一つ問題があった。『化ける』は強力な能力だが、厄介な限定条件がついている――目を瞑らないと発動出来ないのだ。

仕方なく、森嶋は山田の前では常に、サングラスをかけるキャラを装い、２０１号室に現れる際にもフルフェイスヘルメットを着用した。敵の攻撃が飛んでくるかもしれない場で、目を瞑《つむ》る――その制限は、あまりにも大きい。

しかし、山田は最後まで、森嶋の秘密に気付かなかった。

あわれな男だ。

長い時間をかけて入念に築き上げてきたこのシナリオに、不穏なファクターが絡んできた。

言うまでもなく、ＳＷＯＲＤの存在である。

コトダマ遣いと戦うために、国家に飼われたコトダマ遣い。若き敏腕課長・三笠が率いる六人の能力者たち。ＳＷＯＲＤという組織が起ち上がると、研究所内の辞令によって、森嶋は外部嘱託員の役職に任じられた。

望月がそこに加入すると聞いて、森嶋は衝撃を受けた。彼女は捜査に関しては完全に素人で、ただコトダマ遣いというだけで、このチームに入れられるからだった。小鳥遊姉妹も同様だ。彼女らは森嶋にとってただの「研究対象」で、「仕事仲間」になるとは考えたこともなかった。

──人を馬鹿にしている。

コトダマ遣いであることをひた隠し、顔を俯《うつむ》けて生きてきた森嶋には、SWORDの面々のことが憎くてたまらなかった。望月と同じく、ずぶの素人である桐山は、やさぐれた田舎のヤンキーにしか見えなかった。交通部での業務経験しかない小鳥遊姉妹はナイーブすぎて、犯罪捜査に向いているとは思えなかった。坂東という男は腑《ふ》抜けに見えた。昔は優秀な刑事だったのかもしれないが、今は牙《きば》を抜かれた犬でしかない。

最も気に食わなかったのは、永嶺という男だった。

正義感が強く、真面目で、向上心が高い。見ているだけで吐き気がした。つい最近まで、捜査一課で最前線に立っていたというのも腹が立った。お前のような捜査官のせいで、『燃やす』のコトダマ遣いは野放しになっているのだと、森嶋は憎んだ──。

彼らと接触した森嶋は、SWORDの存在は目障りだが、計画の妨げにはならないと判断した。いや、それどころか、犯行の動機が一つ増えたと思った。

この組織の評判を地に落としてやるのだ。

それこそが、コトダマ遣いを野放しにしてきたシステムへの最大の報復になると思った。SWORDは一人のコトダマ遣いに完全に翻弄《ほんろう》され、原子力発電所を標的にしたテロがあると思い込み、社会の不安を無用に煽《あお》り立てたうえ、警察の監視下にあるはずの研究所で殺人が起こった
──SWORDを率いている三笠という女の鼻っ柱も折れるだろう。

森嶋は、予定通り、山田と共に事件を起こした。

『燃やす』のコトダマ遣いの存在を前面に押し出せば、早晩、SWORDのメンバーが江東区一

家殺害事件に辿《たど》り着くことも分かっていた。その時、森嶋は嘘偽りのない本心を語ることにした。なぜなら、彼には二年前の事件について、一切嘘をつく必要がないからである。『燃やす』のコトダマ遣いへの復讐心は――むしろ、捜査に熱をあげるポジティブな情熱として――響くだろう。捜査情報を常に把握しておくために、SWORDに信頼されることが、森嶋にとっても必要だった。

気がかりだったのは、永嶺よりも、むしろ桐山の方だった。思考力では永嶺に劣るだろうが、直感が優れていた。

――この仕事、辛《つら》くないっすか。

あの質問を投げかけられた瞬間、森嶋は動揺した。思ってもみないことだったからだ。制度の矛盾を感じ、思い悩んでいた頃の森嶋の心を見抜かれたようだった。同時に、その「辛さ」を、森嶋は忘れていたことに気付いた。復讐という目的が明確化してからは、そんなことを考えている暇がなかったのだ。そんな森嶋の心の動きさえ、見抜かれているのではと、恐れた。

あの質問をした桐山は、直感で森嶋を疑っていたのかもしれない。山田浩二が共犯者であると割れ、会議室のスクリーンに彼の顔写真が表示された時、資料から顔を上げると桐山と目が合った。しまった、と思った。嘘でも、犯人が憎いという目でスクリーンを睨《にら》んでいなければいけなかった。

しかし、いくら怪しんでいたといっても……その手は、森嶋までは届かなかった。現に、彼は今、『燃やす』のコトダマ遣いを殺そうとしているのだから。

――それにしても、あの記者会見は傑作だった！

三笠という女は、『発電所を警備するSWORDの面々の姿』を予知夢で見たのだろう。大々的な記者会見のおかげで、森嶋は自分の仕込みが完全に成功したことを確信した。世間にも「ホムラはテロを企《たくら》む凶悪犯である」ことが強く認知された。

そうして、森嶋の目の前に現れた。

あの男が。

男の名前は、坂本克樹《さかもとかつき》という。

坂本は犯罪者用の設備がある部屋に留め置かれている。まだ容疑は確定していないが、コトダマ遣いであるか検査が必要である、という建前だ。森嶋の権限は、研究所の中でも絶大だった。彼がそのようにしろと言えば、簡単に通った。

検査が必要である、と言っているが、昨日の実験で、もう坂本が本物の『燃やす』を遣えることは確認してあった。

「ホ、ホラ、だから言ったろ？　俺が本物なんだ、あいつは偽者なんだって……」

坂本は媚《こ》びるような目で言った。だからここに置いてくれ、と。

森嶋は最後の温情をかけるつもりで聞いた。

「お前が『燃やす』のコトダマ遣いなら、江東区一家殺害事件の犯人であるということになるが、それでも構わないのか？」

彼の目はあからさまに泳いだ。しかし、彼は言った。

「し——知らねえよ、そんなの。大方、俺の前の代の『燃やす』遣いがやったことだろ。四人も殺すなんて、人のすることじゃねえ。俺は本当に何も知らねえ」

森嶋はこの瞬間、坂本への裁定を下した。森嶋は何も言っていないのに、被害者の数は四人と知っていた。ただ報道を見ていただけという可能性こそあるが、森嶋の心証は完全にクロだった。

残念なのは、坂本という男の人生だった。二年前、強盗殺人で自分の家族を殺し、かなりの金品を奪っていきながら、その生活は惨めなものだった。ホームレス同然の恰好《かっこう》をしていたのは、水道・電気・ガスを止められたアパートで一人住まいをしていたからだと分かったし、働いていた清掃会社は一年前に解雇されている。

願わくは、不遜に、しぶとく、高飛車に生きていてほしかった。そんな男の鼻っ柱をへし折り、自分の前にひざまずかせ、罪を悔いさせてから殺したかった。

坂本が、あんなに惨めな男では、その願いは果たせそうにない。

しかし——相手がどうあれ、宿願は叶うのだ。

あとは、最後の仕上げである。原子力発電所、それもR原子力発電所を標的と思わせたのは、SWORDのメンバーをそこに縛り付けておくためだ。

今、このコトダマ研究所はすっかり手薄である。

森嶋の計画に気付く者は、誰もいない。

森嶋は元より、逃げ切るつもりはなかった。目的を遂げたら自害するつもりでいる。

SWORDと過ごした日々を思うと、ふと、もっと早く、彼らと出会えていたらどうなっていただろうと考える。

出会ったばかりの頃は、こんな素人同然の奴らがどうして、という憎しみばかりが募っていたが、動き出してみると、案外相性の良《い》いチームなのかもしれないと思った。小鳥遊姉妹の能力を遣い、洋生電力への潜入捜査をさせた時は、年甲斐《としがい》もなくワクワクした。もちろん、全力でやらなければ、彼ら彼女らに疑われるという理由があったにせよ、だ。

だから、もっと早くSWORDという組織が設立されていればと、悔やまれてならない。

もしそうなっていれば、森嶋は喜んでチームに志願し、このコトダマを捜査に役立てただろう。

こんな薄汚いやり方ではなく、正しいやり方で、坂本克樹を見つけ出すことが出来ただろう。ももっと自然な流れで、仲間に過去を打ち明けることが出来ただろう。一緒に戦ってもらうことも、出来たかもしれない。

でも、全ては遅すぎた。もう、森嶋の手は汚れてしまったのだ。

しかし、森嶋の手には完璧な勝利が残った。

それ以上、何を望むことがある？

＊

彼の食事に睡眠薬を混ぜてあった。今頃はぐっすり眠っているだろう。

坂本――今、殺してやる。

森嶋は坂本の部屋の扉を開いた。

そして、そのまま硬直した。

死臭。

部屋の中には、死臭が漂っていた。

ベッドと机、椅子があるだけの殺風景な部屋である。坂本は昨日ここに入ったばかりだ。差し入れがあるわけでもなく、こざっぱりとしていた。

そのベッドの上で、坂本は死んでいた。

顔色は良く、死んでいるとは到底思えない。毛布もしっかり肩までかけていた。妙に綺麗《きれい》な死にざまだった。

しかし、鼻をつくこの死臭は本物だ。信じられない思いで、森嶋は坂本の体に手を触れ、何度か揺すぶった。

「これは……？」

森嶋に一家殺害事件の犯人だとバレたと思い、諦《あきら》めて自殺した？　もしかして、森嶋が遺族だと気付いたのだろうか？　旧姓や家族の情報を、他の職員から聞いたのかもしれない。それで、自責の念に駆られて自殺――。

いや、どちらのシナリオもありそうにない。しかし、警察の監視下にあるこの部屋で、殺人事件が起こるなど考えられない。

――一体……。

「ようやく来てくれたね」

戸口から声がして、森嶋の体が跳ねた。

三笠が立っていた。

「三笠さん……」

森嶋はフッと笑ってから言った。ＳＷＯＲＤの面々の前で着けていた、人の好《よ》さそうな笑顔の仮面を身に着ける。

「もう、驚かせないでくださいよ。そんなところにいたなら、声かけてくれれば――」

「森嶋さん。これなーんだ」

三笠は恋人でも相手にするような、軽く、甘い調子で言った。

彼女の手の平の上で、小さな炎が揺らめいていた。

森嶋は絶句した。

32　結末

坂本の死体の前で、三笠と対峙《たいじ》している。

あり得ないシチュエーションのはずなのに、森嶋にはなぜだか納得感があった。

女性でありながら、典型的な男社会である警察組織の上に立ち、ＳＷＯＲＤなどという化け物の集団を率いる三笠――彼女には何か、薄ら寒いものをずっと感じていた。それは、あの切れ者の永嶺や、直感に優れた桐山などとは比べ物にならない、まるで大きく口を開けた深い穴のような、恐ろしく、底知れないものだった。

だから、森嶋はどこか納得する思いがあったのだ。自分の前に、最後に立ちはだかるのはこの人だと、心のどこかで思っていた。

しかし――。

現実は、想定を超えていた。

「あなたが坂本さんを殺しに来ることは分かっていたよ」

三笠は静かな口調で言った。いつもの丁寧な仕事口調ではなく、友達に話すような砕けた調子なのが、森嶋のペースを乱した。

「何がですか」

「だって、致命的だったものね」

「ほら、招き猫だよ。山田さんの潜伏先で壊したやつ。あれのせいで、容疑者の枠が一気に狭まっちゃった。顔がバレるのを恐れたんだもんね」

三笠がにこりと笑った。

――やはり、あれがアキレス腱《けん》だったか。

森嶋は忸怩《じくじ》たる思いで奥歯を嚙《か》んだ。あの招き猫の話を望月に『聞』かれたら、目撃証言から森嶋が犯人であることがバレてしまっただろう。その意味で、壊しておく必要性はあったが、過剰な反応だったことは否めない。

「なんのことだか……」

「あは。誤魔化すのが下手だね。動揺が顔に出ているよ」

森嶋は自分の顔が引き攣《つ》っていることに気付いた。

森嶋は観念し、三笠に向き直った。

「分かりましたよ。降参です」

「まあそのうち、永嶺君も気付くだろうね。永嶺君は、あの時君が招き猫を撃ったことが気になって仕方がないようだった」

「……永嶺さんには、さっきの話、していないんですか？」

「もちろん。私単独で動いているよ」

——ということは、ここには彼女一人……。

森嶋はそっと呼吸を整えた。彼女一人だけなら、自分のコトダマで抑え込めるだろう。

三笠のコトダマは『読む』。ランダムに予知夢を見るだけの、くだらない能力だ。会見ではさも凄《すご》い能力のように語ってみせたが、偶然任せで、本当に捜査に役立つのか定かではない。

——一人でのこのこ来るなんて、馬鹿な女だ……。

しかし、さっき見せられた炎が気になる。

それに、どうして坂本が死んでいるんだ？　その謎は未《いま》だに解けていない。

「……三笠さん、さっきのアレはなんです？」

「アレ？」

「つまらないトリックはやめてくださいよ。どうせ、マジック用のフラッシュペーパーでも使った手品でしょう？」

それは森嶋自身が使ったことのある手だった。

三笠は、フフッとくすぐるような笑い声を立てた。

「トリックでないとしたら？」

「え？」

彼女はもう一度、手の平の上に炎を出した。

その炎は、今度は消えることなく、赤々と、まだ燃え立っている。衰える気配もなく、フラッシュペーパーのようにぼうっと一瞬燃えるような事象でもない。

あっ、と森嶋の口から声が漏れた。

瞬間、自分が嵌《は》められたことを悟った。

「復讐《ふくしゅう》のためとはいえ、二年もの間、コトダマについて日夜考え続けてきた森嶋さんだ。どういうことだか、分かるよね？」

「そんな……まさか……つまり……」

森嶋の声は上擦った。

「あなた……『真似《い》る』のコトダマ遣いなんですか？」

「ご明察」

三笠は魅力的な笑みをたたえて、手の中の炎を消してみせた。そのまま後ろ手に両手を組む。

『真似る』。

フランスの研究施設において、未曾有《みぞう》の惨劇を巻き起こしたコトダマ。コトダマ遣いを殺すことによって、コトダマをコピーする、凶悪な能力。

イーサン。

あの男は、確か事件の後に殺されたのだったか？　その後に『真似る』が選んだのが――。

この女、というわけか。

「誰にも言えなくて寂しかったんだよ。本当は全然違うコトダマを持っているのに、『読む』のコトダマ遣いのフリをしてさ。でも、なかなかいいチョイスだっただろう？　いかにも無害そうに見えるし、捜査に役立つという言い訳も立ちやすいからね」

「なぜ——なぜ、そんなことを——」

「当然じゃないか。あなただって、イーサン事件は知っているはずだよ」

コトダマをコピーする……。

「まさか……」

森嶋は坂本の死体を見た。物言わぬ屍《しかばね》となった、憎き相手。復讐の対象。彼の獲物。どうして目の前に三笠が一人で現れたのか、なぜ彼は殺されたのか。なぜ坂本のコトダマである『燃やす』を、三笠が遣えるようになっているのか——。全てが繫《つな》がった。

森嶋は三笠に視線を戻した。彼女は依然、ニコニコと無邪気な笑みを向けている。

「あんたが、殺したのか」

「みなまで言わないと分からない？」

森嶋はよろめいた。その場に崩れ落ちそうになる。

「まさか……そんな……だって……」

「あなたになら分かってもらえると思ったんだけどな」

三笠は頰を膨らませて言う。

「『真似る』は他人を食って生きるコトダマだよ。そのために最適な振る舞いを、私はしているまでさ。イーサンはその力に溺《おぼ》れ、研究所内の全てのコトダマ遣いを殺せば、自分は最強の生物になれると野心を抱いた。それが彼の失敗だった。野心を抱いたことじゃない。手近な人間を、全部殺そうとしたことだよ」

森嶋は、腋《わき》の下にじっとりと汗をかいているのを感じた。目の前の女が、現実の生き物とは思えなかった。

「どういう、ことだ？」

「簡単なことだよ――殺すなら、もっと上手くやれってことさ」

彼女は腕を振るった。

その手から、鞭《むち》状の炎が伸びる。

鞭はぐるっと森嶋の右足を囲み、ツタのように絡みついた。

しまった――。

避《よ》ける暇もなかった。炎の鞭が森嶋の右足を包み、じゅうっと焼いた。

「ぐあっ！」

森嶋はその場に倒れ込んだ。

足に激痛が走る。

「これで足を潰《つぶ》した」

三笠は超然として森嶋を見下ろしていた。

「あんたが……あんたが坂本を……」

「うん、だからそう言っているじゃないか。死因は一酸化炭素中毒だ。数時間前に殺して、ガスは部屋から追い出しておいた。そうして、君の到着を待ったってところだ」

森嶋が聞きたいのはそんなことではなかった。三笠の打算などどうでもいい。彼女の計画などどうでもいい。今心にあるのは、ただ強烈なまでの憎悪だった。

「どうして――どうして、殺したんだ！」

森嶋は叫んだ。

森嶋の右足がじくじくと痛んだ。ズボンがもう用を成していない。たった一発の攻撃なのに、かなり熱傷が広がっていた。痛みで、立ち上がることも出来そうにない。

「森嶋さんは、パソコンにデータを取り込んだ後のＣＤを取っておくタイプかい？」

「は？」

「今ではサブスクが主流だからね。ＣＤなんてそもそも持っていないのかな。だけど、私が好きなアーティストで、なかなかサブスクを解禁しない人がいてね。ＣＤを買っては、パソコンに取り込み、スマートフォンに入れているんだよ。そのために、ディスクドライブ付きのノートパソコンを必ず選ばないといけないんだ。まったく、大変な苦労だよ」

「なあ、お前、一体何の話を……」

森嶋は怖かった。目の前の女が怖かった。森嶋の足を焼いておきながら、関係のない話をし続けるこの女が怖かった。

「ＣＤにも、媒体としての魅力があるのは分かるよ。ジャケットや歌詞カードは、アナログならではのものだ。形として持っておきたい、という欲望は理解出来る。もちろん、頭ではね」

彼女は、パッと手を開いた。

「でも、私はデータを取り込んだ後のＣＤに興味がないんだ」

三笠は微笑んだ。

「だから、すぐに捨ててしまうことにしている。大事なのは、データの方だからね」

歯の根が合わなかった。彼女は、こう言っているのだ。

自分たちコトダマ遣いは、捨てられるＣＤと同じなのだと――。

「うお……うおおおッ！」

森嶋の心に火が点《つ》いた。目の前の女の好きにさせてはいけないと思った。

彼は目を瞑《つむ》った。

『化ける』のコトダマを遣う。

三笠の顔があるあたりを頭の中でイメージする。その周辺に化学反応を起こす。

酸素を、オゾンに――。

オゾンには毒性がある。高濃度のそれを吸い込めば、内臓も無事ではいられない。

三笠の顔の周辺だけに、この化学反応を起こす。まるで、三笠にオゾン入りのヘルメットを被《かぶ》せるようなものだ。

無事ではいられまい――。

目を開けると、三笠が膝《ひざ》を折っていた。

その瞬間、森嶋は勝利を確信した。

そこからは早かった。三笠の手が素早く動き、自分の体に触れた。

三笠の顔色は戻り、膝を折った姿勢のまま床にへたり込む。

森嶋は唖然《あぜん》とし、何も出来ないまま硬直していた。

三笠はするすると体を横に滑らせ、ゆっくりと体を起こした。さっき森嶋が作ったオゾン帯には一切近付かない。

彼女はニヤリと笑って、床に這いつくばっている自分を見下ろした。

「惜しかったね。今のはなかなか良かったよ。コンマ数秒遅れていたら、死んでいたかもしれないね」

「なんで――あんた……」

「今のは『治す』のコトダマだ。手で触れた生物の体の異変を治してくれる。一気に吸い込んだ毒の治療をしたから、体力は使ったけどね」

森嶋の体は知らず知らずのうちに震えていた。

「やっぱり、目を瞑るんだね」

「何？」

「山田さんは、ホムラが常にサングラスをかけていると言っていたし、永嶺君の話じゃ、201号室に現れた時にはフルフェイスヘルメットを被っていた。飛び降りた後も、足をケガしたと言っている山田さんにわざわざ自分を担がせてまで、『化ける』を遣っていたらしいね。目を瞑ったら、走るのは危ないもんね。だから、目に秘密があるんじゃないかと思ったんだ」

ふふ、と三笠は笑う。

「だから今、目を瞑ったのを見て、あ、何かやってくるな、って思ったよ。『治す』でなんとかなる範囲で助かった」

コンマ数秒の判断だ。森嶋の目が閉じた瞬間、『治す』のコトダマを用意し、自分に施した。

コトダマの性能の差だけではない。

思考の戦いでも、森嶋は負けている。

――殺される……。

「また、さっきのをされると厄介だから、こうしておこうか」

三笠は森嶋の体を蹴《け》り上げた。ぐあっと声を漏らして、森嶋は四つん這いの姿勢から半身を起こした。

次の瞬間、森嶋は強烈な重さを感じた。身体の重心を奪われ、仰向《あおむ》けに床に倒れ込んでしまう。

まるで、相撲取りにでものしかかられているかのようだった。強烈な重さが自分の体にかかる。

指一本動かせない。肺が押され、呼吸が苦しい。

「がっ……」

「『重くする』。君が仲間にした山田さんの逆の能力だね。これも重力操作系。こうしておけば、さっきみたいなイタズラは出来ないだろう？」

彼女はにこりと笑った。

「あと、これも頂戴ね。都合悪いんだ、コレ」

彼女は森嶋のポケットから鍵を取り出し、『燃や』した。ドロドロに溶けた金属が床に流れる。

……三笠も、望月の『聞く』を警戒している……。

「あ、そうだ。胸のあたりの圧迫は緩めてあげようか。もう少し話していたいしね。それに、あんまり強くしすぎて骨が折れたら、検視の時に不審に思われる」

「お前……一体……いくつ……」

森嶋はそれが恐ろしかった。彼女が持っているコトダマは、『読む』や『燃やす』だけではない。今『治す』と『重くする』を見せたが、他にも幾つコトダマを所持しているか分からない。言い換えれば、何人のコトダマ遣いを殺してきたのか分からない。

「だから言っただろう。上手く殺さないと、って」

三笠はコケティッシュな笑みを浮かべ、まるでこのやり取りそのものを楽しんでいるかのように見えた。

「私がＳＷＯＲＤという組織を作ったのは、そのためだよ」

「な……に……？」

「『真似る』のコトダマを上手く遣うためには、一人でも多くのコトダマ遣いを殺さないといけない。でも、警察官として働きながら趣味で殺すのには限界があってね。私もプライベートが忙しいし。だからね、コトダマ遣いを殺すのを仕事にすることにしたの」

三笠は子供のような口調で言った。虫をバラバラに解体するような、無邪気で、残酷な子供のそれだった。

「馬鹿な……」

「正義のコトダマ遣いによるチームが、悪のコトダマ遣いを捕まえる。とっても分かりやすい構図でしょう？　もしそういうチームがあるのなら、事件の捜査の過程で、被疑者死亡という形で終わってしまうこともあり得る……」

ようやく、ことの真相が見えてきた。今回の坂本殺しだけではない。のっけから、森嶋たちはこの女に操られていたのだ。

「馬鹿な……そんな無法……通るわけが……」

「『重くする』は、あなたの行動を縛るけど、傷はつけない。傷は『燃やす』だけでつけている。この意味、分かるかい？」

森嶋の呼吸は浅くなった。

「どうして坂本さんは綺麗《きれい》な顔で死んでいるんだと思う？　覚えがあるよね。あなたが草薙さんを殺したのと同じやり方だもんね。一酸化炭素中毒によって、鮮紅色になった肌」

「まさか……」

「シナリオはこんな感じ。あなたは、復讐を遂げるために坂本さんを殺害しようとした。その時、抵抗にあって『燃やす』で負傷する。それが足の火傷ね。その後、あなたの目的が復讐であると気付いた私がここに駆けつけて、拳銃《けんじゅう》で撃つんだ。ああ、もちろんコトダマは遣わないよ。私は『読む』しか遣えないということになっているからね」

森嶋は苦痛に喘《あえ》ぎながら言った。

「絶対にボロが出るぞ……！　坂本は数時間前に殺したと言ったろ……」

「死体を温めておいたから、ある程度は誤魔化せるはずだよ。あとは、ＳＷＯＲＤの彼らが気付くのが少しでも遅れるのを祈るまでだね。私は負傷して倒れた状態で、SWORDの誰かに助け出されるのを待つことにするよ。最近、マスコミ対応で忙しくて眠れていないからね。良《い》い睡眠時間になるよ」

「あんた……いつから、『真似る』を」

「だから、イーサンが死んだ後だって。S文書なんて舐《な》めるように読んでるでしょ？」

「警察の中で出世したのも、『真似る』のおかげか？」

「まさか」三笠は大きな目を見開いた。「そっちは、私の実力。だってさ、『魅せる』だの『魅了する』だの、そういうのはないでしょ、百のコトダマの中には。精神操作系も欲しいんだけどね」

「じゃあ、お前の犬どもが、ワンワン尻尾《しっぽ》振って言うこと聞くのは、自分のカリスマ性のせいって、言いたいのか？　あれは、傍《はた》から見りゃ気持ち悪いと、いつも思ってたんだ」

三笠は拳銃を取り出した。シリンダーに弾を込め、セットする。

「あーあ、もう話すことなくなっちゃった。貴重なんだけどなあ、こういう機会。誰にも話せないと息が詰まるんだよね。分かってもらえる？　こういう気持ち」

三笠は撃鉄を起こした。

「ねえ。あと、何か聞きたいことある？」

あっけらかんとした口調だった。

森嶋は叫んだ。

「必ず……！　必ず……誰かが気付くぞ！　お前のしている非道に……！　こんなこと……こんな……許されるはずがない……！」

「それだけ？」

三笠は銃のグリップを握り直した。彼女に一切の躊躇《ちゅうちょ》はなかった。

死ぬのだ、という実感が込み上げてきた。その瞬間、森嶋の脳裏には家族の思い出が蘇《よみがえ》った。

妻の顔。息子の顔。義母の顔。無惨に燃やされた我が家。跡形もなくなっていた我が家。楢原の死に顔。託された復讐――。

俺は、大義のためには人を殺せない。

最後に残った思いは、一つだけだ。

俺が、殺すはずだったのに。

「なん、で……」

森嶋は涙を流しながら、最期の言葉を絞り出した。

「おれっ……おれがっ……おれ……」

森嶋は力を振り絞り、体を襲う重力に抵抗した。憎い女の顔を見上げ、唾《つば》を吐きかけるように言った。

「なんで……なんで、あいつを殺したんだ！」

「さっきも答えたはずなのにな。まあいいや。最期の質問だから答えてあげるよ」

森嶋の体をさらに強い重力が襲い、顔を上げていられなくなった。

「イーサンと同じ理由だよ」

一発の銃声と共に、森嶋の意識は消えた。

33　後始末

劇的な結末などない。

あるのは失敗と、その後始末だけ。
俺はいつもそうだ——失敗し、全ては遅すぎる。

俺たちがコトダマ研究所に辿《たど》り着いた時には、全てが手遅れだった。

俺を含めたＳＷＯＲＤのメンバー六人は、森嶋が犯人であり、彼の狙いはコトダマ研究所にあるとアタリをつけ、Ｒ原子力発電所から大急ぎで戻ってきた。

坂本の部屋を開けた瞬間、ワッと一斉に色んな臭いが飛び出してきた。死臭。蛋白質《たんぱくしつ》の焼ける臭い。不吉な臭いの数々……。

「そんな……三笠課長！」

御幸が倒れている三笠に縋《すが》りついた。頭に殴られたような傷があり、血が流れている。三笠の手の傍に、拳銃《けんじゅう》が落ちていた。

「ああ……良かった。課長、呼吸はしています」

その瞬間、ホッと安堵《あんど》のため息が揃った。

「一体、ここで何が……」

沙雪の顔が青ざめていた。

彼女の視線の先には、ベッドの上に横たわった坂本の死体があった。『燃やす』のコトダマ遣いだと名乗り、保護を求めてきた男だと、研究所の職員からは教えられた。俺の推理が正しければ、彼こそが本物の『燃やす』のコトダマ遣いということになるだろう。

坂本は顔色が良く、一目では死んでいるとは思われなかった。鮮紅色の死体。一酸化炭素中毒死の特徴であり、既に一度、森嶋が『化ける』で実現してみせた殺し方だ。

「ああ……森嶋さん……嘘だろ、そんな……そんなのって、ねえじゃん……」

桐山は部屋の隅に倒れている森嶋の傍で膝《ひざ》を折った。

森嶋の眉間《みけん》には傷があった。銃弾によってつけられたものと思われるが、銃弾そのものはまだ森嶋の体内に留《とど》まっている。恐らく、三笠の拳銃から撃たれたものだろう。

それとは別に、森嶋の足には酷《ひど》い火傷があった。『燃やす』のコトダマでつけられたものだろうか。

「森嶋さんと……坂本が殺し合った……そういうことなんでしょうか」

望月がぽつぽつと言葉を絞り出した。彼女は目を背けずに、森嶋の火傷の痕《あと》を見ていた。

「望月」俺は口を開いた。「何か声を『聞く』ことが出来そうなものは、部屋の中にないか？」

彼女は首を横に振った。

「……せいぜい、銃弾くらいでしょうか。坂本が来たばっかりだからなのか、この部屋からは声が聞こえないんです。拳銃はわずかに大きいですし……ただ、銃弾からは、大した話は聞けないんじゃないかと思います。一度、森嶋さんのところで試したことがありますが、飛んでいく瞬間のことはよく見ていないし、今は傷口の中にいて、こちらの声も聞こえていないはずなんです……」

森嶋は鍵を使ってこの部屋に侵入したものと思われるが、坂本の『燃やす』の直撃を浴びたものか、鍵束ごと溶けてしまったようだ。床にその残骸がある。溶けてしまった時点で『物』としての連続性が失われるらしく、こちらも望月の『聞き込み』は出来ない。

「すると、こうなるのかな」

坂東が言った。

「森嶋さんは『燃やす』のコトダマ遣いである坂本の殺害を企《たくら》み、この部屋に侵入した。

坂本と森嶋さんは格闘になり、その際、坂本の『燃やす』によって、森嶋さんは足を負傷。しかし、森嶋さんは一酸化炭素で坂本さんを殺害した。そこに真相をいち早く突き止めた三笠課長が登場。森嶋さんと揉《も》み合いになる中、拳銃を撃って森嶋さんを殺害した――」

坂東は淡々と述べた。

俺は口を挟まずに聞いていた。確かに、目の前の状況を矛盾なく説明しているように思える。

「やっぱり……そういうことになるんでしょうか」

御幸の両眉《まゆ》が下がった。

「結局、私たち、三笠課長に助けられたんですね」

「待てよ……俺はまだ信じねえぞ！」

桐山ががなりたてた。

「森嶋さんが……あの優しかった森嶋さんが、あんな……嘘だ！　こんなの、全部……」

「桐山！」

俺はぴしゃりと言った。桐山の肩が跳ねる。

「見ろ。これが現実だ」

俺は森嶋と坂本の死体を順に指さした。

「だけど……俺は、森嶋さんを救いたくて。森嶋さんが家族を失った痛みが、あの火災現場跡を見ていたら、痛いほど伝わってきたから。それで」

犯人をぶん殴りたいという趣旨のことを、彼は言っていた。

行き場を失った自分の拳《こぶし》は、どこに向かえばいいのだろう。彼はそう言いたげな目で、俺を見つめていた。

「知らん」

俺は突き放した。それだけで、彼は俺の言いたいことを察したようだった。

「ただ、目の前の現実を覚えておけ」

桐山の直感は、誰よりも早く森嶋という男に届いていた。ただ、彼に自覚がなかっただけだ。

この敗北は、恐らく彼にとって糧となる。そう思っての言葉だった。

俺も田渕も、こういう淵《ふち》から這《は》い出してきたのではなかったか――。

田渕のことを思い出したせいで、また、ジャケットの中の睡眠薬が重くなる。もう、これに縋ってもいい頃合いだろうか？

――また、俺は仲間を失うのか。

森嶋。

どうにかして、彼を止めることは出来なかったのだろうか。せめて、死ぬのを止めてやることは……。

俺がもっと早くに気付いてやっていれば。そう思うと、悔やんでも悔やみきれなかった。

桐山は今にも泣きそうに顔を歪《ゆが》める。

「ちくしょう……ちくしょうッ！」

彼は拳を何度も床に打ち付けた。生身の拳である。息を止めさえすれば、自分の体を傷つけずに済むのに、彼は叫びながら、何度も何度もそうした。

辛《つら》い気持ちは、みんな同じだった。

みな、目の前の現実を受け止めきれないでいた。信頼していた味方に裏切られた事実。その真意を聞けないまま、死んでしまったこと。そうした全てがＳＷＯＲＤのみなの心を打ちのめしていた。

だが――。

それ以上に、俺はこの現場に違和感を覚えていた。

もちろん、現場に矛盾は一つもない。望月が言った通り、目撃証言を取れる物もなく――違和感を確かめるための材料さえ一つもない。

状況を説明するストーリーは完璧《かんぺき》で、自分の推理とも合致している。文句はないはずだった。

それなのに。

なぜだろう。この現場を見ていると、心がざわざわするのは。

「どうだい、永嶺君」

坂東の声にハッとした。彼は、どこか鋭い目で俺を見つめていた。

「さっきの私の推理が、正しいと思うかい」

否定する理由はなかった。

はい、と答えようとした口がそのまま止まった。声は出てこない。

直後、救急隊が到着し、部屋の中は喧噪《けんそう》に包まれた。それで、出しそびれた声は、そのまま行き場を失ってしまった。

*

三笠はあのまま警察病院に搬送され、そこでCT・MRI等の検査を受けた。犯人から頭部を殴られたとみられるため、脳に異常がないか慎重に調べられたのだ。結局、頭に裂傷があるだけで、脳には問題がなかった。今は病院で静養している。

あれから、坂本や森嶋の死体を調べて分かったのは、以下のようなことだ。

森嶋は足に酷い火傷を負っていた。『燃やす』のコトダマ遣いである坂本と交戦した時に負傷したものと思われる。そして、頭部に正面から一発、弾丸を喰《く》らっていて、これが致命傷となったようだ。盲管銃創で、弾は体内に留まっていた。気絶した三笠の傍にあった拳銃と、弾丸のライフルマークが一致したことから、三笠が森嶋に発砲したものと推測された。

三笠も傷を負っていることから、三笠の発砲は自分の命を守るため、自分を殺害する意図をもって襲い掛かって来た森嶋に発砲したものであり、正当防衛ではないかという見解が有力だった。もちろん、日本国内での警官の拳銃発砲、それによる犯人の死亡は、欧米に比べればかなり問題視されるだろう。

しかし、そこは三笠課長である。白を黒に、黒を白に変えてしまう人心掌握《しょうあく》術でなんとかしてしまうのだろうと思った。事実、森嶋がコトダマ研究所に潜伏していたコトダマ遣いであり、その被験者の殺害を企てていたことは、まったく公にはされず、揉み消されてしまった。同時に、三笠の発砲という事実そのものが、掻《か》き消えてしまったような印象がある。

だが、そんなことは、問題ではなかった。

事件から一週間後、ＳＷＯＲＤにはひとときの平穏が訪れていた。

三笠が身を挺《てい》して犯人を殺害した――その事実により、ＳＷＯＲＤという組織の株はギリギリで保たれた。もちろん、結果的に原子力発電所が標的ではなかったことについて、標的の見当はついていると示唆し、原発の警護に多くの人員を割いたことは、厳しく叱責《しっせき》を受けたが、それ自体が犯人の罠《わな》であったことも明らかになり、とにもかくにも事件を解決に導いたことが評価された。

バーニング・ダンサー。未詳１号事件は、ＳＷＯＲＤ初の「白星」となった。

「坂東さん」

ＳＷＯＲＤ事務室で坂東と二人きりになった時、俺は尋ねた。

「あの時……どうして俺に、あんなこと聞いたんですか？」

「あんなこと？」

「自分の推理が正しいと思うか、と……」

「ああ」

坂東は口元にうっすら笑みを浮かべた。

「君が、なんだか釈然としないような顔をしていたから、ついね」

「そう、ですか」

顔に出ていたのかと思うと、少し恥ずかしくなる。

「何が気になっているか、私にも打ち明けられないか？」

俺は俯《うつむ》いて、口を噤《つぐ》んだ。

まだ、ただの疑惑にすぎない。とてもではないが、口を開くわけには——。

坂東が何かを差し出してきた。紙が机の上を滑り、俯いている俺の目の前で止まった。

『三笠課長を疑っているんだろう？』

目を見開いた。

顔を上げると、坂東が口元に手をやっていた。二枚目のメモを彼は提示する。

『彼女がどんなコトダマを持っているか分からない。疑惑は口に出すな』

俺は黙った。自分の机のメモパッドを取り、筆談を始める。

『どこまで本気なんです？』

『君次第だ』

『森嶋さんのことを伏せていたと、あのバーで口にした時から、坂東さんはずっと疑っていたんですか？』

『あれよりずっと前からだよ』

俺は驚いた。

『君たちはいささか、三笠課長を信奉しすぎている』

俺は黙り込んだ。あの目に見つめられると、あの声で囁《ささや》かれると、自分の中の不安が溶け、行くべき道が分かるような気がした。それは麻薬のように強烈な快感だった。

俺はふと、思い出す。

──結局、山田に対する、ホムラと同じか。

失意の中に沈んでいる時に、あの人は手を差し伸べてきた。あの時から、俺はあの人に依存していたのかもしれない。

そうして、進む道を決められた。あの人の意のままに。

だが──それよりも強い気持ちがある。

──信じさせて、くれないか。

三笠には完璧であってほしかった。いくら悪人であろうと、もう構わない。信じさせてくれるなら、それだけで良かった──。

『坂東さんは』

そう書きかけて、ためらう。

『あの人と接して、平気なんですか』

坂東はニヤリと笑った。

シャツの胸ポケットから、警察手帳を取り出した。名刺を入れるためのスペースの中に、古ぼけた写真が入っているのが分かる。坂東と、同じくらいの年代の女性とのツーショットだった。

カメラに向かって柔らかく微笑みかけている。

『御守りがあってね』

御守り。俺はまた、薬の存在を感じる。

ふうっと息を吐いてから、次のメモを書く。

『坂東さんも、三笠課長が「読む」のコトダマ遣いを偽っているると推測しているんですか』

『だからこんな筆談をしている』

『いつからです』

『わけありでね』

そう書いただけで、先は続けなかった。そのわけについては、今は語りたくないようだ。

坂東はしばらく経ってから、次のメモを差し出してきた。

『森嶋の一件で、君も、素性を偽るコトダマ遣いの例に行き当たっただろう。だからなおさら、疑惑が深まったのはある』

『しかし、動機がありません。なんでそんな面倒なことをするんです』

『それが分かったら苦労はしない』

坂東は無念そうに肩をすくめた。

『つくづく、もっと早く気付けていたらと思いますよ。そうしたら、森嶋さんも死なせなかった』

俺はそうメモに書いてから、すぐにそれを線で消し、メモを握り潰《つぶ》した。ゴミをジャケットのポケットに入れてから、別のメモを書いた。

『お互いのメモは自分の家に持ち帰りましょう。俺は家で全てシュレッダーにかけるつもりです』

坂東は頷《うなず》いた。

『それが良さそうだ』

俺はホッと胸を撫《な》で下ろした。

三笠課長が何かを企んでいるとしたら、その手法は完璧だった。ただ完璧すぎるがあまり、疑惑を抱いた。いわば、そんな難癖にすぎない。

だからこそ、この職場に一人、味方がいることが心強かった。

俺は心の中で思い描いていたことを、実行してみることにした。

34 セッション ――終わり

警察病院の一室。そこで、三笠課長は静養していた。

一週間前も訪れたリノリウム張りの廊下を歩く。消毒液の臭いが鼻をついた。

病室の戸をノックすると、「どうぞ」と短い声が応《こた》えた。

「おや、永嶺君じゃないか」

三笠は電動ベッドを起こし、ゆったりと座っていた。サイドテーブルにお菓子の山がある。

「さっき、他の皆はお見舞いに来てくれたよ。君だけいないから、来てくれないのかな、って思っていたんだ」

三笠は微笑みながら言った。四月の俺なら、その笑顔にコロッと騙《だま》されていただろう。だが、今は違った。

「あの記者会見からして、課長の仕掛けだったんですね」

三笠は笑みを崩さない。毛ほどの動揺も見えなかった。

「なんのこと？　あれは本当に大変だったんだから。『読む』の力を信じてもらうために必死でね——」

「あの記者会見で課長が言ったのは、『標的と考えられる場所に、俺達がいた』という事実だけです。そこが本当の標的だなんて、一言も言っていない。

あの会見の目的は二つ。一つは、俺達に『R原子力発電所が解答で正しい』と思い込ませること。あなたは夢の中で『その場所』を見たと言い、特定するにはまだ材料が足りないと言ったが、よく考えると『発電所』という言葉すら口にしていない。原子力発電所の見た目が似ているから、判断がつかないのだろうと勝手に思ったのは俺たちです。その後、山田からR原発の話を聞き、俺たちはあなたを疑うどころではなくなった。あれは、どっちだったんです？　夢を見たという発言自体ハッタリでしたか？　それとも、コトダマ研究所で森嶋と対峙《たいじ》する所を夢に見ていたんですか？」

三笠は答えない。

「二つ目は、森嶋に一連の流れを見せ、『SWORDはR原子力発電所に狙いを定めた』と誤解させることです。実際に、俺たちがR原子力発電所に動いたことで、その誤解はさらに補強される。ただ一人、あなただけがコトダマ研究所の傍に残っていたというのにね。森嶋はあの会見を見て、ほっと胸を撫《な》で下ろしたことでしょう。誰にも邪魔されず、坂本を殺せると」

ここまで言ってもなお、三笠は何も言おうとしなかった。

俺は拳《こぶし》を握りしめ、更に言葉を継いだ。

「全部、あなたには分かっていたんだ。だからマスコミ対応を言い訳にして、R原子力発電所への警備に参加しなかった。森嶋と一人で対峙するために、です」

三笠はフフッと笑う。テーブルから飴《あめ》玉の包みを一つ取り、破った。

「永嶺君。少しでいいから休んだらどうかな。妄想も甚だしいよ。第一、そんなことしても私にメリットはないじゃないか。手柄を独り占めにされた、とでも思ったのかな」

そう言って、三笠は飴玉を口に放り込んだ。

――そう。動機がない。

それこそが、俺の推理が止まった原因だった。三笠の言う通り、これは妄想なのだろう。だが、あるピースが使えるならば、妄想ではなくなるのかもしれない。

「さあ。俺にだって分かりませんよ。あなたが何を考えているのか。なんのために俺たちまで騙し、森嶋と一人対峙したのか。俺達と一緒に森嶋を捕まえれば、そんなケガを負わずに済んだはずなのに――」

三笠は飴を舐《な》めたまま黙っている。

「ただ」

「ん？」

飴玉をしゃぶっている三笠は、間抜けな声しか出せなかった。

「念のため――山田は別の病院に移送しました」

三笠の口から、ガリッ、という音がした。

「この飴」三笠は子供のような口調で言った。「中にすっぱいパウダーが入っているんだよ。あ、ほら、すっぱ――」

三笠は口をすぼめた。

「それだけです。お疲れのところ、失礼しました」

「あ、ねえ、今のってなんの話なの？　ねえ、永嶺君」

わざとらしく聞いてくる三笠を無視し、会釈してから病室を辞した。

病室の戸を閉じてから、何度か足踏みをし、聞き耳を立てる。

さっきよりもひときわ激しい、ガリガリという音が、室内から聞こえた。

今はそれだけで充分だった。

必ず、尻尾《しっぽ》を摑《つか》んでやる――。

セッション。

俺はあの日、医師と一対一で向き合った診察室の中で、本当の自分を見つめるのが怖かった。田渕の死について話すことで、本当の自分の姿を、あの医師に見破られるのを恐れていたのだ。

俺が通勤電車に乗ろうとして吐いたのは、警察に出勤するのが嫌だったからでも、『腐る』のコトダマ遣いを捕まえてプレッシャーから解放され、田渕の死が胸に迫ってきたからでも、ない――。

田渕が死んだことよりも、追うべき敵がいなくなった瞬間の方が悲しかったと気付いてしまったからだ。

田渕が死んだ時、俺が絶叫したのは、田渕が死んだことを悲しんだからではなく、田渕を殺した犯人への憎しみを高め、猟犬としての自分に鞭《むち》打つためだった。

田渕が大切ではなかったという話では、断じてない。

ただ、俺にとっては、信頼のおける同僚よりも――敵が必要だということに気付いた、という話だ。

だから、俺はあの時吐いた。自分の浅ましさに耐えられなくなった。自分が人間以外の何かになっていたのだと感じた。人間らしい心を失っていたのだと思った。田渕に顔向け出来ないと思った――。

セッション。

あの日始まったセッションは、今ようやく終わったのだ。

三笠課長。俺はようやく、自分を見つめる覚悟が出来ましたよ。

ある意味、あんたのおかげだ。

——化け物集団だろ。

いつか誰かに言われた言葉が、脳裏によぎる。

ああ、そうだ。今なら笑って答えるだろう。俺は、化け物だ。

森嶋、聞いてるか？

あんたは大義のために人を殺さなかった。ただ、自分のためだけにあんな計画を立てた。

俺も同じだ。

刑事をやっているのは、正義のためでも、人のためでもない。

ただ、敵を追っている時だけ、生きていることを実感するからだ。

だから、俺は嬉《うれ》しかった。今度の敵は、そうそう簡単に倒れそうもない。

俺は病院の受付を軽やかな足取りで通り抜ける。ジャケットの内ポケットから睡眠薬を取り出し、ダストボックスに向けて放り投げた。

小気味の良《い》い音を立てて、薬は箱の中に消える。

初出
「小説 野性時代」
2023年7月号～2023年11月号
2024年1月号～2024年3月号
本書は右記連載に加筆修正を行い、単行本化したものです。

この作品はフィクションです。実在の人物・団体・事件とは一切関係ありません。

阿津川辰海（あつかわ　たつみ）
1994年東京都生まれ。東京大学卒。2017年、本格ミステリー新人発掘企画「カッパ・ツー」により『名探偵は嘘をつかない』でデビュー。以後発表した作品はそれぞれがミステリ・ランキングの上位を席巻。20年、『透明人間は密室に潜む』で本格ミステリ・ベスト10の第1位に輝く。23年には『阿津川辰海　読書日記　かくしてミステリー作家は語る〈新鋭奮闘編〉』で第23回本格ミステリ大賞《評論・研究部門》を受賞。他の著書に『黄土館の殺人』『午後のチャイムが鳴るまでは』『録音された誘拐』などがある。

バーニング・ダンサー

2024年７月26日　初版発行
2024年９月25日　再版発行

著者／阿《あ》津《つ》川《かわ》辰《たつ》海《み》

発行者／山下直久

発行／株式会社KADOKAWA
〒102-8177　東京都千代田区富士見2-13-3
電話　0570-002-301（ナビダイヤル）

印刷所／大日本印刷株式会社

製本所／本間製本株式会社

●お問い合わせ
https://www.kadokawa.co.jp/（「お問い合わせ」へお進みください）
※内容によっては、お答えできない場合があります。
※サポートは日本国内のみとさせていただきます。
※Japanese text only

定価はカバーに表示してあります。

ISBN 978-4-04-114177-9　C0093